Zu David Winter kommen Menschen, die in ihrem Leben in eine Sackgasse geraten sind. Sie erhoffen sich von dem Therapeuten, dass er ihnen den Weg zurück in die Normalität bahnt. Doch dann übernimmt er den Fall eines schwer depressiven Versicherungsangestellten und ist zum ersten Mal in seinem Berufsleben überfordert. Als auch seine Familie ihm immer mehr entgleitet, ringt er verzweifelt um Kontrolle – und begeht eine therapeutische Todsünde.
Ein kurzweiliger Einblick in die Arbeit und die Psyche eines Therapeuten mit dem Fazit: Ein Psychologe kann zwar anderen helfen, aber nicht unbedingt sich selbst.

Noam Shpancer wurde 1959 in einem Kibbuz in der Nähe Jerusalems geboren. Er lebt heute in den USA, arbeitet als Professor für klinische Psychologie an der Otterbein University in Ohio und praktiziert außerdem als Therapeut. Sein erster Roman »Der gute Psychologe« war ein internationaler Erfolg.

Noam Shpancer

Der glücklose Therapeut

Roman

Aus dem Amerikanischen
von Brigitte Heinrich

btb

Die amerikanische Originalausgabe trägt den Titel
A Measure of Mercy.

MIX
Papier aus verantwortungsvollen Quellen
FSC® C083411

Verlagsgruppe Random House FSC® N001967
Das für dieses Buch verwendete FSC®-zertifizierte
Papier *Lux Cream* liefert Stora Enso, Finnland.

1. Auflage
Genehmigte Taschenbuchausgabe September 2015
btb Verlag in der Verlagsgruppe Random House GmbH, München

Umschlaggestaltung: semper smile, München
nach einem Umschlagentwurf von www.buerosued.de
Umschlagmotiv: © Getty Images / Spiderstock
Druck und Einband: CPI books GmbH, Leck
MP · Herstellung: sc
Printed in Germany
ISBN 978-3-442-74952-2

www.btb-verlag.de
www.facebook.com/btbverlag
Besuchen Sie auch unseren LiteraturBlog www.transatlantik.de

Für meine Eltern, Talma und Avi

If I knew the way, I would take you home.

Robert Hunter, *Ripple*

1

Ich erinnere mich nicht mehr genau, wann mir klar wurde, dass Barry Long log. Ich weiß, dass man Begriffe wie Präzision nicht auf das Gedächtnis anwenden sollte. Auch vom Lügen sollte man so nicht sprechen. Dennoch belastet mich, wie die Sache ausging, dass es mir nicht gelang, zwei und zwei zusammenzuzählen. Schließlich bin ich weder taub noch blind. Ich erkenne oft, wo die Musik spielt, erkenne den Leopard im Gebüsch schon am Zucken seines Schwanzes. Ich bin auch nicht naiv. Im Gegenteil, meine Arbeit erfordert Skepsis. Außerdem Vertrauen. Man könnte sie als paradox bezeichnen. Ich bin Psychologe. Barry Long war mein Klient. Man könnte sagen, er war mein wichtigster Klient. Ich weiß, dass wir eigentlich keine »wichtigsten Klienten« haben sollen. Und doch haben wir sie. Die Dinge sind häufig nicht ganz, wie sie sein sollten, das lernt man im Laufe der Zeit.

Zu Beginn war nicht offensichtlich, dass Barry Long log. Falls ein Schwanz im Gebüsch zuckte, sah ich ihn nicht. Doch andere Dinge wurden rasch offensichtlich. Zum Beispiel, dass er versuchen würde, sich umzubringen. In erster Linie, weil er es schon früher versucht hatte, wie seiner Akte zu entnehmen war. In meinem Beruf lautet das oberste Gesetz, dass die Vergangenheit die Zukunft voraussagt; zugegebenermaßen ein merkwürdiges oberstes Gesetz in einem Beruf, der danach trachtet, die Zukunft aus der Umklammerung der Vergangenheit zu befreien. Doch die Welt ist voller Merkwürdigkeiten – mit ihren Finten und Gesetzmäßigkeiten und jenen Finten, die als Gesetzmäßigkeiten daherkommen. Wie dem auch sei, wer es schon einmal versucht hat, wird es wieder versuchen. Deshalb war mir klar, dass Barry Long versuchen würde, sich umzubringen; auch weil er mir gegenüber davon gesprochen hatte.

»Wenn ich im Wald hinter unserer Wohnung spazieren gehe«, sagte er mit schleppender, tonloser Stimme, »sehe ich zu den Bäumen hinauf und denke: An welchem Ast kann ich mich aufhängen? Welcher wird nicht brechen? Wohin kann ich gehen, damit mich niemand hört oder sieht? Wenn ich am Fluss entlanggehe, denke ich: Wo ist er tief und schnell genug, dass ich hineinspringen kann? Das ist für mich die Natur«, sagte er. »Der einzige Grund, warum ich es nicht schon längst getan habe, ist, dass ich Mimi nicht wehtun möchte.«

Das Schicksal von Depressiven ist nicht nur, dass ihr Lebenswille erschöpft ist, sondern auch, dass er von einem anderen, ebenso mysteriösen und ebenso drängenden Willen ersetzt wird: dem Willen zu sterben. In einer Krise sehnen sich schwer depressive Menschen – die »true blue«, wie mein Boss John Savoia, der Eigentümer der New Mood Clinic, sie nennt – mit aller Kraft nach dem Tod, so wie Gesunde ums Überleben kämpfen: mit Schläue, Entschlossenheit und in dem festen Glauben, es sei ihr Recht und ihre Schuldigkeit, zu sterben.

Depressive Klienten wie Barry Long sind das Alltagsgeschäft unseres Therapiezentrums. Ich kann sogar davon ausgehen, dass ich einigen von ihnen im Laufe der Jahre geholfen habe, auch wenn solche Annahmen schwer zu belegen sind. Der Klient kommt mehrere Monate zu uns, und manchmal verbessert sich sein Zustand. Doch sein Zustand könnte sich natürlich auch verbessert haben, wenn er nicht gekommen wäre; vielleicht ist die Besserung, deren Zeuge man wird, gar keine, sondern nur eine vorübergehende Waffenruhe, ein zufälliger Waffenstillstand, der weder einen echten Sieg noch einen dauerhaften Frieden bedeutet.

Wie dem auch sei, bei Barry Long handelte es sich um einen durchschnittlich depressiven Klienten. Und dennoch rief seine Anwesenheit, grau und ruhelos wie eine Taube im Stadtpark, in mir von Anfang an Unbehagen hervor. Er war ein kleiner, adretter Mann mit einem dichten Haarschopf, hohen Wangenknochen und dem entrückten Blick eines Sechziger-Jahre-Folksängers. Er bevorzugte schlichte, in die Jeans gesteckte Herrenhemden mit geknöpften Manschetten und ordentlich gebügeltem Kragen. Er absorbierte weder das Licht, noch reflektierte er es, und er schien in einer schwachen Aura aus Zigarettenqualm zu existieren. Nach jeder Sitzung musste ich das Fenster öffnen und im ganzen Zimmer Lufterfrischer versprühen, um zu verhindern, dass die nächste Klientin sich aufregte – eine rundliche, weichherzige Frau, die gerade ihren Vater durch Lungenkrebs verloren hatte. Barry Longs rauchgeschwängerte, geisterhaft im Raum schwebende Hinterlassenschaft förderte die Wut und die Angst zutage, die in ihr schlummerten, ließ sie in Tränen ausbrechen und abgehackt vom Vergessen sprechen.

Barry Long saß auf dem roten Sofa, nahm ein Zierkissen und drückte es sich fest gegen die Brust, eine Angewohnheit, die ich als eine übertrieben defensive Geste empfand (vor dem Tod hat er keine Angst, vor mir aber schon?) und als ein Zeichen von Unreife, was für seine Prognose nichts

Gutes erahnen ließ. Eine Depression ist schließlich ein ernsthafter Gegner – wie einer dieser Komodo-Warane, die ihren giftigen Biss an den Sprunggelenken eines Wasserbüffels ansetzen, der zehnmal größer ist als sie selbst, sich dem Büffel dann wochenlang lautlos an die Fersen heften, bis er zusammenbricht, und ihn schließlich auffressen.

Barry Long umklammerte also das Kissen und stimmte sodann mit schwacher, zittriger Stimme eine Klage über sein Leben an, das in seinen Augen überhaupt nicht als Leben bezeichnet werden konnte und das er schon vor langer Zeit beendet hätte, wenn er nicht befürchten müsste, damit Mimi wehzutun. Mimi sei seine Freundin, sagte er. Im Rollstuhl, ein tragischer Unfall; sie lebe von der Entschädigung und einer Unfallversicherung. Er helfe ihr bei ihren täglichen Verrichtungen, so gut er könne, was keine besonders große Hilfe sei, eigentlich überhaupt keine. Sie unterstütze ihn an seinen schlechten Tagen, also eigentlich fast immer. Mimi erinnere ihn daran, seine Medikamente zu nehmen und seine Arzttermine einzuhalten. Wenn er aus einem Albtraum aufwache, sage sie: Es ist nur ein Traum. Schlaf weiter.

»Ohne Mimi«, sagte er, »würde ich es nicht schaffen, könnte ich dieses Leben nicht mehr ertragen, falls man es überhaupt ein Leben nennen kann. Ich nenne es nicht so.«

Barry Long erschien nicht zu seinem ersten Termin. Er rief eine Stunde später an und sagte, seine Freundin fühle sich nicht gut, deshalb müsse er absagen. Er entschuldigte sich wortreich, und ich fragte mich, ob man nach den Gesetzen der Logik einen Termin noch absagen konnte, wenn er bereits verstrichen war. Ich versuchte, ihn zu beruhigen.

»Alles in Ordnung«, sagte ich. »Uns allen kommt manchmal etwas dazwischen. Wir vereinbaren einen neuen Termin für nächste Woche. Nein, ich bin nicht wütend. Ja. Ich hoffe auch, dass es nicht wieder vorkommt. Kein Grund für große Erklärungen, weder jetzt noch in Zukunft. Kommen Sie einfach zum nächsten Termin, lassen Sie uns das versuchen. Ja, ich sehe Sie dann nächste Woche. Nein, ich bin nicht wütend.«

John Savoia ist der Meinung, dass ich meinen Klienten gegenüber zu nachgiebig bin. »Du entwertest deine eigene Zeit«, sagt er dann. »Ein Klient, der nicht auftaucht, ohne vierundzwanzig Stunden vorher abzusagen, sollte für den Termin bezahlen – der Behandlungsvertrag besagt das ganz eindeutig. Deine Zeit, die Zeit eines Experten, ist wertvoll, und du solltest schützen, was wertvoll ist.« John nimmt dann ein Taschentuch und wischt sich über die Stirn, obwohl er nie schwitzt. Ich glaube nicht, dass er überhaupt Schweißdrüsen hat. Doch seine Gesichtshaut glänzt stark, als wollte sie sagen: Ich bin stolz darauf, John Savoias Haut zu sein!

John tadelt seine Klienten gewöhnlich für ihr Zuspätkommen, weist sie »freundlich, aber entschieden« zurecht – eine Ausdrucksweise, die mir ob ihrer seltsamen Tröstlichkeit immer wieder auffällt – und forscht eindringlich nach den tiefer liegenden Ursachen ihres Verhaltens. Doch ich neige dazu, es durchgehen zu lassen; vielleicht weil ein verspäteter Klient oder einer, der gar nicht auftaucht, ein wenig freie Zeit bedeutet, und solche Freiräume fühlen sich an wie ein Geschenk, Flecken blauen Himmels an einem ansonsten langen, trüben Wintertag; vielleicht auch, weil ich einen verspäteten oder gar nicht auftauchenden Klienten nicht als Beleidigung meines Berufsstands auffasse – eines Berufsstands, den ich zwar für durchaus ehrenvoll halte, für allzu hochmögend dann allerdings doch wieder nicht.

Die Psychotherapie wird gelegentlich überschätzt. Viele junge Leute, die diesen merkwürdigen Beruf ergreifen, träumen davon, einen Thron absoluter, von Empathie getragener Weisheit zu besteigen. Häufig fühlen sie sich von der strukturellen Einfachheit dieser Arbeit angezogen – kein Bedarf an komplexen Instrumenten, teurer Technologie oder hoher Mathematik. Nur ein Stuhl und eine Stimme, und in dieser Stimme die Kraft zu heilen. Manche von ihnen – diejenigen, die sich im Dschungel menschlicher Belange nur schwer zurechtfinden – suchen Zuflucht in dem sicheren Rahmen der therapeutischen Begegnung, wo Vertraulichkeit in einem klar definierten Umfeld hergestellt wird und die zahlreichen Schrecken einer lebendigen, spontanen Annäherung neutralisiert werden. In der grenzenlosen Eitelkeit der Jugend trachten die meisten von ihnen danach, die Tiefen der menschlichen Seele auszuloten.

Tatsächlich jedoch verbringt der Therapeut seine Tage in einem kleinen, spärlich beleuchteten Raum bei geschlossenen Fenstern und nimmt die Gebrochenheit von Fremden in sich auf; und das Stunde um Stunde, Tag für Tag, jahraus, jahrein. Niemand sieht ihn bei seinem Bemühen. Niemand erkundigt sich danach. Und selbst wenn das der Fall ist, kann er keine Auskunft geben, da er der Schweigepflicht unterliegt. Nicht einmal er selbst vermag Erfolg und Misserfolg klar zu unterscheiden, denn Unterscheiden ist niemals einfach; die Differenzierung beruht auf der persönlichen Aussage des Klienten, und die ist von Natur aus lückenhaft, denn auch der gesündeste Blick auf die Dinge weist blinde Flecken auf. So verliert sich das Bemühen des Therapeuten in einem Nebel, der unergründet bleibt, denn im Wartezimmer wartet bereits der nächste Klient. Und dann der nächste. Und der übernächste. Und so weiter.

Was mich betrifft, so kam ich eher durch Zufall zu diesem Beruf als durch genaue Zielvorstellungen und habe ihn daher auch kaum überschätzt. Ich war nicht betrunken und hatte deshalb auch keinen Kater. Dennoch, Arbeit ist Arbeit, und mit der Zeit machte sie mich müde. Ich beklage mich nicht – es liegt mir nicht, mich zu beklagen. Mein Vater ließ das nie zu, er akzeptierte weder Ausreden noch Selbstmitleid und duldete keine Ermüdungserscheinungen.

»Das Leben ist kein Penis«, pflegte er zu sagen, noch bevor ich alt genug war, Analogien im Allgemeinen oder diese im Besonderen zu verstehen. »Das Leben ist immer hart. Ha ha.« Dann ließ er seine Hand so schwer in meinen Nacken fallen, dass ich Sternchen sah.

Vielleicht haben die Jahre mit Schwerstdepressiven mir auch das eine oder andere beigebracht: Wer sich beklagt, strapaziert sich selbst und seine Umgebung. Wer jeden Morgen aufsteht und zur Arbeit geht, dessen Hoffnung bleibt bestehen. Doktor Helprin, ein hochverdienter alter Wissenschaftler, mein Freund und Mentor während meiner Zeit als Praktikant im Larsen P. Clark Mental Hospital, sagte einmal: »Sie müssen es so sehen: Zwei Krankenschwestern treffen sich nach einer langen Nachtschicht. Die erste sagt: ›Ich hatte eine schwere Nacht.‹ Die zweite sagt: ›Die Patienten hatten eine schwere Nacht.‹ Seien Sie wie die zweite Krankenschwester.« Dann lehnte er sich auf seinem zerknautschten Ledersessel zurück, schlug sich mit der Hand auf den Schenkel und seufzte: »Ach, ach, Jingele.«

Und so versuche ich, so gut ich kann, wie die zweite Krankenschwester zu sein. Doch immer wieder regen sich Zweifel in mir und sprechen mit der Stimme der ersten Schwester, stellen Fragen zu meinen eigenen Problemen und anderen Wegen, die ich hätte einschlagen können.

John Savoia sagt, ich solle mein Fachgebiet ändern, vielleicht mit Kindern arbeiten. »Die sind leicht zu beeindrucken«, sagt er. »Eine kleine Süßigkeit erledigt vieles. Kinder heitern einen auf, nicht wahr? Von ihrem Standpunkt aus ist das Ende noch nicht in Sicht. Das ist ein Trost.«

Doch ich weigere mich; vielleicht weil ich den Verdacht hege, dass John sich eher dafür interessiert, das Gesetz von Angebot und Nachfrage in seiner Klinik zu befriedigen, als mich glücklich zu machen; vielleicht auch, weil ich meine eigene Vaterschaft immer als eine verhältnismäßig schwierige Aufgabe erlebt habe. Natürlich liebe ich meine Tochter Sam – mit ihren Sommersprossen, den dunklen Haaren, dem feurigen Blick und der hohen Stirn eines antiken Philosophen –, doch es liegt in der seltsamen Natur der Elternschaft, dass eine im Abstrakten so tiefgreifende Aufgabe durch so viele geistlose, ermüdende Pflichten kompromittiert wird. Ich gestehe, dass ich während Sams Kindheit manchmal Überstunden vorschob, um länger in der Praxis bleiben und mich diesen Pflichten entziehen zu können.

Selbst wenn ich mit ihr zusammen war, zog ich mich oft genug in mich selbst zurück; wenn ich sie auf der Schaukel anstieß oder neben ihr auf dem Wohnzimmerteppich lag, schweiften meine Gedanken ab zu anderen Zeiten und anderen Orten, zum Fall eines besonders problematischen Klienten, zu den längst vergangenen Tagen mit Alex, meiner Frau, bevor wir Sam bekamen und uns noch mit Spekulationen trösten konnten, wie unser Leben wohl einmal aussehen würde.

»Körperliche Anwesenheit allein genügt nicht«, sagte Alex, nachdem sie mich einige Male mit scharfem Blick bei meiner Geistesabwesenheit ertappt hatte. »Du musst emotional anwesend sein. Kinder kann man nicht täuschen. Sie spüren es, wenn du nicht da bist«, warnte sie mich. »Eines Tages wird es dir leidtun.«

Einmal gingen Sam und ich im örtlichen Einkaufszentrum in ein Modegeschäft. Wir schlenderten zwischen den Kleidern umher, die an kreisförmigen Gestellen hingen. Ich ließ Sams Hand einen Augenblick los, um nach dem Preisschild einer Lederjacke zu suchen, die mir ins Auge gefallen war, weil sie mich an meine Jugend erinnerte. Als ich wieder aufblickte, um nach ihr zu sehen, war sie verschwunden. Für den Bruchteil einer Sekunde verdunkelte sich meine Welt, und meine Knie gaben nach. Eine Sekunde später tauchte sie wieder auf und spähte neckisch zwischen ein paar Kleidern hervor, die in der Nähe an einem Gestell hingen. Ihr spitzbübisches Grinsen verwandelte sich rasch in einen Ausdruck des Entsetzens. Ich wusste, dass sie die Angst widerspiegelte, die sie in meinem Gesicht gelesen hatte, und das prägte sich mir ein. Doch ich änderte mein Verhalten nicht. In unserem tiefsten Inneren mögen wir keine Veränderungen und widersetzen uns ihnen oft mit aller Macht. Ein einzelnes Ereignis, selbst ein traumatisches, verändert nicht unsere grundsätzlichen Neigungen, auch dann nicht, wenn wir Psychologen sind. Die Regeln gelten selbst für die, die sie durchschauen. Wir erholen uns und fallen in unsere alten Gewohnheiten zurück, nur das Wissen um die unmittelbare Nähe des Schreckens ist dazugekommen. Dieses Wissen lauert weiterhin in unserer Nachbarschaft, fauchend und unerwünscht wie eine streunende Katze.

2

Alex und ich hatten uns an der Universität kennengelernt. Ich war zu einem Gastvortrag über ein Forschungsprojekt eingeladen, an dem ich gerade arbeitete. Sie saß in der letzten Reihe und sah mich mit einem ungewöhnlich strahlenden, dunklen und dennoch blendenden Blick an. Nach der Vorlesung blieb sie noch und stellte ein paar Fragen, und ich lud sie zu einem romantischen Spaziergang zum Parkplatz ein. Als wir so nebeneinanderher gingen, empfand ich zum ersten Mal dieses entspannende und gleichzeitig stimulierende Gefühl, das einen in Gegenwart eines Menschen befällt, der bereit ist, sich völlig zu öffnen. Als wir bei meinem Auto ankamen und uns zum Abschied einander zuwandten, war uns beiden klar, dass wir ein Paar sein würden. In zehn Minuten von völliger Fremdheit zu großer Nähe, und seit damals über zwanzig Jahre des Zusammenlebens, die diese Nähe sowohl gefestigt als auch verschlissen haben.

Bereits vor meinem Examen zogen wir zusammen in eine kleine Wohnung in der Montrose Street. Damals gab es um die Ecke einen winzigen Nachtclub. Freitagabends gingen wir aus, um Milt Hopkins zu sehen, einen sehr alten einheimischen Bluesheldеn, der zur Gitarre sein Standardrepertoire sang. Ich trank gerne, und Alex tanzte gerne. Nach ein paar Bier nahm sie mich bei der Hand und führte mich auf die winzige Tanzfläche, zu Füßen des über uns aufragenden Bluessängers, nahm mich fest in die Arme und legte ihren Kopf auf meine Schulter. Dann drehten wir uns auf engstem Raum zu der Melodie von »Love me with a feeling, or don't love me at all«. Sie gab ihre beiden Siamkatzen auf, weil sich herausstellte, dass ich eine Katzenallergie hatte. Ich gab meine nächtliche Gewohnheit auf, bis in die frühen Morgenstunden vor dem Fernseher auszuharren. Von Anfang an stritten wir uns selten. Wenn es zu einer ernsthaften Auseinandersetzung kam, wurde ich in mich gekehrt, deprimiert und passiv, und sie überdachte die Sache und schritt zur Tat. Dann kam sie wieder auf mich zu, umarmte mich und sagte: »Und jetzt gib zu, dass du unrecht hattest.«

Auch beim Sex fanden wir schnell unseren Weg. Sie lag unter mir, hielt mich fest umschlungen, und ich war über ihr und stützte mich auf die Ellbogen. Ihre Augen waren geöffnet, meine geschlossen. Sie stöhnte laut, und ich blieb still. Nachdem ich gekommen war, flüsterte sie: »Bleib da, leg dich auf mich; geh nicht weg; es ist gut so, du bist nicht schwer.« Und dann sagte sie: »Jetzt bin ich dran«, und lenkte meinen Kopf zwischen ihre Schenkel. Später lagen wir nebeneinander auf dem Rücken, und sie sagte: »Ich habe das Gefühl, wir haben die Missionarsstellung noch nicht ganz ausgeschöpft«, und lachte leise. Dann ging sie unter die Dusche, und ich driftete ab in seltsame Träume.

Irgendwann in dieser Zeit gelangten wir an den sprichwörtlichen Scheideweg, wie das bei Paaren früher oder später der Fall ist. Ich erinnere mich nicht mehr genau an den Grund für *den* Streit – man sollte, wenn es um Gründe geht, nicht in Begriffen wie Genauigkeit sprechen –, doch ich erinnere mich, dass wir uns eine Zeit lang trennten. Im Laufe etlicher trauriger, alkoholgetränkter Abende im Club versuchte ich mein Glück bei einigen anderen Frauen. Ich erinnere mich vage, dass einer dieser Abende mit einer stämmigen Doktorandin aus dem Kurs über Forschungsmethoden in deren Wohnung in der Innenstadt endete. Sie besaß eine Kakteensammlung, was ich als schlechtes Omen deutete. Außerdem hielt sie in einem gläsernen Terrarium eine Schlange. Wir rauchten einen Joint in ihrer vollgestopften Küche. Sie fragte mich, ob ich die Schlange halten wolle, um die Schuppen zu fühlen. »Es ist eine sehr gesellige Schlange«, sagte sie. Ich lachte darüber. Sie war beleidigt, was ihre Lust anzuheizen schien. Wir knutschten auf dem Wohnzimmersofa und fielen schließlich ins Bett. Ich kann mich kaum noch an etwas erinnern, nur dass ihr starker Geruch beim Sex mich störte. Am nächsten Morgen wachte ich verwirrt und desorientiert auf und schlich mich davon, schlug im Wohnzimmer einen vorsichtigen Bogen um die Kakteen und verhielt mich so leise wie möglich, um die guten Manieren der Schlange nicht auf die Probe zu stellen. Danach kehrte ich zu Alex zurück und sagte: »Ich gebe zu, dass ich unrecht hatte.« Sie umarmte mich und sagte, sie sei schwanger. Von da an waren wir zusammen. Ich dachte, für immer.

3

Barry Long erschien pünktlich zu seinem zweiten Termin. Er saß auf dem Sofa und umarmte ein Kissen. Ich stellte ihm ein paar Standardfragen. Er war in Houston, Texas, geboren und aufgewachsen, ein schüchterner, stiller Junge. Die anderen Kinder an der Schule hatten sich über ihn lustig gemacht. Hatten ihn zum Weinen gebracht. Er hatte keine Freunde.

»Warum haben sie Sie ausgeschlossen?«, wollte ich wissen.

Er sagte, er wisse es nicht. Ich machte mir innerlich einen Vermerk. Manche Klienten haben einen intuitiven Zugang zu ihrer inneren Welt, ein Ohr für die Musik in ihrem Innern; sie erfassen ihre missliche Lage, auch wenn sie sich nicht aus ihr befreien können. Barry war keiner dieser Klienten. Seine inneren Räume waren vielmehr verdunkelt; er schien sie ziellos zu durchstreifen und mit den Schatten zu kämpfen. »Kinder sind grausam« war seine Erklärung, was überhaupt keine Erklärung ist, denn das Wort »grausam« kann praktisch mit allem und jedem in Verbindung gebracht werden, und selbst grausame Kinder sind nicht zu jedem grausam.

Ich fragte ihn nach seinem Leben zu Hause. Er sagte, sein Vater sei ein harter Mann gewesen, ein Trinker, der immer wieder verschwand, bis er eines Tages überhaupt nicht mehr auftauchte. Seine Mutter war depressiv und neigte zum Jähzorn.

»Ich habe schlimme Dinge gesehen, die ich nicht hätte sehen sollen. Ich habe Dinge gehört, die ich nicht hätte hören sollen«, sagte er und weigerte sich, das auszuführen.

Ich erfuhr, dass Barry Long als Gutachter für eine Autoversicherung arbeitete, in einem dieser öden, schachtelförmigen Gebäude draußen vor der Stadt, wo die Wände mit Postern spektakulärer Landschaften geschmückt sind – verschneite Bergketten, nebelverhangene Regenwälder, Sonnenuntergänge in der Wüste, die mit kühnen, aufpeitschenden Slogans überschrieben sind: *Motivation! Erfolg! Visionen!* –, und wo Zitate des Chefs, die dieser selbst unheimlich witzig findet, auf Aktenschränken und Memoboards kleben: *Arbeiten oder rausfliegen, das ist unser Prämiensystem! Kein Mensch erinnert sich noch an Napoleons Stellvertreter. Wer im Glashaus sitzt, sollte nicht nackt herumlaufen. Der nächste Kunde ist immer der wichtigste.*

Barry Long saß den ganzen Tag in seinem Büroabteil vor zwei flimmernden Computerbildschirmen und versuchte herauszufinden, ob die Frau, die soeben hysterisch bei ihm angerufen hatte, um ihm mitzuteilen, dass sie durch Hochwasser ihren Wagen verloren hatte, die Wahrheit sagte. Und falls dem so war, ob sie ausreichend gegen Hochwasser versichert war. Wenn nicht – was gewöhnlich der Fall war, wie in dem unlesbaren Kleingedruckten erklärt wurde –, so musste er sie dies auf schnellstem und effizientestem Weg wissen lassen, um möglichst zügig zum nächsten Kunden überzugehen, damit er seinen Boss nicht vergrätzte, der sich ein paar Meter weiter die Zeit mit Computerspielen vertrieb. Ich erfuhr, dass Barry seinen Job verabscheute und dass er in letzter Zeit bei der Arbeit immer wieder die Beherrschung verloren hatte.

Vor zwei Tagen zum Beispiel, als Reaktion auf eine Kundin aus Cleveland, die ihn unentwegt anschrie und beschimpfte – »Sie haben kein Herz«; »Sie belästigen mich«; »Ich hoffe, Ihre Mutter hat einen Unfall und landet im Rollstuhl« –, hatte er die Hand über den Hörer gelegt, sich über seinen Schreibtisch gebeugt und geflüstert: »Am liebsten würde ich die dumme Kuh abknallen.« Irgendwie hörte sie das – »Vielleicht habe ich nicht wirklich geflüstert; vielleicht habe ich, nun ja, geschrien« – und beschwerte sich, und jetzt hatte er eine Abmahnung am Hals. Noch ein solcher Zwischenfall, und er würde mit Sicherheit gefeuert. Ich erfuhr, dass er seit einiger Zeit an Schlafstörungen litt; der Schlaf kam und ging wie eine schlechte Telefonverbindung. Ich erfuhr, dass er jeden Tag erschöpft nach Hause kam und dass er keine Freunde hatte, mit Ausnahme von Mimi.

»Und wie sieht es mit Sex aus?«

»Den gibt es nicht.«

Man mag es überraschend finden, aber Psychologen bekommen selten etwas über Sex zu hören. Vielleicht liegt es auch an mir. Vielleicht hören andere, dynamischere Psychologen, als ich einer bin, die ganze Zeit von Sex. Vielleicht höre ich auch deshalb nichts darüber, weil ich hauptsächlich mit depressiven Klienten arbeite. Zu den Merkmalen einer Depression gehört der Verlust der Libido. Die Aussagekraft des Themas Sex liegt deshalb für diese Klienten im beharrlichen Verschweigen desselben. Darüber hinaus können sich depressive Menschen oft nicht an glückliche Momente erinnern, weil diese im Gedächtnis mit positiven Stimmungen verknüpft sind. Die Stimmung wird zu einem Schlüssel für das Kästchen der Erinnerung. Sobald eine positive Stimmung sich aufgelöst hat, ist der Schlüssel verloren, wird der Zugang zu dieser Erinnerung verweigert.

Ich kann mich an vielleicht zwei Klientinnen erinnern, die spontan auf Sex zu sprechen kamen. Die eine war eine rotwangige Frau mittleren Alters, deren rechtes Bein unentwegt zuckte. Sie erzählte mit einem verlegenen Grinsen, dass sie ihren Ehemann in einem Sexclub kennengelernt hatte. Dann präsentierte sie eine nicht ganz abwegige Theorie, wonach ein Sexclub vielleicht nicht der ideale Ort sei, seinen zukünftigen Ehemann kennenzulernen; andererseits vielleicht aber doch. Ich sagte ihr, Paartherapie sei nicht mein Gebiet, und verwies sie an einen von John Savoia empfohlenen Paartherapeuten, obwohl ich versucht war, sie noch eine Weile zu behalten, um die Details ihrer saftigen Geschichte zu erfahren. Doch in Gedanken sah ich Johns strenge Miene, hörte seine tadelnde Stimme und verwies sie weiter.

Die zweite Klientin, die das Thema Sex ansprach, war eine blasse Geschäftsfrau mit bleistiftdünnen Augenbrauen, eine gläubige Katholikin, die, während Ehemann und Kinder schliefen, regelmäßig im Keller verschwand, um vor ihrem Computer zu masturbieren. Dort sah sie sich demütigende Szenen an, aufgeführt von muskulösen Männern mit Ledermasken, gelegentlich auch Bilder von Wildpferden, die durch die Prärie galoppierten, oder Videoclips über Monstertrucks, die mit gigantisch mahlenden Rädern reihenweise Mittelklassewagen zerquetschten. Gleichzeitig glaubte sie aus tiefstem Herzen, dass Masturbation eine Sünde und von der Bibel verboten sei und der harte, bittere Lohn mit Sicherheit auf sie warte.

»Ich tue es, und dann habe ich das Gefühl, beten zu müssen,

sofort, auf der Stelle. Je mehr ich bete, desto mehr erinnert mich das Gebet an die Tat, die es herbeigeführt hat. Ich weiß nicht mehr, ob das Gebet mich von meinem Tun läutert oder ob dieses Tun das Gebet besudelt.« Ich sagte ihr, dass es auf diese Frage möglicherweise keine Antwort gab. Doch sie bestand darauf, dass es eine Antwort gab, dass *Er* die Antwort kannte, und dass es ihre Pflicht war, *Seine* Antwort herauszufinden. Da Seine Wege geheimnisvoll und Seine Logik unergründlich seien, bot ich ihr an, dass wir vielleicht etwas bescheidener erst einmal versuchen sollten, herauszufinden, was *ihre* Wege und *ihre* Logik waren. Sie war davon nicht überzeugt. Schließlich schickte ich sie auf John Savoias Rat hin zu ihrem kirchlichen Berater, der sie, wie ich hoffte, wenn vielleicht auch nur dank der Lage seiner Praxis, einer Antwort näherbringen konnte.

Ich war deshalb nicht überrascht, als Barry Long das Thema Sex unerwähnt ließ. Ich war selbst durchaus bereit, darüber hinwegzugehen. Doch dann stellten sich nagende Zweifel ein. Mir kam in den Sinn, dass mein bereitwilliges Darüberhinweggehen einen arroganten Beigeschmack hatte und vielleicht etwas mit meinem instinktiven Zurückweichen vor seiner Person und mit dem Wissen, dass seine Freundin behindert war, zu tun hatte. Aus diesem Grund entschied ich mich, ihn danach zu fragen. Vielleicht entschied ich mich auch deshalb dafür, weil es ein Thema war, das mich selbst beschäftigte, denn Sex mit Alex war versickert wie Wasser in einem Bach im Hochsommer. Sie hatte schon vor langer Zeit aufgehört, mich zu bitten, auf ihr liegen zu bleiben, hatte aufgehört, über Dinge zu reden, die wir noch nicht ganz ausgeschöpft hatten. Auch ich hatte aufgehört, ihren Körper von

Kopf bis Fuß zu beschnuppern und die subtile Melodie ihres Stöhnens zu enträtseln. Inzwischen lagen wir Rücken an Rücken da. Ich griff hinter mich und strich mit der Hand über ihre geschwungene Hüfte und die glatte Wölbung ihres Oberschenkels, dann seufzte sie und wir schliefen ein, gaben uns jeder seiner eigenen Müdigkeit hin.

Als ich nachfragte, gab Barry Long zu, dass es um seine Libido nicht mehr so bestellt war wie früher. Weiteres Nachfassen ergab, dass seine Beziehung mit Mimi eigentlich eher einer geschwisterlichen Beziehung glich. Als ich ihn fragte, ob ihm das etwas ausmache, sagte er nein. Und als ich ihn fragte, ob es Mimi etwas ausmache, sagte er wieder nein. Er rutschte unbehaglich auf seinem Sitz hin und her und begann, sich heftig am Ellbogen zu kratzen. Ich entschied, es für den Moment dabei zu belassen, denn mir war aufgefallen, dass Barry Long sich in sich selbst zurückzog, wenn er sich angegriffen fühlte, was eigentlich ständig der Fall war.

»Wie kann ich Ihnen helfen?«, fragte ich Barry Long gegen Ende unserer ersten Sitzung.

Er sah mich einen Moment lang mit müden Augen an, als wisse er keine Antwort und glaube auch nicht, dass es eine gab. Lange Zeit saß er schweigend da.

»Ich möchte mich gut fühlen«, sagte er schließlich. »Ich möchte mich lebendig fühlen.«

»Ja«, nickte ich. »Ja.« (Ein Mann mit großem Ehrgeiz, dachte ich.)

Wir saßen beide da, ohne etwas zu sagen.

»Jetzt möchte ich, dass Sie den Vertrag unterzeichnen«, sagte ich schließlich.

»Welchen Vertrag?« Er wich ein wenig zurück.

»Einen Kein-Selbstmord-Vertrag«, sagte ich. »Ich bitte Sie, sich in der Zeit unserer Zusammenarbeit nichts anzutun. Sie müssen einwilligen, dass Sie mich sofort anrufen, falls Sie Selbstmordgedanken hegen oder das Gefühl haben, dass Sie sich selbst Schaden zufügen werden.«

»Ich unterschreibe, was Sie sagen«, sagte er nach einer Pause mit ausdrucksloser Stimme.

In Wahrheit halte ich diesen Vertrag für ein ziemlich überflüssiges Ritual. Doch John Savoia besteht darauf, dass Klienten mit hohem Risiko in seinem Therapiezentrum einen Kein-Selbstmord-Vertrag unterzeichnen. Er zitiert irgendwelche Forschungsergebnisse, die besagen, dass solche Verträge die Zahl der tatsächlichen Selbstmorde verringern, auch wenn er nicht genau begründen kann, weshalb. »Vielleicht verknüpfen die Menschen den Akt des Niederschreibens gedanklich mit einer gewissen Verpflichtung«, sinnierte er einmal. »Schwarz auf weiß nimmt ein Wort eine ganz konkrete, materielle Realität an; ein gesprochenes Wort löst sich als Abstraktum in Luft auf. Deshalb wird dieser Vertrag ernst genommen, auch wenn er keinerlei rechtliche Gültigkeit hat, er ist nichts als Tinte auf Papier, eine Geste, ein Ritual.«

Barry Long nickte also und beugte sich vor, nahm mir behutsam den Stift aus der Hand und unterzeichnete den Vertrag mit einem schwächlichen Haken.

4

Alex, meine Frau, war jahrelang beruflich unzufrieden; sie machte nichts aus ihrer Ausbildung und schöpfte die Möglichkeiten ihres Masterabschlusses als Sozialarbeiterin nicht aus, da sie Sam zu Hause betreuen wollte. Als Sam erwachsen wurde und aufs College ging, fiel es Alex schwer, wieder ins Arbeitsleben zurückzukehren; zum einen aufgrund der wirtschaftlichen Lage, zum anderen, weil es ihr inzwischen an Ehrgeiz und jugendlicher Unerschrockenheit mangelte.

Doch vor kurzem hatte sich eine Tür aufgetan. Brandy Savoia, Johns tüchtige junge Frau, ersann ein neues Geschäftsmodell, ein Dienstleistungsunternehmen, das Senioren dabei unterstützte, in Seniorenwohngemeinschaften, betreutes Wohnen und Pflegeheime umzusiedeln.

Viele alte Menschen hätten keine Familie, die ihnen zur Seite steht, wenn die Zeit für den großen Umzug gekommen ist und sie sich der Fürsorge von Fremden anvertrauen müssen, erklärte mir Alex. Und selbst wenn es eine Familie gab, war diese vielleicht weit weg, nicht willens oder nicht in der Lage zu helfen. Wie sich zeigte, hatte Brandy Savoia ein Bedürfnis erkannt. Sie war von Natur aus eine zupackende Frau, die eine Nische ausfüllen konnte – sie war entschlossen, lächelte viel und kannte sich aus in Fragen der Inneneinrichtung, des An- und Verkaufs und darin, allen möglichen Bedürfnissen gerecht zu werden. Sie schloss Verträge mit einigen örtlichen Pflegeheimen ab und erledigte in deren Auftrag gegen eine Gebühr den Übergang in ein anderes Leben. Doch bald wurde deutlich, dass dieses Geschäft noch eine zusätzliche Dimension aufwies, die Brandy nicht vorhergesehen hatte. Diese Dimension umfasste den engen Kontakt mit zerbrechlichen, einsamen Alten am Rande der Dunkelheit; sie umfasste existentielle Angelegenheiten und Fragen, Dinge, denen Brandy gerne aus dem Weg gehen wollte – und wer konnte ihr das zum Vorwurf machen? Deshalb kam sie auf die Idee, Alex um Hilfe zu bitten.

Der neue Job nahm Alex bald voll und ganz in Anspruch. Sie verbrachte mehr und mehr Zeit in Brandy Savoias Büro und in den Häusern dieser fragilen Senioren, deren Welt immer enger wurde. Im Gegensatz zu Brandy, die vor jeder körperlichen Nähe zurückschreckte, die ihre weißen Jacketts beschmutzen oder ihre Kaschmirschals hätte beschädigen können, betrat Alex ohne zu zögern das Haus des Kunden, beugte sich zu dem zerbrechlichen, nahezu blinden, zitternden Mann hinunter und sagte mit warmer Stimme: »Wie geht es Ihnen, Mr. Gross? Ich heiße Alex.« Sie sah sich um, nahm das gerahmte Foto seiner Urenkel vom Klavier und sagte: »Süße Kinder … wie heißen sie?« Sie ging auf die Knie und begann, Mr. Gross' Habseligkeiten einzusammeln – seine Schuhe, seine Fotoalben – und sie sorgfältig in Kisten zu packen; und sie bat ihn, ihr zu sagen, was zurückgelassen und was mitgenommen werden sollte. Wenn er sich weigerte, sich von seinen Besitztümern zu trennen, sagte sie geduldig: »Gut, dann packen wir erst mal nur ein, was Sie sofort brauchen. Einverstanden?«

In der Zwischenzeit ging Brandy durch die Wohnung, wählte die notwendigen Möbelstücke aus, nahm präzise Maß und kalkulierte. Dann griff sie zur Schere, schnitt winzige, maßstabsgetreue Modelle aus einer Schablone und klebte sie auf einen Grundriss der neuen Wohnung, den sie auf ihrem Klemmbrett befestigt hatte. Sie bemühte sich unterzubringen, was der Kunde in seinem neuen Zuhause – das unvermeidlich kleiner war als das alte, ein umgekehrter Geburtsvorgang sozusagen – brauchte und wünschte, ohne dass die Räume überfüllt oder unbequem wirkten. Sie erhob dies geradezu zu einer Kunst.

Alex packte währenddessen. Die Alten zupften sie dankbar und unter Tränen am Ärmel und baten sie, sich zu ihnen zu setzen, zu einer Tasse lauwarmem Tee und altbackenen Keksen. Dann zeigten sie mit zittrigen Händen in verstaubten Alben auf Fotos aus ihrer Jugend. Sie erzählten ihr die alten Geschichten, und sie war ihnen eine aufmerksame – und möglicherweise letzte – Zuhörerin. In den Augen des alten Mr. Gross standen Tränen, als er ein altes Foto von sich aus dem Krieg in den Händen hielt, in frisch gebügelter Marineuniform, mit vollem Haar und in aufrechter Haltung. Auch Alex kamen die Tränen.

Brandy Savoia rief wiederholt vom Büro aus an, wo sie sich darum bemühte, die Nachricht von ihrem neuen Seniorendienst in der Gemeinde zu verbreiten, um Alex daran zu erinnern, dass auch ihre Zeit begrenzt sei, wenn auch nicht auf dieselbe Weise wie die des Kunden. »Zeit ist Geld, und Geld ist Geld, liebe Alex, wenn du verstehst, was ich meine.«

Zumindest am Anfang gewährte Alex mir hin und wieder Zutritt zu dieser neuen Welt, in die sie so plötzlich abgetaucht war. Wir gingen zum Abendessen zu Ake's, unserem Lieblingsrestaurant in der Nachbarschaft. Wir saßen vor einem großen Fernsehbildschirm mit abgestelltem Ton, wo ein end- und bedeutungsloses Baseballspiel lief. Der Besitzer, Ake, ein hochgradig nervöser thailändischer Immigrant, trug dampfende Pho-Schüsseln an uns vorbei, auf dem Arm ein riesiges schwarzes Buddha-Tattoo, das er sich als Akt der Rebellion gegen das amerikanische Business-Establishment hatte stechen lassen, nachdem er seinen Job in einer Computerfirma verloren und aus Verzweiflung dieses Restaurant eröffnet hatte. Es florierte dank seiner Frau – einer rundlichen, gut gelaunten Vietnamesin –, die Wunder vollbrachte mit ihren Nudelsuppen, deren Wohlgeruch und Ruhm sich in Windeseile in der Nachbarschaft verbreitet hatten.

»Ich gehe nicht zurück«, sagte Ake immer wieder. »Ich gehe nicht zurück in dieses winzige Büro, zu diesem Arschloch von Chef und dem Computer. Heute bin ich mein eigener Boss, und mit dem Buddha-Tattoo auf dem Arm mag ich mich lieber.«

»Die Menschen reagieren seltsam auf Übergänge«, erzählte Alex. »Wenn eine Trennung endgültig wird, passieren ganz merkwürdige Dinge. Die Menschen denken ungern über Endlichkeit nach, am liebsten denken sie überhaupt nicht darüber nach. Mrs. Delmont zum Beispiel: Sie war eine zwanghafte Sammlerin, und ihr Haus war mit allem Möglichen vollgestopft, mit Papieren und Küchenkram. Doch sobald wir kamen und anfingen, alles durchzugehen, und sie sich erlaubte loszulassen, war es, als wäre ein Bann gebrochen, als bräuchte sie nur einen kleinen Schubs, um aus einem langen Albtraum aufzuwachen. Mr. Calvin dagegen schien in einem sehr guten Zustand zu sein, als wir bei ihm anfingen, er trug immer einen Anzug, war höflich und lebhaft. Doch als wir anfingen, seine Habseligkeiten zusammenzupacken, kam er geistig nicht mehr mit; und am Ende, als es so weit war, ihn ins Seniorenheim zu bringen, hatte er völlig die Orientierung verloren. Er wiederholte nur immer wieder dasselbe und erzählte uns von den Gewichten in der Pendeluhr und seinen Lieblingscrackern.«

»Diese Senioren sind so zerbrechlich«, erzählte Alex, »so verletzlich. Es ist kaum zu glauben, wie viele von ihnen keine Menschenseele haben, die sich um sie kümmert. Wenn du niemanden hast, stürzen sich alle auf dich. Als wir bei Mr. Lewis waren, lag ein riesiger Stapel Briefe und Werbeprospekte auf dem Kaminsims – dringende Bitten aller möglichen Organisationen und Wohltätigkeitsverbände. Die Stiftung für Afrikanische Elefanten. Die Stiftung für Behinderte Spieler; die Stiftung für Zimmerleute, die ihre Finger verloren haben; die Stiftung gegen Ignoranz, Impotenz, Einwanderer, Reizdarm, Einkommensbesteuerung, Prämenstruelles Syndrom, Umweltverschmutzung, Armut, Vorurteile. Die Stiftung gegen Scheinstiftungen … für alles gibt es eine Stiftung. Du würdest nicht glauben, wie sie sich auf diese Senioren stürzen wie Geier, um ihnen den letzten Dollar aus der Tasche zu ziehen. Zu jeder Tages- und Nachtzeit ruft jemand an, um Zeitschriftenabonnements zu verkaufen oder neue Fenster einzusetzen, und das bei diesen hilflosen Menschen, die aller Wahrscheinlichkeit nach ihr letztes Weihnachtsfest bereits gefeiert haben … Manche dieser alten Menschen haben wirklich hübsche antike Möbel in ihren Häusern, wertvolle Sachen, und Pensionsfonds und Aktien und Sparkonten, die aus allen

Nähten platzen nach Jahrzehnten der Pfennigfuchserei und des Sparens. Ein paar von ihnen haben nicht mehr die leiseste Ahnung, was eigentlich vor sich geht. Jeder kann an ihre Tür klopfen und ihnen erzählen, er werde ihre Sachen einlagern, und sich dann auf dem Absatz umdrehen, alles verkaufen und das Geld einstecken, denn wer würde je davon erfahren?«

Mit der Zeit bekam ich mehr und mehr über einen gewissen Dr. McCormick zu hören, einen bleistiftdünnen, gebückten Alten, dessen Frau vor kurzem verstorben war.

»Weißt du«, sagte Alex, »mir ist aufgefallen, dass Männer, die ihre Frauen verlieren, rasch dahinsiechen; sie wissen nicht, wie man auf sich achtet, sie hören auf, richtig zu essen, waschen ihre Wäsche nicht mehr regelmäßig; sie werden immer einsamer, gehen nicht mehr unter Leute – die meisten ihrer Freunde waren eigentlich die Freunde ihrer Frau.«

Dr. McCormick, folgerte ich, begriff das wahrscheinlich und weinte deshalb ununterbrochen um seine verstorbene Frau. Hin und wieder war er verwirrt und sprach von seinen toten Eltern, als wären sie noch am Leben und im selben Raum, oder er verwechselte Alex mit einer seiner Schwestern oder einer Tante und machte dann, sozusagen als Entschuldigung, verlegen einen Witz darüber. Er bestünde darauf, alles zu behalten, sagte Alex. Lehrbücher aus den Vierzigern, von denen er sich sicher war, dass die Universität sie noch brauchen konnte; Sofakissen mit aufgestickten Gänsen, Teekessel, wollene Armeedecken mit winzigen Mottenlöchern, Weihnachtsschmuck und Wandteller mit aufgedruckten Kinderliedern. Er weigerte sich, auch nur ein einziges Teil aufzugeben.

»Er wollte einen Lagerraum mieten und dafür bezahlen, alles zu behalten«, sagte sie beinahe ehrfürchtig. »Er kann nicht alles mitnehmen, es ist nicht genügend Platz. Warum sollte er sein Geld für Lagerkosten verschwenden?«

Meine eigenen Gefühle in dieser Angelegenheit waren gemischt. Es gelang mir nicht, ihre Freude über diese späte Offenbarung in ihrem Leben aus tiefstem Herzen zu teilen. Ich erinnerte mich, dass sie, als mein Vater immer stärker an Alzheimer erkrankte, nicht an sein Bett geeilt war, um ihm ihr Mitgefühl angedeihen zu lassen. Ich erinnerte mich, sagte aber nichts. Wenn man lange verheiratet ist, lernt man, sich schweigend zu erinnern, wie ein Afrikanischer Elefant. Andererseits war ich froh, dass sie eine Aufgabe gefunden hatte, die ihr etwas bedeutete und die sie erfüllte, eine Aufgabe, die echtes Gefühl in ihr weckte und ihre Zeit ausfüllte, von der sie jede Menge hatte, seit Sam aus dem Haus war. Ich freute mich für sie, doch es fiel mir nicht leicht; ich musste mir Mühe geben, die Augen zukneifen wie jemand, der ein am Horizont dahinsegelndes Schiff ausmachen will.

5

Der erste Versuch

Ich erwachte jäh aus meinem Sonntagnachmittagsschlaf und tastete nach dem Telefon.

»Doktor David Winter?«, fragte eine höfliche weibliche Stimme.

»Ja. Ja.«

»Ich rufe aus dem Larsen P. Clark Hospital an«, sagte sie. »Hier wurde ein Patient eingeliefert, den wir als einen der Ihren identifiziert haben.«

»Name?«

»Barry Long.«

Ich setzte mich augenblicklich auf. »Ich höre.«

»Ein Autounfall.«

»War er allein?«

»Ja.«

»Ist er gegen einen Baum oder eine Mauer geprallt?«

»Gegen einen Baum.«

»Ist er bei Bewusstsein?«

»Ja. Körperlich ist er so weit unversehrt.«

»Kann er sich orientieren?«

»Ja und nein. Deshalb wurde er hierhergebracht, zur Beobachtung. Er hat nach Ihnen gefragt.«

»Ich bin unterwegs.«

Ich stand auf und zog mich um. Alex saß im Kinderzimmer unserer Tochter, das wir in ein Büro umgewandelt hatten, am Computer und war tief in die Planung unseres bevorstehenden Traumurlaubs auf den Turks- und Caicos-Inseln versunken.

»Die Arbeit ruft«, sagte ich. »Ich bin eine Weile weg.«

»Am Sonntag?«, fragte sie.

»Ein Klient wurde ins Krankenhaus eingeliefert.«

»Ah, gut. Fahr vorsichtig.« Sie klang zerstreut.

Vor Jahren hat eine Studie ergeben, dass es sich bei vielen Unfällen, in die nur einzelne Fahrer und einzelne Autos verwickelt sind, höchstwahrscheinlich um Selbstmordversuche handelt. Daran dachte ich, als ich im Auto saß. Als ich auf den Parkplatz der Klinik einbog, stürmten Erinnerungen an meine Zeit als Praktikant auf mich ein. Das Gebäude ragte düster über der reifbedeckten Rasenfläche auf und warf einen feindseligen Schatten wie eine Festung, aschfarben, mit schmalen, vergitterten Fenstern.

In den Fluren hing ein säuerlicher, kranker Geruch nach fauligem Obst, so bezeichnend für Heilanstalten. Das Personal eilte mit reflexhaftem Lächeln an mir vorbei. Ich erkannte niemanden. Hin und wieder tauchten Patienten in blauen Schlafanzügen auf und verschwanden wieder hinter Türen wie Geister. Ich dachte an Dr. Helprin, der, soviel ich wusste, immer noch da war, vergraben in seinem Büro im Keller. Dort tyrannisierte er seine jungen Assistenten, bis sie ihn wieder verließen – so wie ich –, um dann allein weiterzubrüten, seine Papiere hin- und herzuschieben und über den Niedergang im Laufe der Generationen und den Verlust der Zielstrebigkeit zu fluchen. Es war Jahre her, seit ich zum letzten Mal vorbeigekommen war, um ihn zu besuchen. Ich dachte, dass ich bei Gelegenheit wieder einmal nach dem alten Knaben sehen sollte, um wie früher mit ihm in der Cafeteria ein Chili zu essen und seinen nur zum Teil scherzhaft gemeinten Zorn darüber, dass ich mich gegen ein Leben im Namen der Wissenschaft entschieden hatte, über mich ergehen zu lassen.

Als ich zu Barry Long ins Zimmer trat, war er benommen von den Medikamenten. Sein Blick war leer und verschwommen. Statt mich zu begrüßen, fing er an, sich zu entschuldigen.

»Ich habe die Kontrolle über den Wagen verloren«, sagte er. »Die Straße war glatt … und ich bin sowieso kein besonders guter Fahrer. Mimi sagt, ich solle damit aufhören. Ich kann mich nicht gut konzentrieren. Ich bin schnell verwirrt. Vor ein paar Tagen fand ich mich am Straßenrand wieder, ich hatte dort geparkt … und keine Ahnung, wie ich dort gelandet war. Vielleicht bin ich früher von der Arbeit weggegangen, weil sie mir dort alle auf die Nerven gehen, mich anstarren und hinter meinem Rücken über mich tuscheln. Es tut mir leid, Doktor. Ich wollte eigentlich gar nicht aus dem Haus, aber Mimi wollte so gern ein Eis. Das Wetter war gut, dann schlug es plötzlich um, und es fing an zu schütten. Ich hätte anhalten und abwarten sollen, bis es vorbei war«, sagte er. »Das wollte ich eigentlich auch, aber das Eis … es wäre geschmolzen, und was dann? Es tut mir leid, Doktor. Auf dem Heimweg war ich ganz durcheinander. Es fing an zu schneien, ich konnte nicht gut sehen. Der Wagen kam ins Rutschen, glaube ich … Aber mir geht es gut. Ich bin demnächst wieder draußen. Wirklich. Sie sagen … sie wollen mich die Nacht zur Beobachtung hierbehalten, nur um sicherzugehen. Morgen werde ich entlassen, sagen sie. Wir können uns nächste Woche wieder sehen.«

Ich nickte, doch irgendetwas an seinem gehetzten, stockenden Geplapper, dem leicht mechanischen Ton berührte mich seltsam. Ich hatte das Gefühl, dass er etwas Auswendiggelerntes hersagte. Barry Long wusste wahrscheinlich, dass er, wenn er einen Selbstmordversuch eingestand – zu dem er ein Auto benutzt hatte –, zwangseingewiesen werden konnte, weil er sich und andere gefährdet hatte. Auch wenn er möglicherweise hatte sterben wollen, in die Psychiatrie eingewiesen werden wollte er eindeutig nicht. Barry Long hatte seine eigenen Prioritäten.

6

Bei unserer nächsten Sitzung in meinem Büro suchte ich nach einer Eröffnung, nach einem Weg, zu Barry Long vorzudringen. Ich fragte ihn, was ihm Spaß mache. Er zuckte schwach mit den Schultern; ein Ausdruck von Verachtung und Überraschung huschte über sein Gesicht, als hätte ich ihn gerade darum gebeten, sich an etwas absolut Nebensächliches zu erinnern, etwa den Namen des neunten Präsidenten der USA.

Er umklammerte sein Kissen, schaukelte sachte vor und zurück und sagte schließlich: »Früher … habe ich gerne gelesen, meist Science-Fiction, und Golf gespielt, obwohl das so teuer ist, dass ich selten gespielt habe, aber ich erinnere mich, wenn ich es getan habe, hat es mir Spaß gemacht. Aber ich weiß nicht, warum. Außerdem habe ich gesammelt …«

»Was haben Sie gesammelt?«

»Ich hatte eine Aufklebersammlung«, sagte er. »Und eine Comicsammlung. Ich habe Isolatoren gesammelt, diese gläsernen Dinger von den Telefonmasten. Die gibt es in allen möglichen Formen und Farben, wissen Sie. Ich habe immer auf Schrottplätzen und in Elektrogeschäften gesucht. Als ich klein war, hat mein Vater eine Weile bei einer Elektrizitätsgesellschaft gearbeitet. Manchmal hat er mich zur Arbeit mitgenommen. Er ist auf die Masten geklettert, wissen Sie. Manchmal hat er mir einen Isolator mitgebracht. Daran erinnere ich mich. Später hat er angefangen zu trinken, vielleicht hat er auch einfach weitergetrunken …«

»Das alles sind Dinge, die Sie früher getan haben. Was machen Sie heute?«

»Heute … heute komme ich von der Arbeit nach Hause, will niemanden mehr sehen und nichts unternehmen. Ich schaue fern, Zeichentrickfilme … das entspannt mich, und ich schlafe früh ein, auch wenn ich nicht richtig schlafe. Ich wache immer wieder auf.«

»Nun«, sagte ich. »Das Erste, was Sie wissen müssen, ist Folgendes: Gefühle der Depression können nicht verändert werden, zumindest nicht sofort und unmittelbar. Es gibt keinen Zauberschalter. Wenn Sie sich deprimiert fühlen und ich sage: ›Barry, seien Sie glücklich‹, könnten Sie das dann? Natürlich nicht. Gefühle kann man nicht erzwingen. Man kann sie nicht direkt beeinflussen, genauso wenig, wie man direkt in die Sonne schauen kann. Gefühle müssen akzeptiert werden. Sie sind ein Mensch. Menschen fühlen gewisse Dinge. Zurzeit fühlen Sie sich deprimiert. Gut. Doch lassen Sie uns so tun, als säßen Sie auf dem Sofa und ich würde sagen: ›Barry, stehen Sie auf.‹ Das könnten Sie einfach so tun, auf der Stelle. Was zeigt uns das? Es zeigt uns, dass wir zwar nicht verändern können, was wir fühlen, doch wir können unser Verhalten verändern. Zu unserem Glück sind unser Handeln und unsere Gefühle auf überraschende Weise miteinander verknüpft.«

»Überraschend …«, murmelte er, klang jedoch nicht überrascht.

»Richtig. Die meisten Menschen glauben, die Verbindung zwischen Handeln und Gefühlen sei einseitig, dass Gefühle einfach Taten in Gang setzten. Sie lieben Mimi, deshalb nehmen Sie sie in den Arm. Sie ärgern sich über Ihre Kundin, deshalb beschimpfen Sie sie. Sie sind deprimiert, deshalb liegen Sie vor dem Fernseher. Doch die Verbindung zwischen Gefühl und Handeln geht in beide Richtungen. Auch Handlungen schaffen Gefühle. Sie möchten sich verlieben? Fangen Sie an, jemanden zu umarmen. Wollen Sie sich ärgern? Dann fangen Sie an zu schimpfen. Handlungen bringen Emotionen hervor. Wenn Sie sich schlecht fühlen und sich zum Beispiel entscheiden zu warten, bis es Ihnen besser geht, bevor Sie Golf spielen gehen – Sie sagten, Sie spielen gerne Golf …«

»Ja, schon«, sagte er freudlos.

Ich erkannte, dass er sich nicht wirklich auf unser Gespräch eingelassen hatte. Vielleicht spürte er, dass ich genau diesen Vortrag schon Hunderte Male gehalten hatte, dass diese Rede gar nicht ihm galt, sondern dem generisch »depressiven Klienten«. Ich hielt inne und sah ihn an.

Ich schätze, es gibt Psychologen, denen es gelingt, dem Klienten das Gefühl zu geben, dass in diesem Moment auf der ganzen Welt nur er und seine Probleme existieren, Psychologen, denen es gelingt, spontane Worte zu finden, die aus dieser besonderen Begegnung entspringen und nur ihr allein angehören. Solche Psychologen gibt es ebenso, wie ich mir vorstelle, dass es Politiker gibt, die jedem, dem sie begegnen, das Gefühl vermitteln, sie nähmen sich tatsächlich seiner Sorgen an; so wie ich annehme, dass es Prostituierte gibt, die ihre Kunden in dem Glauben wiegen, ihre Berührung versetze sie in Ekstase. Doch in all diesen Fällen beruht der Zauber auf einem stillschweigenden Pakt zwischen den Parteien. Die, die dem magischen Politiker, der magischen Prostituierten oder dem magischen Psychologen begegnen, möchten an diese Magie glauben; sie möchten sich von diesem Zauber gefangen nehmen lassen. Depressive Klienten wiederum glauben an so etwas nicht im Geringsten. Sie stehen bereits im Bann eines sehr viel stärkeren Zaubers.

Nun bin ich keiner dieser talentierten Alchemisten; ich kann Stroh nicht zu Gold spinnen. Doch auch Stroh hat seinen Wert; und ein Mann muss tun, was er tun kann. Ich beugte mich zu Barry: »Wenn Sie warten, bis sich Ihre Stimmung ändert, dann werden Sie ewig warten«, sagte ich. »Und Sie haben nicht ewig Zeit. Doch wenn Sie trotzdem auf den Golfplatz gehen und anfangen, Bälle zu schlagen, wird sich das Gefühl, das Sie früher dabei empfunden haben – dieses Glück –, allmählich wieder einstellen und Ihr Handeln begleiten.«

Er warf mir einen verdutzten Blick zu. »Sie möchten, dass ich handle … und irgendwie so tue, als ob?«, sagte er zögernd. »Ist es das, was Sie wollen?«

»Ja. Es gibt darin eine Komponente des ›So-tun-als-ob‹. Ich möchte, dass Sie Dinge tun, *als ob* Sie sich gut fühlten. Dass Sie Dinge tun, die Sie tun würden, wenn es Ihnen gut ginge. Dinge, die Sie früher getan haben, als Sie sich gut fühlten. Ich möchte, dass Sie sie immer wieder tun, selbst wenn es sich am Anfang merkwürdig anfühlt, sogar unnatürlich. Aus der richtigen Tat wird ein gesundes Gefühl entstehen. Lassen Sie uns eine Liste zusammenstellen. Fünf Dinge, die Sie gerne tun, die in Ihrer persönlichen Welt eine Verbindung herstellen zu Gefühlen von Zufriedenheit, Hoffnung, Glück …«

Barry Long versank in Schweigen. Ich dachte, dass das Gefühl von Freude, von Glück vor langer Zeit in ihm gestorben sein musste, wie Muskeln, die atrophieren, wenn sie nicht gebraucht werden. Er nickte langsam und murmelte etwas. Ich begriff, dass er diese Liste nicht anfertigen wollte. Und dass er es auch nicht konnte. Wer in den Tiefen einer Depression gefangen ist, braucht nicht nur eine Leiter, um herauszukommen, sondern auch die Kraft, sich an ihr festzuhalten. Fehlt diese Kraft, wird das Vorhandensein der Leiter die Verzweiflung nur noch verstärken. Deshalb drang ich nicht weiter in ihn, sondern saß da und schwieg. Auch Barry Long saß da und schwieg. Er begann, auf dem Sofa vor und zurück zu schaukeln und mit gesenktem Blick sein Kissen zu umarmen.

»Seine Gefühle zu verändern ist also, als würde man in die Sonne starren?«, fragte er plötzlich.

»In die Sonne starren?«, sagte ich leicht überrascht.

»Man kann nicht direkt in die Sonne schauen«, murmelte er.

»Richtig«, sagte ich. »Man würde erblinden.«

»Aber man kann direkt in die *untergehende* Sonne schauen«, sagte er leise. »Auch das ist schön.«

Er hob nicht den Blick, um mich anzusehen, doch ich hörte einen neuen Klang in seiner Stimme, einen scharfen Unterton. Barry Long signalisierte mir etwas, doch ich konnte nicht ganz entschlüsseln, was.

Ich beugte mich zu ihm und sagte: »Ich kann versuchen, Ihnen zu helfen, wenn Sie wollen, dass ich versuche zu helfen.«

Er nickte ergeben. Dann hob er langsam den Kopf, als handle es sich um einen schweren, unhandlichen Gegenstand, und zum ersten Mal begegneten sich unsere Blicke.

»Das Licht ist aus und niemand ist zu Hause«, sagte er.

»Das Licht ist aus und niemand ist zu Hause«, wiederholte ich.

Er nickte. »So fühle ich mich innerlich die ganze Zeit.«

7

Du solltest dieses Seniorenzentrum sehen, mit dem wir gerade zusammenarbeiten, Pine Shades«, sagte Alex eines Abends zu mir. »Eine Fabrik, nichts anderes. Es gibt drei Abteilungen: eine für neue Bewohner, die noch unabhängig und bei Kräften sind, eine zweite für diejenigen, die hier und da ein bisschen Hilfe brauchen, und eine dritte für die Bewohner mit ernsten gesundheitlichen Einschränkungen wie zum Beispiel Demenz. Heute haben wir Mrs. Todd von der ersten Abteilung in die zweite verlegt. Du wirst es nicht glauben, aber es gibt einen Tunnel, der alle drei Gebäude miteinander verbindet, und alles geht über diesen Tunnel. Ihre Familie hat einen Ausflug mit ihr unternommen, und wir haben uns an die Arbeit gemacht und ihre Sachen aus ihrem Apartment in Haus eins auf große Karren gestapelt. Dann sind wir mit dem Aufzug in den Tunnel hinuntergefahren und in Haus zwei wieder nach oben und haben ihre Sachen in ihr neues Zimmer gebracht, das genauso aussieht wie ihr altes, nur kleiner, weil es keine Küche mehr gibt. Die Bewohner können nicht mehr mit dem Herd umgehen. Aus diesem Grund mussten wir ein paar Küchenutensilien und auch sonst noch einiges zurücklassen, und anfangs hat sie sich gesträubt. Es war schwer für sie. Sie ist jemand, der an allem festhält. Ich sagte zu ihr: ›Lassen Sie doch diesen Kochtopf. Lassen Sie nicht zu, dass er die Kontrolle über Ihr Leben gewinnt. Sie brauchen sich um diesen Kochtopf nicht zu kümmern. Er wird sich um sich selber kümmern.‹ Doch sie wollte nicht nachgeben. Schließlich sagte ich, wir würden alles einer Wohltätigkeitsorganisation geben, die sie unterstützt, der Stiftung zum Schutz Afrikanischer Elefanten. Erst dann hat sie nachgegeben. Nach dem Ausflug kam ihre Tochter noch einmal und bat uns, das Gewürzregal in das neue Zimmer mitzunehmen und auch noch ein paar Messbecher und so weiter. Obwohl es dort keinen Herd mehr gibt. Sie meinte, es werde vielleicht helfen, den Schock ein wenig zu mildern. Ihrer Mutter helfen, sich heimisch zu fühlen. Und so packten wir alles ein, einschließlich der Gewürze, und gingen in den Tunnel hinunter. Es war seltsam, als würden wir sie austricksen oder so.«

Ich nickte. Ich sah Alex an. Ihre Augen leuchteten; an ihrer Schläfe zeichnete sich ein zartes Äderchen ab.

Seit Sams Auszug hatte ich im Umgang zwischen Alex und mir eine gewisse Veränderung festgestellt. Ich freute mich, nach Hause zu kommen, und sie verließ das Haus – von dringenden Geschäften mit dem alten Dr. McCormick in Anspruch genommen. Inzwischen war sie oft zu beschäftigt, um zu Mittag zu essen. Auch abends blieb sie immer öfter länger im Büro, um irgendwelche alten Papiere durchzuarbeiten, die sie in Dr. McCormicks Ablage gefunden und durchzusehen versprochen hatte.

Wie sich herausstellte, so erzählte mir Alex eines Abends, hatte er an der Ostküste einen Sohn, einen Piloten. Vor langer Zeit war es zu einem Streit gekommen, an dessen Einzelheiten sich Dr. McCormick jedoch nicht mehr recht erinnern konnte. Aus diesem Grund hatte er seinen Sohn seit einer Ewigkeit nicht mehr gesehen. Alex fand, dass sie sich dafür einsetzen sollte, die beiden wieder miteinander in Kontakt zu bringen, den Sohn in den Umzug einzubeziehen, da niemand wusste, wie viel Zeit seinem Vater noch blieb. Es schien ihr nicht richtig, dass eine Familienfehde, nicht einmal eine ernsthafte, die Atmosphäre so sehr vergiften sollte, einen Sohn von seinem alternden Vater fernzuhalten.

»Es macht mir Kummer«, sagte sie.

»Warum versuchst du nicht, zu dem Sohn Verbindung aufzunehmen«, sagte ich, »eine Versöhnung in die Wege zu leiten? Du hast nichts zu verlieren, und Dr. McCormick hat vielleicht etwas zu gewinnen, und vielleicht auch sein Sohn.«

»So funktioniert es nicht«, erwiderte sie. »Aus Erfahrung weiß ich, dass die Kinder unserer Klienten oft nicht mit unserer Arbeit einverstanden sind. Sie verdächtigen uns; sie verdächtigen uns, dass wir auf sie herabsehen oder über sie urteilen. Sie projizieren ihre Schuldgefühle, weil sie ihre Eltern im Stich gelassen haben, auf uns. Oder es gefällt ihnen nicht, mitanzusehen, wie ihre Eltern uns mit Dankbarkeit überschütten, die sie selbst im Laufe der Jahre vielleicht nie bekommen haben. Die Menschen benehmen sich wie Kinder, wenn es um ihre Eltern geht«, sagte sie. »Verstehe das, wer will.«

8

Menschen, die zur Schwarzmalerei neigen, haben mit ihren Vorhersagen gewöhnlich nicht recht; was nicht bedeutet, dass diejenigen, die das nicht tun, sich in Sicherheit wiegen könnten. Ich sagte keine Katastrophe voraus. Ich sagte überhaupt nichts voraus. Mein Leben war zu diesem Zeitpunkt irgendwo in der Mitte angelangt – einer merkwürdigen Mitte, dem Ende näher als dem Anfang –, wo einem langsam die Knie weich werden. Unter der Dusche seifte ich mich gemächlich ein und stand dann, weiß und schaumig wie eine Wolke, eine ganze Weile außerhalb des warmen Wasserstrahls, stützte mich mit der Hand gegen die Wand und beobachtete, wie das Wasser unter mir um den Abfluss kreiselte, und wünschte mir, levitieren zu können, unbeobachtet an einem unendlich weiten, dunklen Himmel dahinzuschweben.

Nachdem Sam ausgezogen und ans College gegangen war, hatte sich bei mir ein überraschendes Freiheitsgefühl eingestellt, das, wie jedes Freiheitsgefühl, mit Trauer vermischt war – eine Trauer über das Ende des Tages, die überwältigende Macht der Zeit über alles und jeden. Manchmal ging ich in Sams altes Zimmer, nur um die Luft dort einzuatmen. Seit ihre Zeit in unserem Haus zu einer Erinnerung geworden war, fiel es mir leichter, diese Erinnerungen zu genießen. Ich erinnerte mich, wie sie einmal morgens um vier nach mir gerufen hatte. Ich war schlaftrunken zu ihr gestolpert und hatte gefragt: »Was ist los, Baby?« Und sie sagte: »Hol Mommy.«

Nachdem sie ausgezogen war, betrachtete ich ihr leeres Bett, die Poster an der Wand, ein paar alte Kleider, die noch im Schrank hingen – das heißt, bevor Alex sie herausnahm, verpackte und im Keller verstaute und mit der Renovierung begann, die Wände rosafarben strich, um ein Büro einzurichten, von dem aus sie ihren Anteil an dem florierenden Seniorenumzugsunternehmen erledigen konnte. Alex' Energie hatte eine seltsam verstörende Wirkung auf mich. Sie schritt voran und ließ mich zurück.

Meine Verstörung wurde noch größer, als ich eines Abends mit Alex bei Ake zu Abend aß und sie zu mir sagte: »Große Neuigkeiten von Sam; ich darf es dir eigentlich noch gar nicht erzählen. Du musst versprechen, das Geheimnis für dich zu behalten.«

»Geheimnisse zu wahren, ist mein Beruf.«

»Sam hat einen Freund«, sagte sie. »McKenzie Sowieso.«

»Ein Student?«

»Nein, aber er arbeitet an der Universität – etwas mit Computerprogrammierung, ich weiß es nicht genau.«

»Ist das der Grund, warum wir sie nicht mehr zu Gesicht bekommen?«

»Wahrscheinlich. Und auch, weil sie inzwischen erwachsen ist. Wie auch immer, es scheint etwas Ernstes zu sein.«

»Woher weißt du das? Hat sie etwas gesagt?«

»Ich merke es.«

»Wie das?«

»Ich habe es ihrer Stimme angehört.«

»Du kannst jemandem anhören, ob er verliebt ist?«

»Ich kann es Sams Stimme anhören. Außerdem hat sie gesagt, dass sie zusammenziehen möchten.«

»Ist sie dafür nicht noch ein bisschen jung?«

»Jung und verliebt. Wie auch immer, sie ist inzwischen erwachsen, und außerdem war sie immer reif für ihr Alter. Ein typisches Einzelkind.«

»Das gefällt mir nicht.«

»David«, sagte sie streng und setzte ihren Elterntonfall auf, »du hörst nicht richtig zu.«

9

Am Samstagmorgen stattete ich wie gewöhnlich dem Pflegeheim Tudor Towers einen Besuch ab – obwohl es dort weder Tudor noch Türme gibt – und traf meinen Vater in seinem Zimmer an, wo er im Rollstuhl saß und mit leerem Blick aus dem Fenster starrte. Eine kräftig gebaute, dunkelhäutige Krankenschwester war gerade dabei, ihm über dem zerknitterten Hemd eine rote Weste zuzuknöpfen.

»Gehen Sie mit ihm nach draußen?«, fragte ich sie.

»Ja. Ich wollte ihn in den Garten bringen. Es ist ein wenig kühl, aber die Sonne scheint. Ich dachte, das täte ihm gut.«

»Gut«, sagte ich. »Ich bringe ihn hin.«

Sie bedankte sich, verabschiedete sich von meinem Vater und ging. Ich setzte mich in einen Sessel und sah ihn an.

»Hallo, Dad. Wie geht es dir?«, erkundigte ich mich.

»Was? Was?« Die Finger seiner rechten Hand zitterten und zuckten.

»Ich bin's, David.«

»David.«

»Dein Sohn.«

»Mein Sohn«, sagte er mit ausdrucksloser Miene. »Zwei Jungen – zwei; erst der Starke, dann der andere …« Er rutschte unbehaglich hin und her und setzte dann mit stärkerer Stimme noch einmal an: »Wenn du ein Auto willst, ein zuverlässiges Auto, dann kauf dir den Geo. Das ist ein bei Chevy gefertigter Toyota. Also eigentlich ein Toyota, verstehst du, wird aber Geo genannt. Das sage ich ihnen immer. Das gleiche Auto zum halben Preis.« Er sah mich an, hob den Blick, als hebe er schweres Gepäck. Seine Stimme brach zitternd: »Bist du wegen des Autos hier?«

»Nein, Dad. Ich bin's, David«, sagte ich. »Dein Sohn.«

»David«, sagte er. »Hast du deine Hausaufgaben gemacht? Wenn du Arzt werden willst, musst du viel lernen.«

»Gehen wir, Dad«, sagte ich. »Wir setzen uns draußen hin. Heute ist ein schöner Tag.« Ich breitete eine Decke über seine Knie und schob seinen Rollstuhl über den langen Flur in den Garten hinaus.

»Die Schlüssel«, drängte er. »Wo hast du die Schlüssel hingetan?«

»Es ist gut, Dad. Ich habe sie.«

Ich schob ihn um die weitläufige Rasenfläche herum und stellte seinen Rollstuhl neben einer roten Bank ab, von der aus man über sanft abfallendes Grün blickte. Ich setzte mich neben ihn auf die Bank. Wir beide schwiegen. Er blickte stur geradeaus, leckte sich regelmäßig die Lippen und blinzelte. Ich tat dasselbe.

»Ein schöner Tag«, sagte ich. »Schau dir mal den Himmel an.«

Er antwortete nicht. Ich setzte ihm eine Wasserflasche an die Lippen, und er trank langsam, mühevoll. Ich wischte ihm den Mund mit einem Papiertaschentuch ab, das ich in der Tasche hatte.

»Hast du die Schlüssel?«, fragte er und klopfte auf seine Taschen.

»Ja«, sagte ich, und er schien sich für einen Moment zu entspannen.

Vom nahe gelegenen Highway hörte ich das unregelmäßige Dröhnen des Verkehrs. Jenseits des Zauns ertönte schwaches Kinderlachen.

10

Mein Vater, Joe Winter, war immer ein tüchtiger Mann gewesen, Eigentümer von »Joe's Autowerkstatt«. Er bildete Jeffrey, meinen acht Jahre älteren Bruder, zu seinem Nachfolger aus, was richtig war, denn Jeffrey ähnelte ihm, vom Temperament her und sogar vom Aussehen – mit seinen O-Beinen und dem frühzeitig ergrauenden Haar. Für mich, das lernbegierige und schüchterne Kind, hatte er eine Karriere als Arzt vorgesehen.

»Du wirst Menschen reparieren. Du wirst dir die Hände nur beim Geldzählen schmutzig machen. Ha ha.«

Und so wurde dieser Traum, Arzt zu werden, auf dem Umweg über meinen Vater auch zu meinem Traum. Meine Begabung reichte allerdings nicht für die hohen Anforderungen eines Medizinstudiums. In der Schule war ich nie gut in Biologie, Chemie – all diesen naturwissenschaftlichen Kernfächern –, und mir wurde schlecht, wenn ich im Labor die gummiartigen Schweineembryonen sezieren sollte. So standen mir, nachdem ich das Medizinpropädeutikum am College abgebrochen hatte, nur noch wenige »ärztliche« Optionen offen, deren kleinstes Übel mir damals der Bereich des Mentalen zu sein schien, den man immer noch als eine Art ärztlicher Tätigkeit begreifen konnte.

So dachte ich zumindest. Doch die Medizin beschäftigt sich mit der Welt des Konkreten – mit Teilen, die man mit der

Hand fühlen, mit einem Messer schneiden, mit Nadel und Faden zusammenflicken kann; mit Worten, auf Papier geschrieben. Das Herz schlägt, oder es schlägt nicht. Der Knochen ist gebrochen, oder er ist es nicht. Der Tumor ist ein Krebsgeschwür, oder er ist gutartig. Die Arbeit eines Psychologen jedoch beschäftigt sich mit Abstraktem – mit Worten, die sich in Luft auflösen. Wie kann man das Verlangen eines Mannes ertasten, seine Angst in ihre Einzelteile zerlegen, seine zerstörte Hoffnung zusammenflicken? Mein Vater stand meinem Entschluss wenig begeistert gegenüber. »Wem geht es durch Reden schon besser?«, sagte er damals. »Zu reden macht einen eher krank. Ha ha.«

Ich beneidete meinen Vater nie. Insbesondere nicht, als die Alzheimerkrankheit sich allmählich in sein Gehirn zu fressen begann. Doch im Laufe der Jahre, als meine erhabenen Phantasien sich nach und nach in Luft auflösten, begann ich, meinen Bruder Jeffrey zu beneiden, der die Werkstatt von meinem Vater übernommen hatte. Ich beneidete ihn um die Befriedigung, die in seiner Arbeit lag; dass er einen kaputten Motor in seine Werkstatt aufnehmen und Stunden später funktionstüchtig und zufrieden schnurrend wieder hinausschicken konnte. Jeff und ich standen einander nie besonders nahe, vielleicht weil unsere Mutter, die die Verbindung gewesen wäre, starb, als wir noch Kinder waren. Ich erinnere mich überhaupt nicht an sie. Jeffrey wohl, doch er sprach selten über sie. Statt zu reden, zog er es vor, seine Motoren auseinanderzunehmen und wieder zusammenzusetzen, einen Keilriemen auszutauschen, einen Ölwechsel vorzunehmen. Seelisches Leid war für ihn nicht von Belang. Doch er liebte Sam. Einerseits schalt er mich wegen meiner laschen Erziehungsmethoden, andererseits – ohne ein eigenes Kind, für das er sorgen konnte – verwöhnte und verzärtelte er sie endlos.

11

Mit der Zeit wuchs meine Überzeugung, dass bei Barry Long nichts Gutes herauskommen würde. Er versäumte es regelmäßig, seine Hausaufgaben zu machen. Er nuschelte eine Entschuldigung, starrte zu Boden und versprach, sie in der nächsten Woche ganz sicher zu erledigen. In der Woche darauf entschuldigte er sich wieder und sagte, der Druck bei der Arbeit setze ihm zu, er sei erschöpft und schlafe nicht gut. In der nächsten Sitzung sagte er dann, Mimi sei krank geworden. Er habe sie zum Arzt bringen, im Wartezimmer sitzen und sie durch die Flure schieben müssen, ihm habe einfach die Zeit gefehlt. Das Mal darauf trat er ins Sprechzimmer, klammerte sich an sein Kissen und sagte: »Es gibt keinen Grund. Diese Woche habe ich meine ganze Zeit vergeudet; hab sie einfach vor dem Fernseher vergeudet. Ich weiß nicht, warum.«

Damals wollte ich ihn loswerden, doch Susan Clarke, die optimistische, beharrliche Sozialarbeiterin von Barrys Versicherung, die beflissen jeden Monat anrief, um sich nach seinen »Fortschritten« zu erkundigen, blieb angesichts meiner Verärgerung ungerührt. Sie erklärte mir, dass Barry Long allein im letzten Jahr fünf Therapeuten verschlissen habe und bei mir nun endlich eine gewisse Stabilität gefunden zu haben scheine.

»Immerhin taucht er jede Woche pünktlich auf«, sagte sie munter.

Das tut er tatsächlich, dachte ich, wenn auch nur, um mir mitzuteilen, dass er nichts anderes tat, als durch den Wald zu spazieren und nach dem richtigen Baum Ausschau zu halten, an dem er sich aufhängen konnte, und seine hilflose Freundin zu ihren Terminen zu schieben, die stets dringend waren und für die zerbrechliche Frau eine ernsthafte Bedrohung darstellten; Bedrohungen, die seit ihrem Unfall wie ein Damoklesschwert über ihr hingen. Vor ein paar Jahren war sie durch das Fenster eines Überlandbusses geschleudert worden, nachdem der Fahrer einen Herzanfall erlitten hatte, einfach so, mitten auf der Straße nach Cleveland. Sie brach sich die Wirbelsäule, als sie auf einem Schutthaufen landete, den ein Häftlingstrupp aus dem nahen Gefängnis neben der Straße liegen gelassen hatte, nachdem die Männer dort unter der heißen Sonne gemeinnützige Arbeit verrichtet hatten. Wie durch ein Wunder überlebte sie. Dank eines weiteren Wunders war ihr Jahre später Barry Long begegnet. Es war ein Wunder, sagte er. Doch ich wusste, es war keins. Beschädigte Menschen finden einander mühelos, genau wie Fremde gleicher Nationalität im Ausland inmitten eines fremden Stimmengewirrs ihre Muttersprache heraushören.

Um die Wahrheit zu sagen, war ich von Barry Longs Loyalität ebenso wenig gerührt wie von Susan Clarkes Begeisterung. Ich ertappte mich zunehmend dabei, dass ich mit bleiernen Schritten ein, zwei Minuten zu spät ins Wartezimmer stapfte, um ihn zu begrüßen. Ich ertappte mich dabei, dass ich jedes Mal nach genau fünfzig Minuten einer Sitzung zum Ende kam, obwohl ich zwischen dieser Sitzung und der nächsten kaum Zeit benötigte, um meine Notizen über seine Fortschritte in seine Akte einzutragen, da ich lediglich das Fehlen von Fortschritten zu vermerken hatte. Ich ertappte mich dabei, dass ich verstohlen zu der Uhr hinsah, die hinter ihm an der Wand hing, obwohl ich mir alles Verstohlene hätte sparen können, da Barry Long mich niemals ansah. Dennoch erschien er weiter pünktlich zu jeder Sitzung und schlurfte, in seine Nikotinaura gehüllt und Entschuldigungen murmelnd, hinter mir her ins Sprechzimmer.

Ich war mir nicht sicher, womit ich mir diese Loyalität verdient hatte. John Savoia meint, dass Menschen, die nichts anderes gewohnt sind, Zurückweisung häufig als vertraut und tröstlich empfänden. Zurückgewiesene Menschen seien nicht auf der Suche nach Akzeptanz, sondern nach erneuter Zurückweisung, um so ihr Bild von der Welt und von sich selbst zu bestätigen und zu rechtfertigen. John sagt, dass ein Mangel an Interesse bisweilen als Akzeptanz wahrgenommen werde, so wie Schweigen manchmal als Weisheit. Doch diese Erklärung reichte in diesem Fall nicht ganz aus. Barry Long sah etwas in mir, und doch wollte er nicht das Geringste von sich preisgeben. Tatsächlich schien er zur Therapie zu kommen, um seine Geheimnisse zu verbergen, und nicht, um sie zu offenbaren. Er kam nicht zum Kartenlesen, sondern zum Poker. Und Barry Long gehörte nicht zu den Spielern, die ihre Karten auf den Tisch legen. Barry Long ließ nicht erkennen, ob er überhaupt Karten hatte. Als ich herausfand, dass er tatsächlich welche hatte, stellte sich heraus, dass es sich um ein Full House handelte.

12

Barry Longs Kartenhaus begann in sich zusammenzustürzen, als eines Abends auf der Fahrt zu Ake unvermittelt mein Mobiltelefon klingelte. Alex und ich schwiegen gewöhnlich, wenn wir gemeinsam im Auto unterwegs waren. Bei diesem Schweigen handelte es sich nicht um die verlegene Sprachlosigkeit von Teenagern bei ihrer ersten Verabredung, sondern um das träge, entwaffnete Schweigen eines altgedienten Ehepaars, das weder Anlass noch Kraft hat, die noch verbleibenden Worte zu vergeuden; es gab keine Verlegenheit, die durch Smalltalk zerstreut werden musste, und kein Problem, das tiefschürfender Diskussionen bedurft hätte. Was zu lösen war, war gelöst, was nicht, würde auch nicht mehr gelöst werden. Und so fuhr dieses Ehepaar dahin, die Last seiner Ängste schweigend ertragend, ähnlich wie Profibergsteiger, die sich ganz ihrer Aufgabe widmen und auf dem schmalen Steig feierlich und konzentriert einen Fuß vor den anderen setzen. Dieses Schweigen ist auf seine Art angenehm und tröstlich. Zumindest empfand ich es damals so. Und dann klingelte mein Mobiltelefon, und ich erkannte augenblicklich Barry Longs Stimme, die wie ein Sturzbach aus dem Hörer quoll.

»Ich bin völlig außer mir …« Er keuchte. »Es tut mir leid, dass ich Sie einfach so anrufe, Doktor, aber sie … sie wollen mich abholen. Sie wollen mich zur Polizei bringen, ins Gefängnis stecken. Die Polizei … ich weiß nicht, was passiert ist. Sie behaupten, ich hätte in einem Geschäft etwas gestohlen. Und vielleicht … vielleicht habe ich das auch, ich weiß es nicht … Ich erinnere mich an nichts. Ich kriege keine Luft … Ich kann nicht ins Gefängnis gehen, Doktor. Ich halte das nicht aus. Helfen Sie mir, bitte, ich kriege keine Luft …«

»Wo sind Sie gerade?«, fragte ich mit fester Stimme.

»Zu Hause. Sie haben mich laufen lassen. Aber ich habe einen Gerichtstermin, vielleicht zum Verhör. Ich bin mir nicht sicher.«

»Gut. Zu Hause sind Sie sicher. Sie sind nicht im Gefängnis. Ist Mimi bei Ihnen?«

»Mimi …«, er zögerte. »Sie ist nicht da … Doktor, ich habe Angst.«

»Atmen Sie«, sagte ich. »Setzen Sie sich hin und atmen Sie tief. Das hier ist keine Katastrophe. Die Polizei ist nicht Ihr Feind. Sie hält nur die Ordnung aufrecht. Denken Sie daran, was wir in der letzten Sitzung gesagt haben, echte Katastrophen sind selten. Wenn jemand eine Katastrophe vorhersagt, hat er gewöhnlich nicht recht. Wir wollen keine voreiligen Schlüsse ziehen, bevor wir nicht alle Fakten beieinanderhaben. Jetzt atmen Sie und entspannen Sie sich. Atmen Sie und entspannen Sie sich langsam, wie wir es in der Sitzung geübt haben …«

»Es tut mir leid. Bitte entschuldigen Sie, dass ich Sie auf diese Weise belästige«, sagte er. »Aber ich kann nicht ins Gefängnis gehen. Ich würde es nicht überleben, Doktor.« Ich hörte, dass er weinte.

»Es ist in Ordnung. Sie haben so gehandelt, wie wir es in unserem Vertrag festgelegt haben. Sie haben sich richtig verhalten. Das zeigt, dass Sie die Kontrolle nicht verloren haben. Ihr Denken ist klar. Ich kann hören, dass Sie sich Sorgen machen. Das ist in einer solchen Situation normal. Doch wir werden das überstehen. Sie sind nicht allein, Barry. Wir verarbeiten das in unserer nächsten Sitzung, einverstanden? Jetzt ruhen Sie sich aus. Sitzen Sie? Gut. Dann lassen Sie uns in Siebenerschritten von dreihundert rückwärts zählen. Sind Sie bereit? Lassen Sie uns das laut tun. Langsam: 300, 293, 286, 279, 272, 265, 258. Gut, jetzt erlauben Sie sich, sich zu entspannen und zu beruhigen, und zählen Sie weiter. Sie sind in Sicherheit. Es wird sich alles finden. Ich sehe Sie dann bei unserer nächsten Sitzung.«

Wie sich herausstellte, war er erwischt worden, als er um die Mittagszeit beim Verlassen des Walmart in der Hamilton Street zwei gigantische Hoover-Staubsauger hinter sich herzog. Er rannte nicht weg und versuchte auch nicht, sich zu verstecken. Selbst wenn er es versucht hätte, hätte er unmöglich zwei glänzend rote Hoover-Staubsauger verbergen können, die er von den hohen Regalen heruntergeholt, ausgepackt und durch die breiten Gänge auf den halb leeren Parkplatz hinausgeschleppt hatte; er hatte sie hinter sich hergezogen, an zwei verblüfften Türstehern in orangefarbenen Westen vorbei, die zunächst nicht kapierten, was sich da vor ihren Augen abspielte, und das zu Recht. Es ist nicht die Aufgabe eines Türstehers, zu verstehen.

Mein Job dagegen ist es zu verstehen. Und wenn ich in meinem Job ein wenig nachlasse, wenn mir Schnitzer unterlaufen, ist da John Savoia, der mich darauf hinweist, häufig vis-à-vis am Ecktisch im Blind Mule Bistro, wo wir uns gelegentlich nach der Arbeit treffen, um etwas zu trinken. John, flott in gebügeltem weißen Hemd und mit einem wie ein geliebtes Haustier gepflegten Schnurrbart, kommt grundsätzlich ein wenig zu spät, um seine Bedeutung zu demonstrieren. Sein stämmiger, weicher Körper schien auf gut geölten, unsichtbaren Schienen dahinzugleiten. John hatte in den Jahren unserer Bekanntschaft immer wieder versucht, mir die Liebe zum Wein näherzubringen, die er bei sich selbst auf häufigen Ausflügen ins Napa Valley, bei gelegentlichen Seminaren in Naples und auf Wanderungen durch die Champagne (»in Frankreich, nicht in Illinois«) vervollkommnet hat.

»Such mir was Gutes aus«, sagte ich bei einer dieser Gelegenheiten und wusste, dass diese Worte in Johns Ohren klangen wie Sirenengesang. Er begann, über der Weinkarte zu brüten wie über einer Schatzkarte. Er schnupperte aufmerksam am Korken und erkundigte sich bei der verdatterten jungen Kellnerin nach dem Anbaugebiet und nach der genauen Lage. Dann teilte er mir freundlich, aber entschieden mit, ich solle das Bouquet erschnuppern und die Spuren von Eiche, Malz, metallisch schmeckenden Kräutern, eine Ahnung von Schießpulver, die Andeutung von Schimmel aus einer Fledermaushöhle darin entdecken und obendrein noch einen schwachen Anflug feuchter Wolle. Ich schluckte den Wein achtlos hinunter und sagte: »Schmeckt prima. Ich spüre einen Hauch von Traube!« John entrang sich einen schwachen Seufzer, in dem ein feines Bouquet aus Sorge und Mitleid mit leichten Noten von Verzweiflung und Siegerstolz mitschwang.

»Wenn du mich fragst«, sagte John, denn er wusste, dass ich ihn nicht fragen würde, aus Angst vor einem seiner unvermeidlichen, selbstzufriedenen Monologe, »dann liegt der Grund für das Scheitern einer Behandlung meist in mangelndem Verständnis. Tiefes Verständnis ist ein mühsamer Prozess. Unser Gehirn ist darauf trainiert, aus lückenhaften Informationen Schlussfolgerungen zu ziehen. Wieder einmal die Evolution«, lamentierte er. »Wenn du durch die Savanne gehst und von einem Löwen angegriffen wirst, dann rennst du davon, sobald du das nächste Mal einen Löwen siehst, auch wenn es sich nicht um denselben Löwen handelt. Gewöhnlich funktioniert das – die schnelle Entscheidung, im Galopp, anhand lückenhafter Informationen. Doch jede gute Sache hat auch ihre Schattenseiten. Manchmal ergeben lückenhafte Informationen ein ganz anderes Bild als vollständige. Nehmen wir zum Beispiel Glück und Geld. Sie sind miteinander verknüpft, jedoch nur bis zu einem gewissen Grad. Sobald uns genügend Geld zur Befriedigung unserer Grundbedürfnisse zur Verfügung steht, ist mehr Geld nicht mit mehr Glück verbunden, auch wenn es, zumindest wenn man den Anekdoten Glauben schenken will, mit der Qualität meines Weins und der Libido meiner Frau verknüpft ist; aber das ist ein ganz anderer Vortrag und an dich vollkommen verschwendet, David.«

»Und dieser Vortrag ist an mich nicht verschwendet?«

»Nicht so sehr wie dieser prächtige Rote, fürchte ich«, seufzte er und hielt sein Glas gegen das Licht. »Carmel Limited Edition, oberes Galiläa, aus dem Heiligen Land. Ein einmaliges Terroir, mildes Klima kombiniert mit schweren Böden, dazu noch die Spuren von Jesus und eine Andeutung von Eukalyptus, eine starke Attacke, wie sie es im Mittleren Osten offenbar am liebsten mögen …« Er nippte. »Kräftiges

Aroma, durchgreifend, nicht gerade kleinlaut in der Struktur …«

»Du scheinst von dir selbst zu sprechen, John«, kommentierte ich, »und dann auch noch *mit* dir selbst.«

Er stellte sein Glas auf dem Tresen ab. »In den Kommunikationsgruppen, die ich leite«, sagte er, »konfrontiere ich manchmal zwei Freiwillige in einem kleinen Rollenspiel. Dem einen flüstere ich zu, seine Mutter liege im Sterben und könne nur durch den Saft einer ganzen Orange gerettet werden. Dem anderen flüstere ich zu, seine Mutter liege im Sterben und könne nur durch die Schale einer ganzen Orange gerettet werden. Dann lege ich eine Orange in die Mitte und sage: ›Das hier ist die letzte Orange auf Erden.‹ Was, glaubst du, passiert dann?«

»Sie prügeln sich?«

»Natürlich, denn beide gehen davon aus, dass sie die ganze Orange brauchen, um ihre Mutter zu retten, sie greifen beide danach, und schon hast du einen Kampf …«

»Oh, ich dachte, sie fielen über dich her, um dich wegen deiner albernen Spielchen zu verprügeln.«

»Das ist nicht komisch«, sagte er, »wie immer bei dir; auch kein Spiel, und auch nicht albern. Denn ich sage ihnen: ›Setzt euch hin und unterhaltet euch eine Weile. Lernt einander kennen.‹ Innerhalb weniger Minuten stellen sie fest, welchen Teil der Orange jeder von ihnen braucht, und damit ist das Problem gelöst, durch Kooperation, und ich habe zwei Mütter gerettet. Doch die meisten von uns erreichen diese zweite Kommunikationsstufe nie, und deshalb verbringen wir so viel Zeit mit Streiten, in der Familie und auch außerhalb. Deshalb müssen wir versuchen zu verstehen.«

Ich versuchte, Barry Long zu verstehen. Was hatte ihn wohl dazu getrieben, um die Mittagszeit einen Walmart zu stürmen und dort solch zweifelhafte Beute zu machen? Depressive werden oft wütend, und wer kann ihnen das verübeln; ihr Geist ist umnebelt, ihre gutartige Natur wird untergraben. Doch Barry Long schien kein Mann zu sein, der vor Wut den Kopf verlor. Hätte ich eine Wette abschließen müssen, hätte ich wahrscheinlich eher auf Ake getippt, den thailändischen Wirt, der, wie Alex bemerkt hatte, für einen Buddhisten ziemlich angespannt war. Ake kam immer an unseren Tisch, beugte sich zu uns und informierte uns flüsternd über die neueste Verschwörung gegen ihn in der Nachbarschaft oder darüber, dass die Küchenhilfe, die er eingestellt hatte, ihn bestahl und aus dem Kühlschrank Hühnerteile stibitzte, und vielleicht werde er gezwungen sein, dort eine Kamera zu installieren, doch wer habe für so etwas schon das Geld, besonders wenn auch noch das Budget für eine Küchenhilfe eingeplant werden musste.

Andererseits schien Barry Longs Staubsauger-Parade, bei der es sich vom Standpunkt des Gesetzes aus um Diebstahl handelte, von Barry Longs Standpunkt aus keineswegs ein solcher zu sein. Barry Long war kein Dieb, dachte ich. Und wenn er denn einer war, dann nicht ein *solcher* Dieb. Und ich war nicht das Gesetz. Ich suchte nach einer anderen Antwort.

»Jetzt erzählen Sie mir genau, was passiert ist«, sagte ich bei unserem nächsten Treffen zu ihm.

»Die sagen, ich hätte das Geschäft mit zwei Staubsaugern verlassen und versucht, sie in mein Auto zu laden.«

»Und was sagen Sie, Barry?«

»Ich weiß es nicht. Es ist möglich. Doch wenn ich die Staubsauger mitgenommen habe, dann nicht für mich.«

»Für wen denn dann?«

»Für Mimi – Mimi. Mir geht es im Moment wirklich nicht besonders gut. Ich kann überhaupt nichts machen, ich kann nicht schlafen. Ich weine die ganze Zeit. Sie muss auf mich aufpassen. Es ist schwer für sie. Ich denke neuerdings, dass sie mich vielleicht verlassen will. Warum sollte sie bei mir bleiben? Was hat sie davon? Ich bin eine Katastrophe. In dem Geschäft ging mir der Gedanke durch den Kopf, dass sie sich über einen neuen Staubsauger freuen würde, und tatsächlich verdient sie sogar zwei davon. Damit sie mich liebt …« Seine Augen füllten sich mit Tränen. »Vielleicht ist es so passiert, aber ich weiß es nicht …«

»Waren Sie betrunken?«

»Nein, nein.«

»Nehmen Sie Ihre Medikamente?«

»Ja.«

»Denken Sie an Selbstmord?«

»Manchmal.«

»Vorsatz?«

»Ich werde Mimi nicht alleinlassen.«

»Gab es solche Momente in der Vergangenheit, eine Situation, in der Ihr Verhalten so wie hier außer Kontrolle geriet?«

»Nein, so nicht.«

An diesem Punkt wurde mir klar, dass Barry Long wahrscheinlich an einer bipolaren Störung litt.

Menschen mit einer bipolaren Störung werden häufig lediglich als depressiv diagnostiziert, denn während der manischen Episoden erscheinen sie nicht zur Therapie, da sie ihre Manie als eine Zeit der Kreativität und Ekstase erleben – wie einen endlosen Orgasmus, so nannte ein Betroffener es einmal – und Angst davor haben, sie würde ihnen weggenommen, mit Medikamenten betäubt und durch Einweisung in eine Klinik zerstört.

Ich habe in der Vergangenheit mit einigen solchen Klienten gearbeitet und eine Depression diagnostiziert, durch die plötzlich eine Manie durchbrach. In einem Fall handelte es sich um eine temperamentvolle, kräftig gebaute Frau mit strahlenden Augen, die in einer Kleinstadt als Autoverkäuferin arbeitete. Eines Tages tauchte sie herausgeputzt bei der Arbeit auf und begann, die Autos gratis an ihre Kunden abzugeben – *Sonderangebot! Nur heute!* Nach ein paar Stunden stieg sie in ein blaues Kabrio und fuhr damit nach Cleveland. Dort wurde sie von der Polizei aufgegriffen, als sie nackt auf dem Highway lag und schreiend darauf bestand, umgehend mit dem russischen Präsidenten zu sprechen, um ihren Plan für ein interreligiöses Friedensabkommen im Mittleren Osten vorzutragen und außerdem, wenn sie schon einmal da sei, das Problem der weltweiten Klimaerwärmung zu lösen, indem sie außer Weiß sämtliche Farben verbot.

Dann war da ein silberhaariger Pensionär mit sanftem Blick und sanftem Wesen, der sich nach einer manischen Episode in der Gummizelle der örtlichen Polizeiwache wiederfand. Der Gefängniswärter erzählte mir am Telefon, dass der Mann versuche, die Wände hochzuklettern, sich für einen Gorilla namens Brute halte und behaupte, die Welt ginge unter, wenn nicht er, der Gorilla Brute, das ganze Buch Genesis auswendig hersagen könne.

Ein dritter Klient, an den ich mich erinnerte, ein bebrillter Pharmazeut mittleren Alters, betrat eines Tages das Gerichtsgebäude an der Main Street, trat vor den Richter, knallte die Faust auf den Richtertisch und forderte freundlich, aber bestimmt ein faires Verfahren, jetzt und auf der Stelle. Zwei Wochen später, als er über das Wochenende aus der Klinik entlassen wurde, nahm er seine gesamten Ersparnisse und kaufte sich eine Flöte, eine Klarinette, einen Flügel, zwei Oboen, eine Geige, eine Orgel und einen Kontrabass, obwohl er noch nie in seinem Leben ein Instrument gespielt hatte und nach diesen Käufen auch kein Geld mehr für Musikstunden übrig hatte, falls er sich denn zu einem späten Anfang entschlossen hätte.

Im Larsen P. Clark Hospital wurden die bipolaren Patienten dem medizinischen Personal gegenüber aufsässig und verweigerten die Behandlung, sobald sie ein erstes euphorisches Kribbeln verspürten. Ein verräterischer Hinweis, dass jemand kurz vor einer manischen Episode stand, war seine beharrliche Behauptung, es gehe ihm gut und er brauche keine Medikamente mehr. Darin liegt das Paradoxon der Bipolarität: Sich gut zu fühlen ist ein Symptom, ein schlechtes Zeichen. Auch sich schlecht zu fühlen, ist ein schlechtes Zeichen. Eine bipolare Störung ist an sich ein schlechtes Zeichen, denn häufig verstärkt und verschlimmert sie sich mit der Zeit; die Episoden folgen immer rascher aufeinander wie Wasser, das immer schneller spiralförmig im Abfluss verschwindet. Im Larsen P. Clark lernte ich, dass bipolare Patienten sich als Gruppe von den Depressiven unterscheiden. Sie leiden nachts am meisten, sind häufiger psychotisch und berichten häufiger von einer chaotischen Vergangenheit. Wie Suchtkranke sind sie geschickte Lügner, auch wenn sie darin nicht so perfekt sind wie diese, die sich ihrerseits wieder vor den Soziopathen verbeugen müssen, für die das Konzept »Wahrheit« gar nicht erst existiert.

Nach einer Weile war ich mir ziemlich sicher, dass Barry Long bipolar war. Doch für Bipolarität gibt es keinen Lackmustest; es gibt kein Röntgenbild, keinen Bluttest, nichts zu ertasten, nichts aufzuschneiden oder zusammenzunähen, keine Worte auf Papier. Ich musste mich hauptsächlich auf Barrys Berichte verlassen, deren Worte sich in Luft auflösten; und er war nicht der zuverlässigste Berichterstatter, auch wenn sein Mangel an Zuverlässigkeit meine Diagnose bekräftigte. Es wäre hilfreich gewesen, von jemandem, der ihn kannte, weitere Informationen zu erhalten, doch seine Familie lebte in Texas, und er wünschte keinen Kontakt mit ihr, und Barry zufolge wollte auch sie keinen mit ihm. Mimi wollte er nicht in die Sache hineinziehen, da sie Krankenhäuser und Kliniken hasste und mit ihren eigenen Problemen zu kämpfen hatte. Sie hatte seinetwegen schon genug gelitten, und er würde ihr nicht noch mehr zumuten.

Und dann verschwand er.

Zunächst war ich erleichtert. Ich lüftete mein Büro und stellte frische Blumen in die Vase. Der Mittwoch wurde erträglicher. Der Dienstag ebenfalls und auch der Donnerstag. Nach einem Monat rief ich bei ihm zu Hause an, denn Theresa, unsere allwissende Büroleiterin, erinnerte mich im Auftrag John Savoias sanft, aber entschieden daran, dass ich mich an das übliche Prozedere halten müsse. Der Anrufbeantworter informierte mich mit Barry Longs schwacher Stimme: »Ich bin nicht da. Hinterlassen Sie eine Nachricht.« Was ich tat. Es kam kein Rückruf. Ich dokumentierte diesen Anruf in seiner Akte und schob sie wieder tief in die Schublade. Doch nach weiteren zwei Wochen verpuffte meine Erleichterung, wie jedes Mal, und das Thema Barry Long begann mich erneut zu beschäftigen.

Sein Verschwinden an sich machte mir keine Sorgen. Ein Klient kann jederzeit ohne Vorwarnung verschwinden, vielleicht für immer, und als Therapeut hat man keinen Anspruch auf ihn. Kein Recht, benachrichtigt zu werden, und auch keine Verpflichtung, nach ihm zu suchen oder sich Sorgen zu machen. Das sind die Paradoxa, mit denen wir leben müssen.

Seltsamerweise fürchtete ich nicht um sein Leben: Ein erfolgreicher Selbstmordversuch ist selten, selbst unter Depressiven, und seltene Vorkommnisse können nicht akkurat vorhergesagt werden. Die Gesamtheit der NASA-Ingenieure kann den Misserfolg einer Raumfähre nicht vorhersagen. Als Therapeut kann man seine Tage nicht in Furcht verbringen, denn dann ist das Leben kein Leben mehr, und was für ein Beispiel wäre das für unsere Klienten?

Nein. Mein ungutes Gefühl verdankte sich der Tatsache, dass sich das Bild dieses Mannes – der verängstigt und verwirrt, hager und mit totem Blick durch die Türen eines Walmart trat und zwei riesige, glänzende Staubsauger hinter sich herzog, um sie seiner geliebten Mimi mitzubringen, um sie zu trösten und zu besänftigen, damit sie ihn nicht verließ –, dass dieses Bild sich in mein Bewusstsein geätzt hatte wie eine Tätowierung.

»Einer meiner Klienten ist verschwunden, schon über einen Monat«, erzählte ich John Savoia im Blind Mule Bistro. »Ich vermute, er ist in einer manischen Episode mit der Polizei in Konflikt geraten. Wie auch immer, ich habe seit einiger Zeit nichts mehr von ihm gehört.«

»Wir haben in unserem Zentrum eine Abbruchrate von zwanzig Prozent, das liegt nebenbei gesagt unter dem nationalen Durchschnitt«, sagte John. »Warte noch zwei Wochen, und wenn du bis dahin nichts von ihm hörst, schicken wir ihm einen Abschlussbrief. Gib einfach Theresa Bescheid, dann erledigt sie das. Es gibt in diesen Fällen eine festgelegte Vorgehensweise und gute Gründe dafür.«

»Ich habe ein ungutes Gefühl«, murmelte ich.

»Die, die Katastrophen vorhersagen, haben gewöhnlich nicht recht«, sagte er. Und ich wusste, dass er gewöhnlich recht hatte.

13

An jenem Freitagabend kam ich früher nach Hause als sonst. Zwei Klienten hatten nacheinander abgesagt, und ich beschloss, früh nach Hause zu fahren und mich zu entspannen. Alex rief an und sagte, sie werde spät nach Hause kommen. Ich bestellte mir eine Pizza und setzte mich ins Wohnzimmer vor den Fernseher. Als vierzig Minuten später der Pizzabote kam, hatte ich nicht genügend Bargeld. Ich wusste, dass Alex die Angewohnheit hatte, Geld in ihren Manteltaschen zu vergessen. Ich ging an ihren Schrank und durchsuchte die Taschen ihres Wintermantels. Zusammen mit einem Zehn-Dollar-Schein zog ich einen sauber gefalteten Brief heraus. Ich bezahlte den Lieferanten. Der Duft der Pizza erfüllte das Haus und hüllte mich in ein Gefühl von Wohlbehagen und froher Erwartung. Bevor ich mich zum Essen setzte, faltete ich den Brief auseinander und las ihn. Warum ich das tat? Ich weiß es nicht. Was stand darin? Ich kann es nicht mehr genau sagen. Doch ich erinnere mich an ein paar Zeilen in einer unbekannten Handschrift. Genauer gesagt erinnere ich mich an Folgendes:

Als ich Dich in den Hintern gevögelt habe. Als mein dicker Schwanz völlig in Deinem Arsch verschwunden war, habe ich mich gefühlt wie ein König. Wie ein Löwe.

Vielleicht gibt es Beziehungen, die sich von solchen Zeilen erholen können. Unsere gehörte nicht dazu. Das war mir augenblicklich klar. Doch selbst Dinge, die einem in einem abstrakten Sinne augenblicklich klar sind, brauchen Zeit, um konkret zu werden. Und das ging so: Zunächst ging ich in die Küche und begann in stoischer Ruhe, wie ein Automat, das Geschirr abzuwaschen, während mein Gehirn sich wie mit Sand gefüllt und völlig verstopft anfühlte. Dann nahm ich die sauberen Teller und schmiss sie einen nach dem anderen an die Wand. Danach die Champagnergläser, die wir nie benutzten, weil Alex fand, sie seien zu hübsch und zu zerbrechlich, um das Risiko einzugehen. Dann ging ich nach oben und wühlte in ihren Schränken und Schubladen auf der Suche nach … wonach eigentlich? Ich wusste es nicht. Auf der Suche nach Dingen, die ich nicht finden wollte und auch nicht fand. Dann fuhr ich wie ein Rasender zu ihrem Büro und stellte fest, dass es abgeschlossen war und kein Licht brannte. Ich rief sie auf ihrem Mobiltelefon an, doch sie antwortete nicht. Dann fuhr ich durch die Stadt, wie betäubt und gleichzeitig wutentbrannt, und überlegte mir, ob ich meinen Wagen gegen einen Baum oder eine Mauer rammen sollte. In Gedanken versuchte ich, mir Alex' Schock, ihre Ungläubigkeit und ihre Schuldgefühle beim Anblick meines entstellten Leichnams vorzustellen, doch es gelang mir nicht, dieses Bild abzurufen. Stattdessen stellte ich mir Alex auf einem zerwühlten Bett vor, wie sie mit lang ausgestreckten Gliedern auf dem Bauch lag, einen dicken Schwanz im Hintern. Dann fuhr ich wieder nach Hause und dachte, dass ich meine Sachen packen und gehen sollte; gehen, bevor sie ging. Doch sie war bereits gegangen. Es war zu spät. Ich dachte daran, ihre Kleider auf den Rasen hinauszuwerfen. Doch plötzlich sickerte mir alle Kraft aus Armen und Beinen. Ich stolperte durchs Haus auf der Suche nach etwas, das ihr lieb und teuer war. Doch das Einzige, was ich fand, waren zwei gerahmte Bilder von ihr und Sam in Lucca, Erinnerungen an unseren Italienurlaub, wo wir durch enge, kopfsteingepflasterte Gassen geschlendert waren und Alex reich verzierte Türen und Fenster fotografiert hatte. Dann dachte ich, dass ich eigentlich losziehen und jemand anderen vögeln sollte. Ich durchforschte mein Gedächtnis nach jemandem, den ich hätte vögeln können, doch mir fielen keine Namen ein; das Einzige, was mir in den Sinn kam, war ein trübes Bild des Mädchens mit den Kakteen und der freundlichen Schlange. Namen fielen mir überhaupt keine mehr ein. Nichts, nur ätzende gelbe Galle in meiner Kehle.

Alex kam, sagte Hallo und ging sofort ins Bad. Ich wartete mit zusammengebissenen Zähnen ein paar Minuten im Wohnzimmer. Schließlich ging ich ins Bad und hielt ihr den Brief unter die Nase. Sie saß auf dem Klo und las wie üblich in einer Zeitschrift.

Sie hob den Blick und sah mich an, dann den Brief, dann wieder mich und sagte kalt: »Warte wenigstens, bis ich hier fertig bin, ja?«

Ich wartete in der Küche inmitten von zerbrochenem Glas und Kristall. Die Signale der äußeren Welt waren verstummt, und ich schwebte schwerelos dahin wie ein verlorener Astronaut, der nur noch seinen eigenen, stoßweisen Atem hört, in seinem schweren Anzug gefangen, der ihn nicht retten kann, da der Kontakt zum Mutterschiff abgebrochen ist und sein Sauerstoff zur Neige geht.

»Ich ziehe in den nächsten Tagen aus«, sagte Alex. »Du

kannst das Haus behalten. Ich brauche kein Geld. Ich rede mit Sam.«

Sie war direkt und sachlich wie immer, doch ohne Wärme. Ihre Wärme war anderswo. Ich spürte es auf meiner Haut.

»Was hast du getan, Alex?«, sagte ich mit brüchiger Stimme.

Sie nickte und wandte den Blick ab. »Es ist vorbei«, sagte sie in endgültigem Ton.

»Ich wusste nicht, dass du so gelitten hast«, sagte ich.

»Ich weiß nicht, ob ich gelitten habe«, sagte sie kühl. »Auch das Gute nimmt ein Ende. Und ich will meinen Brief zurück.«

Ich reichte ihn ihr mit einer steifen Geste. Sie faltete ihn wieder zusammen und steckte ihn in ihre Gesäßtasche.

»Danke«, sagte sie und ging in die Küche, um aufzuräumen. Ich legte mich im Wohnzimmer auf die Couch.

Nach einer Weile stand ich auf und ging zu ihr.

»Wir müssen nicht alles kaputtmachen«, sagte ich. »Manche Menschen verarbeiten so etwas. Paare überwinden es.«

»Ich weiß es nicht«, sagte sie. Sie schien in Gedanken völlig woanders. »Ich muss hier raus.«

14

Nachdem Alex gegangen war, vergingen meine Tage schleppend, wie Verkehr bei dichtem Nebel. Zu Hause drifteten die Abende an mir vorbei, ohne dass ich eine menschliche Stimme hörte. Wie sich herausstellte, waren mein Fernseher und meine alte Stereoanlage an jenem furchtbaren Abend meiner Wut zum Opfer gefallen. Ich stolperte durch das stille Haus, bleich und schaurig wie ein Geist. Irgendwann begann ich, unterhalb der riesigen Uhr, die wir zu Sams Geburt gekauft hatten, gegen die Wohnzimmerwand zu treten, bis ein hässliches Loch in der Verkleidung klaffte. Vor Jahren hatte sich ein Eichhörnchen zwischen den Wänden verfangen. Es hatte gescharrt und gekämpft und nächtelang unseren Schlaf gestört, bis die Geräusche allmählich schwächer wurden und schließlich erstarben, bis nur noch Gestank übrig blieb und dann die Erinnerung an diesen Gestank.

Nach Alex' Weggang hatte ich das Gefühl, das Haus sei in zwei Teile zerschnitten. Die eine Hälfte wurde auf einen Laster geladen und davongefahren, und ich blieb in der anderen zurück, lebte in einem halben Haus, unter einem halben Dach, saß auf einem halben Stuhl, lag in einem halben Bett und fuhr ein halbes Auto. Vielleicht war es auch andersherum – Haus, Stuhl, Bett und Auto blieben intakt, und ich war es, der in zwei Hälften zerschnitten worden war. Nachts rollte ich mich auf meiner Seite des Betts zusammen und ließ

Platz für Alex. Morgens wachte ich auf, und der Platz war immer noch leer. Dieser leere Platz in seiner Plötzlichkeit und Endgültigkeit erschütterte mich. Ihre Hälfte des Bettes hatte sich in meinen Gedanken in ein offenes Grab verwandelt. Ich traute mich nicht in seine Nähe.

In dieser Zeit lief vor meinem inneren Auge nicht etwa im Schnelldurchlauf unser gemeinsames Leben ab, wie es angeblich im Moment vor dem Tod geschieht. Ich hatte keinen »Moment davor«. Wie die toten Bewohner Pompejis, die wir auf unserer Italienreise gesehen hatten, die unter einer Lawine aus Vulkanasche begraben und darunter allezeit in der Haltung ihres Todes erstarrt waren – die Hände über den Kopf geworfen, mit aufgerissenem Mund nach Luft schnappend, die immer knapper wurde –, so hatte sich ein Bild in mein Gehirn eingeprägt. Dabei handelte es sich nicht einmal um ein Bild, das ich tatsächlich gesehen hatte. Es war nicht das Bild von Alex' Gesicht, als sie vom Toilettensitz zu mir aufsah; nicht das Bild unserer Küche voller Glas- und Kristallscherben. Nicht das Bild des orangefarbenen Tiefladers, der ein paar Tage später ihre Besitztümer abtransportierte. Das Bild, das sich in meinen Gedanken einnistete, war eine Halluzination, die bittere Frucht meiner eigenen Phantasie: die Vorstellung, wie Alex bäuchlings, mit geschlossenen Augen und vor Schmerzlust und Lustschmerz verzerrtem Gesicht, ausgestreckt auf einem fremden Bett lag.

John Savoia, mit dem ich mich ein paar Tage nach Alex' Auszug im Blind Mule Bistro traf, hörte mir aufmerksam – oder höflich, das konnte man bei ihm nie so genau sagen – zu und sagte schließlich: »Tja. So ungern ich das sage, aber ich glaube, mit diesem Zwischenfall bist du von sonnenbeschienenen Rebgefilden in die dunkleren Bereiche des Hochprozentigen übergegangen, dessen Genuss einem weder Stil noch Anmut abverlangt und der deshalb haargenau zu deinem existentiellen Modus Operandi passt, wenn ich ganz offen sein will.«

»Reden wir wieder über Wein? Bitte sag mir, dass wir nicht schon wieder über Wein reden, John.«

»Nein, nein. Nur ein paar einleitende Worte, nicht mehr.« Er wirkte vage gekränkt.

Wir saßen da und schwiegen.

John nippte an seinem Wein und nickte. »Es gibt diesen Mythos, die Ehe sei die Domäne der Frau. Die Frau will heiraten, versucht, einen Mann in die Falle zu locken und ihn zum Altar zu lotsen, und der Mann versucht zu entkommen, bis er gegen seinen Willen umgarnt ist und schweren Schrittes zum Altar geschleppt wird. So lautet der Mythos. Doch in Wahrheit ist es genau umgekehrt. Sämtliche Studien beweisen das. Verheiratete Männer sind gesünder, wohlhabender und glücklicher. Sie haben mehr Sex, arbeiten härter, leben länger und sind seltener krank. Sämtliche Dividenden einer Ehe gehen auf das Konto der Männer. Und die Frauen? Gewinnen eigentlich nichts. Verheiratete Frauen gehen leer aus – sie sind unverheirateten Frauen gegenüber nicht im Vorteil ...«

»Danke«, sagte ich. »Als Schulter zum Ausweinen verkaufst du dich quasi von selbst, John.«

»... und darüber hinaus«, fuhr er fort, als ob er mich nicht gehört hätte, obwohl er mich sehr wohl gehört hatte, »glaubt man im Allgemeinen, Frauen litten unter einer Scheidung. Doch auch dazu stehen die Fakten in Widerspruch. Wie sich zeigt, erholen Frauen sich schnell. Es ist der geschiedene

Mann, der leidet. Wir sind das schwache Geschlecht«, sagte John. »Und zwar von Anfang an. Männliche Föten gehen vermehrt früher ab. Die meisten Störungen in der Kindheit betreffen Jungen ...« Er hob mit wohlgeübter, selbstzufriedener Geste sein Glas. »Das sind die Daten. Daran besteht kein Zweifel.«

»Nochmals danke, John«, sagte ich, »aber vielleicht sind deine Daten für mich im Moment wenig hilfreich.«

»Ah«, sagte er mit einem schlauen Lächeln, »Daten sind immer hilfreich. Fakten sind immer deine Freunde. Wissen ist eine Gnade. Am Ende des Tages trägt das Offensichtliche den Sieg davon.«

»Am Ende des Tages«, seufzte ich. »Ja. Aber was ist, wenn der Tag kein Ende nimmt?«

»Jeder Tag nimmt ein Ende«, sagte er.

Ich sah ihn an, sein klares, blasses Gesicht, sein helles, lichter werdendes Haar, sein sorgfältig gebügeltes Hemd und seine manikürten Fingernägel. Ich wusste nicht, ob John dachte, mein Tag habe bereits geendet oder das Ende stünde erst noch bevor. Ich wusste nicht, was er dachte. Ich wusste nicht einmal, was ich selbst dachte.

Wir saßen da und tranken. Dann sagte er: »Ich werde zu Hause erwartet.« Er klopfte mir sachte auf den Rücken, nahm seinen Aktenkoffer und ging.

15

Als ich am darauffolgenden Mittwoch nach einem Termin nachmittags aus meinem Büro kam, lief Theresa auf dem Flur hinter mir her und sagte: »Ein alter Klient von dir ist aufgetaucht.«

»Welcher?«

»Der Komische.«

Der Komische. Ich habe zu allen Zeiten vierzig Klienten, und auf mindestens ein Drittel von ihnen traf diese Beschreibung mit einer gewissen Berechtigung zu, doch ich wusste auf der Stelle, wen sie meinte.

»Barry Long? Was wollte er?«

»Er sagte, mittwochs um drei sei euer Termin. Er dachte offenbar, er hätte einen Termin. Ich sagte, dass du bereits jemand anderen eingetragen hättest. Ich fragte ihn, ob er im Voraus angerufen hätte, um einen Termin auszumachen, aber daraufhin hat er nur etwas in seinen Bart gemurmelt. Ich habe ihn nicht richtig verstanden. Ich bat ihn zu warten, aber das wollte er nicht. Er sagte, er müsse den Bus nach Texas erwischen.«

»Den Bus nach Texas?«

»So habe ich ihn verstanden. Eigentlich hat er es mehr so vor sich hingemurmelt …«

»Wann ist er weggegangen?«

»Vor ungefähr zehn Minuten.«

»Wie sah er aus?«

»Wie er aussah?«

»Du hast ihn gesehen«, sagte ich. »Wie kam er dir vor?«

»Er wirkte verängstigt. Verwirrt …«

»Danke, Theresa«, sagte ich und prüfte, ob ich Schlüssel und Brieftasche bei mir hatte. »Hör zu. Ich muss gehen. Ruf meine restlichen Klienten an und sage ihnen für heute ab. Bitte tu das für mich.« Ich rannte Richtung Ausgang und fuhr zum Busbahnhof in der Innenstadt. Warum tat ich das? Ich weiß es nicht. Ich hatte ein ungutes Gefühl, ein saures Rumoren in der Magengrube, wie wenn man in die Ferien fährt und plötzlich glaubt, man habe zu Hause möglicherweise den Herd angelassen. Als ich in Richtung Busbahnhof raste, versuchte ich mir klarzumachen, dass es nicht meine Aufgabe war, ihm nachzujagen; dass er, wenn er meine Hilfe gewollt hätte, nicht über einen Monat verschwunden geblieben wäre. Doch andererseits war er gerade in meiner Praxis aufgetaucht und hatte Theresa erzählt, wo er hinwollte. War das ein Versehen? War es Zufall? Vielleicht; vielleicht auch nicht.

Ich parkte genau gegenüber des Bahnhofs an einer Parkuhr, rannte über die Straße und stieß die Glastür auf. Die Wartehalle war in schales Neonlicht getaucht. Zu meiner Rechten hatten sich vor dem Fahrkartenschalter zwei Schlangen gebildet. Ein großer, kräftiger Mann mit Baseballkappe schrie, dass er es noch an diesem Tag nach Cleveland schaffen müsse. Unbedingt. Die Kassiererin hinter dem Tresen, eine füllige Schwarze mit bröselndem Make-up, erklärte, dass der Bus voll sei, der nächste später am Abend fahre und sein Geschrei ihm außerdem nicht im Geringsten weiterhelfen würde. Er erwiderte, dass Erklärungen ihr nicht weiterhelfen würden. Ich dachte, dass sie beide recht hatten. Ein paar übermüdete Rucksacktouristen schlurften um die Ecke, Kaffeebecher in den Händen. Hier und da sah ich dicht aneinandergedrängt Familien, deren Kinder in viel zu großen, fleckigen Mänteln steckten. Ich hielt nach Barry Ausschau und sah ihn schließlich in einer Ecke kauern; er zitterte wie ein verschrecktes Tier und wühlte nervös in seinen Manteltaschen, den Blick zu Boden gerichtet. Links von ihm drängten sich ein paar chassidische Juden mit wilden Bärten, schwarzen Mänteln und Hüten unter Gefuchtel und Palaver im Kreis und krakeelten in ihrer fremdartigen, gutturalen Sprache durcheinander. Ich bahnte mir durch das Durcheinander einen Weg zu ihm.

»Barry.«

Er hob kurz den Blick. Seine Augen waren nicht ausdruckslos wie bei einem Depressiven, sondern schimmerten in einem seltsamen Licht.

»Ich habe gehört, Sie hätten in der Praxis nach mir gefragt«, sagte ich.

Er senkte den Blick und zögerte, als müsste er einen Entschluss fassen – doch ich hatte das Gefühl, als sei er mit seinen Gedanken nicht ganz bei sich und ganz gewiss nicht bei mir. Den Kopf hatte er stirnrunzelnd ein wenig nach rechts gelegt, als überlegte er angestrengt. Ich dachte, dass er vielleicht der Unterhaltung der Chassidim neben ihm lauschte und versuchte, ihr geheimnisvolles Kauderwelsch zu verstehen, oder dass er ihre ruckenden Köpfe bei ihrem seltsamen Tanz beobachtete. Seine Finger zappelten unterdessen die ganze Zeit in seinen Taschen, und ich meinte zu sehen, wie seine Lippen sich unter Gemurmel bewegten.

»Wohin wollen Sie?«, erkundigte ich mich und beugte mich näher zu ihm. Die vertraute Nikotinaura umfing mich.

»Nach Texas«, hauchte er.

Texas. Ich erinnerte mich, dass seine Mutter noch immer in Houston lebte. Doch ich erinnerte mich auch an seine entsetzlichen Geschichten über sie – dass sie ihn als Kind misshandelt, in seinem Zimmer eingesperrt und ihm befohlen hatte, sich nicht mehr blicken zu lassen, manchmal tagelang, wie er sagte. Als er auf der Straße einmal ein Kätzchen aufgegabelt und es im Keller mit Milch gefüttert hatte, hatte seine Mutter in einem Wutanfall das Kätzchen gepackt und den Kopf des kreischenden Tiers vor den Augen ihres entsetzten Sohnes an die Wand geschmettert, weil er Milch an ein streunendes Tier verschwendet hatte. Einmal hatte sie aus der Waffensammlung in ihrem Schlafzimmerschrank ein Gewehr genommen, es ihm an den Kopf gehalten und unter lautem Gelächter abgedrückt. Das Kind Barry Long verstand nicht, was ihre Aktionen bedeuteten, doch ihr Gelächter, so hatte er mir leise gesagt, hatte ihn in Angst und Schrecken versetzt. Jahre später durchlebte er diese Angst und diesen Schrecken noch ein zweites Mal, als ihm als Erwachsener klar wurde, was sich als Kind seinem Verständnis noch entzogen hatte. So hatte er es mir erzählt, ohne zu wissen, dass er damit das allgemeingültige Gesetz einer Traumatisierung verkörperte: Ein traumatisches Erlebnis taucht in unserem Leben immer zweimal auf – einmal als äußeres Ereignis und dann noch einmal als inneres. Während ein äußeres Ereignis von der tatsächlichen Zeit seines Geschehens begrenzt ist, kennt ein inneres keine solchen Grenzen. Es geschieht immer und immer wieder, in einer Endlosschleife.

»Nach Texas?«, fragte ich.

»Dort finden sie mich nicht«, flüsterte er unvermittelt und sah wieder zu den Chassidim hinüber, die immer noch ihre geheimnisvollen biblischen Fürbitten leierten. »Hier sind sie hinter mir her.« Seine Stimme zitterte. »Sie sind hinter mir her. Meine Mom ist in Texas. Ich überlebe das Gefängnis nicht. Doktor, es ist gut, dass Sie gekommen sind. Sie werden zu Ihnen kommen und sich nach mir erkundigen. Erzählen Sie ihnen nichts von mir. Sagen Sie ihnen nicht, wohin ich gegangen bin. Ich bitte Sie. Die Dinge zwischen uns sind durch das Gesetz geschützt, nicht wahr? Im Gefängnis nehmen sie einem die Medikamente weg. Ich würde das nicht überleben.«

»Sie kommen nicht ins Gefängnis, Barry«, sagte ich. »Sie können nicht einfach so weglaufen. Weglaufen ist keine Lösung. Erinnern Sie sich noch, warum Sie Texas verlassen haben? Ich glaube, es ist besser, Sie kehren in Ihre Wohnung zurück. Lassen Sie sich Zeit, ruhen Sie sich aus, denken Sie nach und erholen Sie sich. Wir vereinbaren einen Termin, und Sie kommen wieder in Behandlung.«

»Sie sind am Fenster«, sagte er. »Sie haben einen Polizeiwagen geschickt. Sie verfolgen mich. Sie haben mein Telefon angezapft. Ich höre alle möglichen Geräusche und ein Klicken. Sie spähen bei mir zu Hause durchs Schlüsselloch. Gestern Abend … ich habe mich die ganze Nacht im Schrank versteckt. Mimi hat versucht, mich zu beruhigen, aber ich habe sie gehört. Sie sagt, sie hört sie nicht. Aber sie sind da. Ich höre sie …«

»Die Polizei verfolgt Sie?«

»Ja. Sie sind hinter mir her; sie wollen mir etwas anhängen.«

»Warum?«

»Ich weiß nicht, warum. Sie sind da draußen. Ich habe sie vorbeifahren sehen.«

»Es fahren die ganze Zeit zufällig Polizeiautos vorbei, das bedeutet nicht, dass sie hinter Ihnen her sind.«

»Sie wollen, dass es zufällig wirkt, verstehen Sie? Aber sie sind hinter mir her. Sie rufen mich an und legen auf.«

»Sie denken nicht richtig, Barry. Sie sind krank. Sie stellen sich Dinge vor, die es gar nicht gibt. Ihr Gehirn spielt Ihnen einen Streich. Sie müssen in ein Krankenhaus.«

»Nein. Kein Krankenhaus. Dort sperren sie mich ein, und ich komme nie wieder raus. Ich gehe dort nicht hin. Bitte verlangen Sie nicht, dass ich …«

»Niemand wird Sie zwingen, dorthin zu gehen. Sie sind ein freier Mann und haben bestimmte Rechte. Aber warum gehen wir jetzt nicht in meine Praxis? Ich verspreche Ihnen, dass dort niemand kommt. Sie wollen eigentlich nicht nach Texas. Was soll denn Mimi ohne Sie machen? Denken Sie nach, Barry.«

Ich half ihm auf und nahm seinen Arm, um ihn an den Chassidim vorbeizuführen; einen Augenblick lang schien Barry sie eingehend zu studieren, als wollte er die Melodie ihrer Sprache ergründen. Ich drängte ihn sanft, aber entschlossen weiter, und gemeinsam bahnten wir uns einen Weg durch das Gewühl und über die Straße.

Im Auto kauerte sich Barry auf den Rücksitz, und augenblicklich war die Luft von Rauch und Verzweiflung erfüllt. Er saß schweigend da, und auch ich sagte beim Fahren kein Wort. Als wir in meinem Büro ankamen, setzte er sich auf dem roten Sofa auf seinen angestammten Platz und umarmte sein Kissen. Ich sah ihn an wie zum allerersten Mal.

16

Je verlorener ein Mensch ist, desto weniger Zeit bleibt einem Therapeuten, sich seiner anzunehmen. Das lernte ich während meiner Zeit im Larsen P. Clark Mental Hospital, wo ich ein Jahr lang in der geschlossenen Abteilung für psychisch Kranke arbeitete. Wer wirklich leidet, hat für umständliches Geräusper und höfliche Andeutungen keine Verwendung. Die einzig mögliche Sprache ist die unverblümte. Die direkte Frage, und im Verbund mit ihr das Aufrütteln des Patienten und das Fokussieren seiner Aufmerksamkeit zeigen auch, dass der Therapeut fähig ist, mit der bitteren Wahrheit umzugehen, die die Antwort mit Sicherheit zutage fördern wird. Alles andere ist ein Zeichen von Schwäche, und der wirklich Kranke hat weder Zeit noch Geduld für die Schwächen seines Therapeuten. Er ist bereits von seiner eigenen Schwäche umzingelt.

Je kränker ein Patient ist, desto weniger reagiert er auf Abstraktion. Analogien und Metaphern, für ein gesundes Gehirn bestens geeignet, werden im Gehirn des psychotischen Patienten zu Hindernissen, darauf wies mich der alte Helprin immer wieder hin. Zu einem Schizophrenen sollte man sagen: »Stehen Sie auf und gehen Sie in Ihr Zimmer«, und nicht: »Reißen Sie sich zusammen«, denn das bedeutet für ihn ein bedrohliches, zusammenhangloses Chaos. Die Unfähigkeit, verschiedene Sprachebenen zu unterscheiden, ist ein Hinweis auf eine kranke Psyche. Aus diesem Grund sollte man einen Schizophrenen niemals fragen: »Wie geht es Ihnen?«, sondern vielmehr: »Hören Sie Stimmen?« Und diese Frage stellte ich schließlich Barry Long.

»Ja«, murmelte er.

»Schon lange, nicht wahr?«

»Ja.«

»Seit wann?«

»Seit meiner Jugend.«

»Und diese Stimmen, kommen sie aus Ihrem Innern oder von außen?«

»Von außen.«

»Sind es Ihre Stimmen oder die von jemand anders?«

»Nicht meine.«

»Davon haben Sie mir nichts erzählt.«

»Es tut mir leid ... ich hatte Angst.«

»Wovor?«

»Dass Sie mich ins Krankenhaus schicken, wenn ich es Ihnen erzähle.«

»Niemand kann Sie zwingen, ins Krankenhaus zu gehen.«

»Es tut mir leid. Ich hatte Angst.«

»Und was sagen sie, diese Stimmen?«

»Wollen Sie das wirklich wissen?«

»Ja. Um Ihnen zu helfen, muss ich wissen, was in Ihnen vorgeht.«

»Wirklich?«

»Ja.«

Er beugte sich vor: »Dreck Dreck Dreck Dreck Dreck Dreck Dreck Dreck Dreck stirb stirb schon stirb stirb Dreck Dreck verrotteter verrotteter stinkender Dreck Tod Tod Tod

Tod stirb stirb stirb verrotte verrotte du stirbst stirb Dreck Leiche Gestank Tod haa haa bring es jetzt zu Ende tu es tu es Schmutz stirb Tod töte stirb stirb verrotte stirb Abschaum Schmutz Leiche haaa …«

Sein Gesicht war rot angelaufen. Er ließ sich auf dem Sofa erschöpft nach hinten fallen.

Schweigen.

»Das sind nicht die Symptome einer Depression«, sagte ich schließlich. »Sie leiden an Schizophrenie. Diese Stimmen sind Symptome. Es sind die Stimmen der Krankheit. Sie sind nicht real. Sie sind kein Dreck, und Sie werden nicht sterben. Aber Sie sind ein Mann voller Schmerz. Sie sind krank, und Sie werden wieder gesund.«

Ich sagte das, obwohl ich es ihm nicht wirklich versprechen konnte. Eigentlich konnte ich ihm überhaupt nichts versprechen. Wir können in meinem Beruf sehr wenig versprechen, und schizophrenen Patienten können wir von allen am wenigsten versprechen. Andererseits erinnerte John Savoia mich immer wieder daran, dass es Aufgabe unseres Berufes ist, einem Klienten, der die Hoffnung aufgegeben hat, neue Hoffnung zu schenken; und dann, wenn er wieder zu Kräften kommt und seine Hoffnung wiedererlangt, ist es unsere Aufgabe, ihn auf die Hindernisse hinzuweisen, die noch vor ihm liegen.

Barry Long sah mich mit leerem Blick an. Ich erinnerte mich an etwas, das der alte Helprin immer wieder betont hatte: Depressiven Patienten ist die Diagnose besonders wichtig. Sie erkundigen sich interessiert nach den Unterschieden zwischen einer einfachen Depression und Bipolarität, zwischen einer Dysthymie und einer Cyclothymie. Schizophrenen Patienten dagegen ist die Diagnose völlig gleichgültig. Die Worte zur Beschreibung ihrer Krankheit sind für sie ohne jede Bedeutung, denn die Krankheit hat ihre Fähigkeit zerstört, die Bedeutung beschreibender Vokabeln zu verstehen. Diese ganze phantastische Architektur, die Magie der Elektrochemie, die es uns erlaubt, unsere ganze Erfahrung mithilfe weniger Töne darzustellen, ist in der Welt eines schizophrenen Menschen zusammengebrochen. Da ist nur noch Schrott übrig. Der Schizophrene hat das Werkzeug der Sprache verloren und ist aus der Welt der Bedeutung ausgeschlossen. Er steht nackt vor der Gesamtheit aller sensorischen Erfahrungen – und kann sie weder ergründen noch übersetzen, organisieren, behalten oder verstehen. Er kann sie nicht mitteilen oder danach handeln. Worte sind nichts als Asche und Staub, Chaos und Dunkelheit und ein entsetzlicher Strudel. »Für uns, Jingele, sind Worte Gott, sind Worte Glauben; sie schaffen, vermitteln und erhalten Wirklichkeit und Bedeutung. Schizophrene haben weder Worte noch Glauben. Weder Wirklichkeit noch Bedeutung, was sie nicht daran hindert, in ihrem Kopf immer wieder die Stimme Gottes zu hören.« Das sagte der alte Helprin, dann setzte er sein schiefes Lächeln auf und schlug sich merkwürdig begeistert mit der Hand auf den Schenkel.

»Sehen Sie auch Dinge, die eigentlich gar nicht da sind?«, fragte ich Barry Long.

»Ja, ich meine, äh, vielleicht … früher?«

»Früher?«

»Ah, ja. Ja.«

»Was sahen Sie da?«

»Vor Jahren … habe ich mit einem Indianer zusammengelebt.«

»Sie haben mit einem Indianer zusammengelebt?«

»Ja.«

»In Ihrer Wohnung?«

»Er wohnte auf meinem Sessel.«

»Auf Ihrem Sessel?«

»Ja. Er wohnte auf dem Sessel in meinem Zimmer im Haus meiner Mutter.«

»Verstehen Sie heute, dass es sich dabei um eine Halluzination handelte? Um ein Symptom Ihres Zustands?«

»Ich weiß es nicht. Ich habe ihn gesehen. Er saß immer auf diesem Sessel.«

»Haben auch andere ihn gesehen?«

»Ich weiß es nicht. Eigentlich habe ich niemandem von ihm erzählt. Ich hatte in meinem Zimmer nur selten Besuch. Nur Randi Gail, mein Nachbar, hat einmal gesagt, er sähe ihn auch.«

»Erzählen Sie.«

»Randi kam manchmal vorbei, um fernzusehen, herumzuhängen und Gras zu rauchen. Einmal habe ich ihn gefragt, ob er den Indianer auch sähe, und zuerst hat er nein gesagt, aber nach einer Weile sagte er, ja, er glaube, er sehe ihn auch, zumindest sagte er, er habe das Gefühl, etwas Merkwürdiges sei im Zimmer. Das ist lange her. Ich erinnere mich nicht besonders gut daran.«

»Und heute, jetzt, glauben Sie immer noch, dass es den Indianer tatsächlich gab? Dass er auf dem Sessel saß, so wie ich hier auf diesem Sessel sitze?«

»Ah … ich weiß es nicht. Manchmal … an manchen Tagen … gibt es Momente, in denen ich weiß, in denen ich verstehe, dass es ist, wie Sie sagen, dass es nicht real ist. Aber dann habe ich auch wieder Tage … Zeiten, in denen ich es nicht weiß … Er wohnte in meinem Zimmer. Er saß auf diesem Sessel. Ich habe ihn gesehen, so wie ich jetzt Sie sehe. Deshalb weiß ich es nicht.«

»Hatte er eine Arbeit, eine Familie? Woher kam er?«

»Ich weiß es nicht. Er saß immer auf diesem Sessel.«

»Er wohnte bei Ihnen, sagen Sie, und Sie wussten nichts über ihn?«

»Wissen Sie alles über die Leute, mit denen Sie zusammenwohnen?«

Ich sagte nichts mehr.

»Ich muss nach Hause«, sagte er plötzlich. »Mimi wird sich Sorgen machen.« Er begann, unruhig auf dem Sofa hin und her zu rutschen. »Ich kann nicht mehr länger hier im Raum bleiben.« Sein Atem wurde schwer, und er fing an, sich heftig am Ellbogen zu kratzen. »Ich muss nach Hause.« Seine Stimme zitterte. »Können wir jetzt bitte aufhören? Ich muss nach Hause.«

»Die Tür ist offen. Sie sind hier nicht im Gefängnis«, sagte ich.

Er stand auf und schlurfte zur Tür, öffnete sie und blieb dann eine Sekunde lang wie erstarrt stehen, als rekapituliere er in Gedanken das Chaos der letzten Stunden. Plötzlich beugte er sich zu mir und flüsterte: »Ich hoffe, Sie finden Ihr antikes Tamburin.«

Er drehte sich um und ging hinaus, eine Nikotinwolke zurücklassend.

Ich lehnte mich zurück und war für einen Augenblick zu verblüfft, um etwas zu sagen. Dann rollte eine Woge von Gefühlen über mich hinweg wie eine Hitzewelle. Verwundert begriff ich, dass mein Wunsch, seine Akte zu schließen, ihn loszuwerden – dieser Wunsch, der während all dieser Monate in mir rumort hatte, wenn Barry Long auf dem Sofa saß, sich mit klagender Stimme für seine Unzulänglichkeit entschuldigte und dabei mein Sprechzimmer verpestete –, dass dieser Wunsch sich nicht nur plötzlich in Luft aufgelöst hatte, sondern dass er von einem neuen, völlig anderen Wunsch ersetzt worden war: ihn zu behandeln, ihm zu helfen, ihn zu retten.

Auf einmal konnte ich von Barry Long nicht mehr lassen.

17

Rückblickend hatte es von Anfang an Zeichen gegeben, doch ich hatte sie übersehen. Vielleicht sah ich sie auch, verstand sie aber nicht; es gelang mir nicht, die einzelnen Puzzleteile zu einem Bild zusammenzusetzen. Doch Rückblicke anzustellen, ist eine trügerische Angewohnheit. Wer versucht, rückblickend sein Leben zu verstehen, wird feststellen, dass im Nachhinein alles offensichtlich, einfach und unvermeidlich erscheint. Außerdem wird er feststellen, dass das Leben vorwärtsblickend gelebt wird. Wir haben nicht ein Auge vorne und eins hinten. Wir blicken nach vorn, doch wir sollten besser nicht allzu weit vorausschauen wollen. Ein Fahrer kann zum Beispiel mit seinem Wagen rasch in Cleveland ankommen wollen – wenngleich unklar ist, was einen Fahrer dazu bewegen könnte, eilig nach Cleveland kommen zu wollen –, aber er wird nicht heil dort eintreffen, wenn er seinen Blick immerzu auf den Horizont gerichtet hält. Noch wird er Cleveland erreichen, wenn er immer nur sein Kühleremblem im Auge behält. Der richtige Blick liegt irgendwo dazwischen.

Wie auch immer, rückblickend war mir klar, dass ich den Leoparden im Gebüsch erahnen und die Teile hätte zu einem Ganzen zusammensetzen müssen: der Nikotingeruch, der von seiner Kleidung ausging, die seltsame Umarmung des Kissens, die Verwirrtheit und die Weigerung zu sprechen, sein massives, nie nachlassendes Misstrauen, der in die Ferne gerichtete, starre Blick, der manchmal ohne äußeren Anlass zu zucken anfing, als folge er dem erratischen Flug einer Fliege. Ich hätte die Teile zu einem Ganzen zusammensetzen sollen. Doch eines liegt in der Natur meines merkwürdigen Berufs, der mit Erinnerungen und Lügen befasst ist: Er ist unpräzise. Die verschiedenen Symptome türmen sich wie Reifen in einer Autowerkstatt, schichten sich zu unordentlichen Stapeln. Selbst für das konzentrierte, wachsame Auge überwiegen die Ähnlichkeiten die Unterschiede. Und mit müden Augen sind sie noch schwerer zu erfassen – mit Augen, die erst vor kurzem etwas gesehen haben, das sie nicht hätten sehen dürfen; Augen, die sich zuletzt angewöhnt hatten, den Blick über Barry Longs Kopf hinweg durch die Jalousie zu einem Spalt Himmelsblau wandern zu lassen, das jenseits des Parkplatzes zwischen den Gebäuden aufblitzte, als käme von dort die Erlösung.

Meine erste und einzige Begegnung mit Schizophrenie hatte vor fünfzehn Jahren im Larsen P. Clark Mental Hospital stattgefunden. Meine damalige Vorgesetzte, Dr. Ruth Bailey-Holtz, war eine Frau mit angegrautem Haar, runder Brille und schmalen Hüften. Ihr Blick war gleichzeitig zurückgenommen und eindringlich, eine Kombination, die irgendwo anders unmöglich gewesen wäre, doch hier, in dieser Abteilung, geradezu zwingend erschien. Nach unserer Vorstellungsrunde durch die verschiedenen Abteilungen nahm sie mich beiseite und ermahnte mich mit strenger Stimme, mich innerlich zu wappnen, vielleicht weil sie zuvor mit einem Seitenblick festgestellt hatte, wie sich beim Anblick der mit Medikamenten zugedröhnten, sabbernden, hohläugigen Patienten, die ziellos durch die Flure streiften, den Kopf gegen die Wand schlugen oder in sich zusammengesunken in ihren Zimmern hockten, meine Kiefer verspannt hatten.

Am nächsten Tag fragte ich Bailey-Holtz im Anflug eines, wie ich fand, überraschenden Geistesblitzes, ob sie mir erlauben würde, einen Tag und eine Nacht als Patient in der geschlossenen Abteilung zu verbringen. Die geschlossene Abteilung flößte mir Angst ein, und ich wusste, dass man sich seinen Ängsten stellen musste. Außerdem versuchte ich, meine Vorgesetzte zu beeindrucken, denn in jenen Tagen sah ich mich noch als einen Mann, der eine große Zukunft vor sich hatte, als jemanden mit zahlreichen Talenten und Ideen. Ich war ehrgeizig und verfügte über die lässige Selbstsicherheit der Jugend. Zu meiner Überraschung stimmte sie zu, und zu ihrer eigenen Überraschung schien ihr die Idee zu gefallen. Es wurde so arrangiert, dass ich spätabends in die geschlossene Abteilung geschmuggelt wurde, wo man mir eine Zahnbürste und ein Bett gab. Am Morgen erwachte ich als einer der Patienten.

Noch bevor sich im Laufe des Morgens alle in dem schäbigen Aufenthaltsraum trafen, war den meisten Patienten in der Abteilung klar, dass etwas mit mir nicht stimmte. Manche kicherten, wenn ich an ihnen vorüberging. Andere zogen sich verwirrt zurück. Mittlerweile begann meine Gewissheit, nicht einer von ihnen zu sein, allmählich dahinzuschmelzen. Eingesperrt in das Labyrinth düster beleuchteter Flure, ohne die Abzeichen, die meine Identität, meine Freiheit und meinen Status bewiesen – die Oberschwester hatte am Abend zuvor meine Personalmarke, meine Brieftasche, meine Haus- und Autoschlüssel an sich genommen –, verblasste meine Identität zunehmend zu einer verschwommenen Idee in meinem Kopf. Gegen Mittag hatte sich in meiner Magengrube echte Angst eingenistet, und meine Gedanken wurden zerstörerisch: Was, wenn das Personal Schichtwechsel hat und jemand vergisst, einem anderen von mir zu erzählen? Dann geh hin und überzeuge einen der überlasteten Krankenpfleger, dass du eigentlich nicht krank, eigentlich nicht einer von *denen* bist.

Die Gefahren dieser speziellen Problematik waren, wie ich wusste, bereits in Rosenhans berühmter Studie dokumentiert, für die er einige seiner Studenten mit unklaren Beschwerden – sie hörten Stimmen – in umliegende Krankenhäuser geschickt hatte. Sobald sie als schizophren diagnostiziert und in ein Krankenhaus aufgenommen waren, begannen die Studenten, wie zuvor von Rosenhan angewiesen, sich normal zu benehmen und ihre Entlassung zu fordern. Im Durchschnitt dauerte es drei Wochen, bis die Entlassung gewährt wurde. Sobald jemand als psychotisch abgestempelt ist, wird jede Geste aus dieser Sicht interpretiert, einschließlich der Zurückweisung des Stempels selbst.

Nach einem Tag und einer zweiten Nacht in der geschlossenen Abteilung fing ich an, Dinge zu sehen. Vor allem erkannte ich in aller Deutlichkeit, wie sehr Verwirrung, Hilflosigkeit und Vernachlässigung an ebendiesem Ort regierten, an den die Verwirrten, die Hilflosen und Vernachlässigten zur Heilung geschickt wurden. Zum ersten Mal kamen mir Zweifel, ob eine Karriere in einem Krankenhaus für mich der richtige Weg war. Doch ich hielt durch und erzählte Bailey-Holtz nichts davon.

Vielleicht war das der Grund, weshalb sie mich auswählte, an den Dienstagnachmittagen die Therapiegruppe für schizophrene Patienten zu leiten, als Teil ihrer laufenden Studie über die Wirksamkeit solcher Gruppen – obwohl ich den Verdacht hegte, dass sie sehr genau wusste, dass diese psychoedukative Gruppenarbeit ungeachtet der negativen Ergebnisse dieser oder anderer Studien weiterhin durchgeführt werden würde; und darüber hinaus, dass es in der Tat nicht in der Macht solcher Gruppen lag, Schizophrenen zu helfen. Trübsinnig und grau im Gesicht, saß sie vor all den erschreckenden Daten aus diesen Gruppensitzungen, die sich immer höher auf ihrem Schreibtisch stapelten. In der Zwischenzeit saß ich mit sechs psychotischen Patienten in einem schmalen, fensterlosen Raum und versuchte, sie freundlich, aber bestimmt davon zu überzeugen, dass es sich bei ihrer Krankheit tatsächlich um eine Krankheit und nicht um eine Strafe Gottes handelte; und dass diese Krankheit nicht mithilfe von Röntgenstrahlen, einem Bluttest oder einem Blick ins Gehirn diagnostiziert werden konnte. Sie konnte nur durch Beobachtung und Gespräche mit den Betroffenen diagnostiziert werden. Und nein, sie wurde nicht durch Sex oder Vererbung übertragen – die zwei Sündenböcke unter den Auslösern allen menschlichen Übels.

Wir saßen um den rechteckigen Tisch, und ich erkundigte mich nach den Fortschritten meiner Patienten und nach ihren Zukunftsplänen.

»Wie möchten Sie, dass wir Ihnen heute helfen?«, fragte ich Marcus Powell, der vor zwei Wochen auf direktem Weg aus dem Gefängnis in die Klinik gekommen war und sich beim Personal der geschlossenen Abteilung bereits einen Namen gemacht hatte, als er seine Hose herunterzog und sich einen Bleistift in den Penis stieß, um gegen den hohen Zigarettenpreis zu protestieren.

Er sagte: »Ich möchte von den Zigaretten loskommen, Medizin studieren und dann einen Job in einer Bäckerei annehmen.«

Ich nickte. »Wie fühlen Sie sich jetzt?«

Er sah mich misstrauisch an und zwirbelte dabei unablässig eine dicke Haarsträhne zwischen den Fingern, die von seinem Kopf abstand wie ein dunkler, fettiger Hahnenkamm.

»Wollen Sie das wirklich wissen?«, fragte er.

»Ja.«

»Ich fühle mich so miserabel, weil das Bild dort drüben an der Wand Kopfschmerzen hat«, sagte er.

Ich nickte und wandte mich Mark Danzig zu, der zu meiner Linken auf einem Stuhl hockte und vor- und zurückschaukelte. »Mark, bitte setzen Sie sich gerade hin. Wie geht es Ihnen heute?«

»Mein Pimmel funktioniert nicht«, sagte er und wurde beim Sprechen plötzlich putzmunter. »Ihre Medikamente fressen meinen Pimmel auf. Der Papst ist ein Pimmel. Sie wissen, dass nicht ich es bin, der hier redet; es ist eine Aufzeichnung, eine geheime Aufzeichnung, die nicht in einem bestimmten Rhythmus zu der Dialektik zurückkehren kann, hinter der sich das globale Verständnis in den zornigen blauen Zeichnungen des Mondes verbirgt. Mensch. Mir. Muh. Mond Sternschnuppe. Staub ...« Er hielt kurz inne, verlor sich in den vertrackten, blinden Tunneln seiner inneren Welt. Dann hob er panisch den Blick: »Zwölf Augen auf mich gerichtet, die mein Gehirn jagen, meine Größe verändern, meine Gedanken übertragen, meinen Pimmel auffressen, mich bluten, mich stoßen, ihr alle, verräterische Stiefelwichser, wie könnt ihr es wagen?« Er stand auf und ging, etwas vor sich hinmurmelnd, zur Tür, doch als er dort ankam, hielt er inne und schlug den Kopf gegen die Wand, einmal und dann noch einmal, und rief in den Raum hinein: »Krach. Sach. Mach. Mach Mond mir mein.« Er hob den Kopf Richtung Decke, schüttelte mit einer müden, erschöpften Geste die Faust und schrie mit letzter Kraft: »Übermorgen, übermorgen zum Tal morgen über … Morgental, mor gen tal, Tal und morgen, morgen über und Tal über und überall, über all rüberall rüber drüber Brüder Rübe Schübe Lüge Gefüge Rüde Lügenschübe Rüde Lüge Gefüge Lüge Brüderlüge genüge Gefüge …«

Dann trat er mit schlurfenden Schritten auf den Flur hinaus. Kyle James, der schmerbäuchige Patient mit Schnauzbart, der neben ihm gesessen hatte und aus dem Augenwinkel jede meiner Reaktionen verfolgte, sprang unvermittelt auf und schrie mit gehetzter, heiserer Stimme: »Wo sind all die weißen Pferde? Wo sind all die weißen Pferde? Wo sind all die weißen Pferde?« Dann begann er, mit der Faust auf den Tisch zu hämmern. Ich rannte hinaus und rief zwei Krankenpfleger, um ihn in sein Zimmer zurückbringen zu lassen.

Später nahm mich Bailey-Holtz beiseite und sagte: »Vielleicht sollten Sie sich Dr. Helprins Team anschließen. Er leitet mehrere interessante Projekte, ohne Gruppensitzungen. Es ist wichtig, dass Sie auch mit der Einzeltherapie-Arbeit Erfahrungen sammeln. Vielleicht ist es besser, damit anzufangen.«

18

Dr. Helprin gefiel mir auf Anhieb. Vielleicht, weil es ihm fernlag, mir – oder auch irgendjemand sonst – gefallen zu wollen, und darin erinnerte er mich an meinen Vater. Nach dem ersten Therapiegespräch, das ich unter seiner Aufsicht führte – in dem ich vergebens versuchte, das Interesse eines katatonen Schizophrenen zu gewinnen, der mitten im Gespräch aufstand, die Haltung eines buckligen Wasserträgers einnahm und beharrlich schwieg –, rief Helprin mich in sein Büro, legte seine sandalenbewehrten Füße auf den Schreibtisch und sagte: »Möchten Sie eine ehrliche Rückmeldung oder diesen ›engagierter Zuhörer-Scheiß‹, den sie euch in dem, was sich nicht ganz zutreffend ›Hauptstudium‹ nennt, so vorsetzen?«

»Ich nehme die ehrliche Rückmeldung«, sagte ich ergeben.

»Nun gut. Die gute Nachricht ist, dass ich nicht glaube, dass Sie dem Patienten bleibenden Schaden zugefügt haben«, sagte er.

»Also ganz gut für den Anfang«, sagte ich. Hinter seinem schroffen Verhalten nahm ich noch etwas anderes wahr – eine versteckte Wärme und in seinen Augen einen traurigen, boshaften Schimmer. Ich hatte keine Angst vor ihm.

Nach einem kurzen Schweigen fragte ich: »Und was ist dann die schlechte Nachricht?«

»Sie haben es nicht in sich.«

»Ich habe es nicht in mir. Was habe ich nicht in mir?«

»*Es*. Haben Sie Kinder?«

»Eins. Eine Tochter.«

»Dann ist Ihnen im Hort oder im Kindergarten sicher schon aufgefallen, dass einige Erzieherinnen es haben und andere nicht. Bei derjenigen, die es hat, sind die Kinder fröhlich, zielgerichtet, neugierig und engagiert. Die Erzieherin, die es nicht hat – schimpft, schreit, bestraft, droht, verbreitet Chaos. Die Erzieherin mit dem gewissen Etwas, was zeichnet sie aus? Ist sie besser ausgebildet? Nicht unbedingt. Hat sie mehr Erfahrung? Nicht immer. Ist sie älter? Nein. Klüger? Eigentlich nicht. Es ist etwas anderes. Sie hat *das gewisse Etwas*. Wir können die Wirkung dieses *gewissen Etwas* zwar sehen, doch wir können es nicht messen. Und was wir nicht messen können, können wir auch nicht verändern. Deshalb kann ich Ihnen nicht helfen, es zu finden oder etwas zu ändern, ich kann nur sagen – Sie haben es nicht.«

»Was hätte ich denn tun sollen? Der Patient ist in einen katatonen Stupor verfallen!«

Helprin kratzte sich mit einem hölzernen Lineal energisch zwischen den Zehen. »Rogers hatte es«, sagte er schließlich.

»Carl Rogers?«

»Ja, ja. Ihr Humanist.«

»Rogers hat in der Beratungsstelle einer Universität mit bestens funktionierenden Studenten gearbeitet. Wie können Sie das vergleichen?«

»Ja. Er hat aber auch einige Zeit an einer psychiatrischen Klinik in Wisconsin verbracht und dort mit Schizophrenen gearbeitet, weil er zeigen wollte, dass sein klientenzentrierter Ansatz auch bei Schwerkranken funktionieren kann, nicht nur bei verwöhnten Mittelschichtsneurotikern. Er hat mit katatonen Patienten gearbeitet. Bei ihnen hat er die Technik des Rollentauschs angewendet.«

»Des Rollentauschs?«

»Ja, ja, sind Sie nicht noch zu jung, um schwerhörig zu sein? Empathischer Rollentausch, das bedeutet, in einem Gespräch beide Seiten einzunehmen – was Sie bei diesem Patienten soeben hätten tun sollen. In beiden Mannschaften spielen, wenn Sie so wollen. Sie sagen dem Patienten: ›Hallo, Sie müssen denken, ich sei hier, um Sie zu belästigen, aber tatsächlich bin ich hier, um Ihnen zu helfen. Vielleicht sagen Sie sich, der weiß doch gar nichts über mich, aber ich möchte unbedingt etwas über Sie erfahren. Vielleicht fühlen Sie sich von mir bedroht, aber ich bin überhaupt keine Bedrohung für Sie‹, und so weiter und so weiter …«

»Sie möchten, dass ich im Beisein des Patienten einen Dialog mit mir selber führe?«

»Was ich möchte, ist unwichtig. Dieser Rollentausch ist eine Möglichkeit, etwas zu tun.«

»Und dann?«

»Nun, Jingele, was würde passieren, wenn jemand, vielleicht Ihre Frau – die eine Heilige sein muss! –, mit Ihnen diesen Rollentausch praktizierte, Ihnen sagen würde, was Sie denken und fühlen?«

»Ich würde wahnsinnig werden.«

»Genau! Irgendwann fiel der katatone Patient Rogers schließlich ins Wort und sagte: ›Wovon reden Sie eigentlich? Das denke ich ganz und gar nicht!‹ Und dann sagte Rogers: ›Das ist also nicht, was Sie denken …‹, und damit begann ein Dialog, verstehen Sie.«

»Ich verstehe.«

»Rogers hatte dieses gewisse Etwas.«

»War dieser Rollentausch bei der Arbeit mit Katatonen eine Hilfe?«, fragte ich.

»Natürlich nicht.«

Ich saß da und schwieg, die Stirn in Falten gezogen.

»Ich brauche Leute mit dem gewissen Etwas«, sagte er, »und Sie haben es nicht. Was machen wir also mit Ihnen, Jingele?«

»Vielleicht kann ich dieses gewisse Etwas lernen. Das würde ich gerne ...«

»Wir haben keine Zeit. Wissen Sie, was das bedeutet, Zeit? ... Sehen Sie mich an, Jingele, ich bin alt. Ich falle auseinander. Ach! Die Zeit ist ein weiser Lehrer, tötet aber ihre Schüler ...« Er deutete auf seine dicke Brille: »Ich bin auf der Suche nach einem, der Biss hat ...«

»Ich lerne schnell«, sagte ich störrisch.

Der alte Professor sah mich an, und seine Augen funkelten vor Neugier und Freude. Er runzelte seine ohnehin schon tief gefurchte Stirn, klopfte sich auf den Schenkel und sagte: »Sie sind einer von der störrischen Sorte, nicht wahr? Ach ... Jingele. Kommen Sie, gehen wir zusammen Mittag essen; ein Teller vom berühmten Dienstags-Chili aus der Cafeteria wird uns guttun. Danach sehen wir weiter. Vielleicht finden wir im Labor etwas für Sie. Früh aufstehen und bei der Arbeit erscheinen, das können Sie, nicht wahr? Ich sehe, dass Sie das können.«

19

Vor meiner Zeit im Larsen P. Clark schwelgte ich häufig in Phantasien über meine Zukunft als Abteilungsleiter in einem psychiatrischen Krankenhaus wie diesem. Vor meinem inneren Auge sah ich mich mit wehenden weißen Kittelschößen durch die Gänge schreiten; ich stellte mir eine Traube von jungen Assistenzärzten vor, die sich mit ihren Klemmbrettern in der Hand an meine Fersen hefteten, sich gegenseitig anrempelten und die Hälse reckten, um jedem meiner Worte zu folgen – prägnanten Worten voller Mitgefühl –, und Patienten, die dankbar nickend auf der Bettkante saßen. Ich dachte, mit einem Job wie diesem würde aus mir so etwas wie ein richtiger Arzt werden, jemand, der mit schwungvoller Geste schicksalsschwere Dokumente unterschrieb, wie mein Vater es in Gedanken für mich vorgesehen hatte, als er noch klare Gedanken gefasst hatte oder zumindest Gedanken, die man auf irgendeine Weise nachvollziehen konnte. Denn die Alzheimerkrankheit hatte sich bereits damals bei ihm eingeschlichen, grub sich in ihn hinein, fraß sein Gehirn. Er war erst Ende sechzig. Je mehr er seine Erinnerung an mich und die Träume, die er für mich gehabt hatte, verlor, desto größer wurde mein Ehrgeiz, sie zu erfüllen. Aus diesem Grund war ich fest davon überzeugt, das Leben in einem Krankenhaus sei meine Berufung.

Doch diese Berufung überdauerte nicht einmal mein Jahr als

Praktikant. Selbst von außen, hoch aufragend zwischen mächtigen Kiefern und weitläufigen Rasenflächen, kam mir das Klinikgebäude mit seinen trutzigen Mauern und den verbarrikadierten Fenstern falsch vor, wie das Monument einer spektakulären Niederlage. Im Innern waren die Flure in gebrochenes weißes Licht getaucht. Unter den niedrigen Decken hing ein durchdringender Geruch, eine Mischung aus Putzmitteln, schlechtem Essen und Verzweiflung. Jeden Morgen eilten die Psychiater durch die Abteilung, gingen von Zimmer zu Zimmer, hoben einen schlafenden Katatonen vom Fußboden auf und kritzelten etwas auf ihre Klemmbretter, um jenseits der verschlossenen Türen wieder in ihren Büros zu verschwinden und die verwirrten Patienten der Gnade der Krankenpfleger zu überlassen – einer Ansammlung von Highschool-Absolventen, die für einen Hungerlohn arbeiteten. »In der eisernen Logik des psychiatrischen Systems«, sagte Helprin immer wieder, »hat einer umso mehr Zeit für die bedürftigsten Patienten, je schlechter seine Ausbildung ist.«

Helprin, als leidenschaftlicher Wissenschaftler, der er war, empfand für die Klinikverwaltung eine tiefe, instinktive Verachtung. Er verabscheute die Art, wie politische Entscheidungen nicht aufgrund wissenschaftlicher Tatsachen gefällt wurden, sondern aus einem Bedürfnis heraus, die Öffentlichkeit zu beruhigen, ein bestimmtes Bild zu vermitteln oder Geld zu sparen; von der Zwangslage echter menschlicher Wesen gar nicht zu reden, die, wie er beharrlich behauptete, die meisten Patienten – im Gegensatz zu den meisten Verwaltungsangestellten – noch immer waren.

»Die armen Teufel können einem leidtun«, sagte er einmal während eines unserer Chili-Mittagessen in der Cafeteria zu mir. »Wir haben das große Privileg zu sagen, dass wir nichts wissen; wir können unsere Antworten auf später verschieben. In der Verwaltung müssen sie auf der Stelle Entscheidungen treffen und daran glauben, dass diese Entscheidungen richtig sind. Deshalb behaupten sie immer, sie wüssten Bescheid, und mit der Zeit fangen sie an, ihren eigenen Behauptungen zu glauben; natürlich tun sie das, denn das liegt in der Natur des Menschen, Jingele. Als ich noch ein Kind war, in Warschau vor dem Krieg, bevor unsere Welt mit dem Kindergesicht in den Spiegel blickte und dort einen Dämon erblickte, so wie es unseren Patienten manchmal im Badezimmer ergeht ... und wir sie krank nennen ... Ach ... keine Schrift an der Wand ergibt irgendeinen Sinn. Keine Chance. Wo war ich gerade? Ja ... als ich noch ein Kind war, habe ich einmal beschlossen, meinen Freunden einen Streich zu spielen. Ich rannte auf den Spielplatz und rief: ›Der Maronimann ist da!‹ Da rannten sie alle los, um geröstete Kastanien zu kaufen. Und ich ertappte mich plötzlich dabei, dass ich hinter ihnen herlief und rief: ›Hey, wartet auf mich‹, und Angst hatte, ich könnte etwas verpassen. Ach, diese kleinen Verwaltungsmenschlein hier ... sehen Sie, sie stellen sich eine Kuh vor und schmecken echte Milch. Ach ...« Er warf mir einen Blick zu, als wäre er resigniert und unendlich bestürzt über meine offensichtliche Unfähigkeit, auf den rasenden Zug seiner Gedanken aufzuspringen. Ich musste daran denken, dass man sich manche Menschen unmöglich in einer anderen Form oder Umgebung vorstellen konnte als in der, in der man sie kennengelernt hat. Helprin war einer dieser Menschen – ich hatte das Gefühl, als sei er immer ein alter Mann gewesen, besessen von seinem Drang zu verstehen und der Erkenntnis, dass dies vergeblich war. Ich konnte ihn mir nicht als unschuldiges Kind vorstellen, das gerne geröstete Kastanien essen wollte. Doch genau wie der Verwaltungsapparat der Klinik ist auch das System der Rollenzuweisung in der Welt hoffnungslos unzureichend, da jemand, der sich wie Helprin wahrhaft auskannte im Umgang mit menschlichem Leid, es niemals zu echtem Einfluss bringen würde in einer Organisation, die eigentlich dafür bestimmt ist, dieses Leid zu lindern.

Ich hatte noch nicht einmal die Hälfte meines Jahres als Praktikant hinter mir, als ich aus der Klinik wegwollte. Das Elend der Patienten überwältigte mich ebenso wie das Elend des Personals; diesem gehörten damals noch einige ältere Psychiater der psychoanalytischen Schule an, die darauf bestanden, ihre armen Patienten einer tiefenpsychologischen Behandlung zu unterziehen, indem sie in den Abgründen längst verlorener Kindheitserinnerungen vergeblich nach den Ursachen für deren Erkrankung suchten.

Dazu kamen noch etliche neue Fakultätsmitglieder, die einer gerade aktuellen postmodernistischen Lehre anhingen und sich mit allem Schwung ihrer frisch erworbenen Überzeugungen einbrachten, ehe sie später vermutlich von der Wirklichkeit eingeholt wurden. In ihren Augen handelte es sich bei Schizophrenie um eine Willenssache, einen Lebensstil, eine Art »Anderssein«, dem mit Respekt begegnet und dem alle Rechte gewährt werden müssten, die einem andersartigen Lebensstil in unserer Kultur zugestanden werden. Denn, wie sie kraft einer Überzeugung wussten, wie nur jemand sie aufbringen kann, der sich jedem Wissen widersetzt, gibt es dieser Lehre zufolge keine Geisteskrankheiten, lediglich verschiedene Geistesformen, von denen eine jede akzeptiert und unterstützt werden sollte, statt dass man sie verurteilte, mit einem Etikett versah und ihr die freie Meinungsäußerung verweigerte.

»Ach, diese Spaßvögel«, wütete Helprin, »sie sind so verliebt in die Theorie. Natürlich, die Theorie rennt nicht brüllend und splitternackt durch die Flure, steckt sich keinen Gewehrlauf in den Rachen, hat keine Visionen, in denen Kleopatra in der Cafeteria Haferbrei serviert. Was ist ›Freiheit‹, Jingele? Eine Abstraktion und nur für den intakten, voll entwickelten Geist zu haben, wenn überhaupt. Eltern, die ihr Kind auf der Straße herumstreunen lassen, gewähren sie ihm Freiheit? Nein, sie gewähren ihm Angst und Schrecken. Ach, wenn diese Spaßvögel sich auch nur einmal eine Minute lang tatsächlich auf den Menschen konzentrieren würden, der vor ihnen sitzt, dann würden sogar sie feststellen, dass das oberste Recht eines Menschen darin besteht, dass man ihn als Mensch sieht, nicht als Theorie. Sie würden sehen, Jingele, dass es keine ›Wahl‹ gibt, keinen ›Stil‹ und kein ›Leben‹, nur Hilflosigkeit, Terror und Chaos.«

»Im 19. Jahrhundert«, erzählte er mir gegen Ende meines Jahres, »wusste jeder, dass es sich bei Schizophrenie um eine Geisteskrankheit handelt. In den ersten Jahrzehnten des 20. Jahrhunderts – diesem gnadenlosen Jahrhundert, Sie haben sicher schon einmal davon gehört – konzentrierten sich sämtliche Forscher darauf, die Antwort im Gehirn zu finden. Ihr Mangel an Erfolg – vor allem aufgrund technischer Probleme – öffnete den Psychogenesetheorien, den Dynamiktheorien, den ›Schuld-der-Mutter‹-Theorien, dem Postmodernismus und dem ganzen anderen Gefasel Tür und Tor. Und nachdem dieses Tor einmal geöffnet war, war es unmöglich, es wieder zuzumachen. Die Theorie-Barbaren drängten herein und besetzten das Haus … Ach, Jingele.«

»Was können wir also tun?«, fragte ich.

»Wir müssen ein neues Haus bauen«, sagte er.

Seine Augen leuchteten, als er das sagte. Er war noch immer von rechtschaffenem Zorn erfüllt, noch immer von einem Willen zur Wahrheit getrieben, noch immer darauf erpicht, den Code zu entschlüsseln. Ich sah ihn an, und mir war klar, er würde sein neues Haus ohne mich bauen müssen.

20

Du lässt zu, dass der Klient die Behandlung diktiert«, sagte John Savoia, als ich ihm von meiner Begegnung mit Barry Long im Busbahnhof erzählte. »Die therapeutischen Entscheidungen obliegen deiner Verantwortung, nicht seiner. Er kann nicht kommen und gehen, wie es ihm passt. Und solange er dein Klient ist, bekommt er nicht die Art von Behandlung, die er eindeutig braucht, nämlich als Patient in einem Krankenhaus, wie wir beide wissen.«

»Ja«, antwortete ich, »aber er weigert sich, in ein Krankenhaus zu gehen. Man kann ihn nicht dazu zwingen. Und vielleicht hat er noch andere wichtige Bedürfnisse – vielleicht nach Beistand und menschlichem Kontakt? Müssen wir nicht auch die Wünsche des Klienten in unsere Behandlungsentscheidungen einfließen lassen? Die Behandlung beginnt, weil der Klient sagt, es gehe ihm schlecht. Sie endet, wenn er sagt, es gehe ihm besser. Barry Long sagt, er fühle sich in meiner Obhut besser.«

»Nicht wenn wir es mit Schizophrenie zu tun haben«, sagte John entschieden. »Du musst ihm zumindest klarmachen, dass es nur dann möglich ist, dich weiterhin zu sehen, wenn er einwilligt, eine Klinik aufzusuchen.«

»Er weigert sich. Er hat Angst vor Krankenhäusern.«

»Das ist natürlich ein Symptom seiner Krankheit«, erwiderte John, »und beweist, dass seine Einweisung zwingend notwendig ist. Du musst das Symptom als Symptom behandeln.«

»Ich muss den Menschen als Menschen behandeln. Und um ihn zu behandeln, muss ich mich weiter mit ihm treffen. Wenn ich ihn unter Druck setze, in ein Krankenhaus zu gehen, wird er wahrscheinlich verschwinden, und was dann?«

»Wenn er dein professionelles Urteil und deinen Rat, sich in eine Klinik einweisen zu lassen, missachtet, dann wirst du ab einem bestimmten Punkt die Grenzen deiner Möglichkeiten erkennen und entsprechend handeln müssen«, sagte Savoia. »Du solltest Barmherzigkeit nicht mit Mitleid verwechseln. Jenseits eines gewissen Zeitfensters wirst du zu einem Teil seines Krankheitsbilds, statt zu einem Teil des Heilungsprozesses. Er spielt mit dir. Pass auf. Ich garantiere dir, dass er dich in ein paar Monaten wegen irgendetwas um Hilfe bittet, dich bittet, für ihn irgendein Dokument zu unterschreiben. Hilflosigkeit bedeutet echte Macht, David. Vergiss das nicht. Menschen können ihre Krankheit für eine Lüge missbrauchen, selbst wenn diese Krankheit der Wahrheit entspricht. Die Schwerstkranken sind in einem System immer die Stärksten, weil jede Entscheidung sich nach ihnen richten, weil jeder sich um sie kümmern muss. Wie auch immer, wir haben im Rahmen unserer wöchentlichen Behandlungen nicht die Möglichkeit, ihm tatsächlich zu helfen. Das ist die Realität.«

»Von welchem Zeitfenster sprechen wir eigentlich?«, fragte ich.

»Darin musst du dich auf dein professionelles Urteil verlassen. Du bist ein freier Mitarbeiter unserer Einrichtung. Meiner Meinung nach ist diese Zeit bereits verstrichen.«

»Meiner Meinung nach nicht«, widersprach ich.

John Savoia musterte mich. »Du verstehst doch, dass ich in dieser Sache nicht dein Feind bin, David?«

»Ja, das verstehe ich.«

»Trotzdem bestehst du darauf, ihn weiter zu sehen. Warum?«

»Er hat sonst niemanden.«

»Du sagtest, er habe eine Freundin.«

»Sie ist behindert und hat eigene Probleme. Das ist nicht dasselbe.«

»Du bewegst dich außerhalb deines Fachgebiets. Wir haben hier nicht die Möglichkeiten, ihm zu helfen. Du hast nicht die Möglichkeiten. Und darüber hinaus ist es in unserem Beruf verboten, sich zum Märtyrer zu machen. Um Märtyrer zu werden, solltest du in den Mittleren Osten gehen und dich zum Sprengstoffexperten ausbilden lassen. Vielleicht erwarten dich ganz neue Karrierechancen …«

»Niemand hat diese Möglichkeiten«, sagte ich. »Wenn wir von Schizophrenie sprechen, dann weißt du genauso gut wie ich, dass niemand diese Möglichkeiten hat. Aber bedeutet das im Ansatz nicht, den Klienten im Stich zu lassen? Schließlich ist er auch depressiv, und ich behandle Depressionen.« Ich war plötzlich wütend. »Er hat fünf andere Therapeuten verschlissen, ehe er sich für mich entschieden hat«, sagte ich. »Er sagt, er vertraue mir; er sagt, ich tue ihm gut. Ist das nicht auch etwas wert?«

John wiederholte ruhig, dass ein Psychologe es nicht riskieren sollte, sich außerhalb seines Fachgebiets zu bewegen, dass ich nicht zulassen dürfe, dass der Klient seine Behandlung diktiere; dass hier nicht die Rede davon sei, den Klienten im Stich zu lassen. Doch ich war nicht überzeugt. Vielleicht weil ich nicht glaubte, dass John Savoia viel darüber wusste, was es hieß, verlassen zu werden.

Er hatte vor nicht allzu langer Zeit Brandy geheiratet und sein erstes Kind bekommen, einen lebhaften blonden Jungen, der ständig blinzelte wie sein Vater. John Savoia war Ehemann einer jungen Frau und ein später Vater – eine Doppelbelastung –, und dennoch kam er jeden Morgen strahlend und voller Schwung zur Arbeit, vom frischen Duft eines teuren Eau de Cologne umweht; er schwenkte seinen Aktenkoffer, scherzte mit den Sekretärinnen an der Rezeption und brachte mit seiner ganzen Person vor aller Welt zum Ausdruck, dass sein Leben erfolgreich verlief und dass das auch in Zukunft so bleiben würde.

Während meines Vorstellungsgesprächs bei ihm, gegen Ende meines Jahrs als Praktikant im Larsen P. Clark Hospital – unmittelbar nachdem ich Helprins Angebot, mich seinem Forschungsteam anzuschließen, abgelehnt hatte –, war mir John Savoia aufrichtig und tüchtig erschienen. Er hatte mich mit einer Mischung aus Beflissenheit und Vorsicht beäugt, so wie ein potentieller Käufer ein Möbelstück aus dem Fundus eines bankrotten Adligen begutachtet. Er sagte, er sei immer auf der Suche nach jungen Fachleuten, die etwas zur Expansion seiner Klinik und zu ihrem guten Ruf beitragen könnten. Er stellte mich Theresa und dem übrigen Personal vor. Er erklärte mir die Regeln: »Sie sind ein freier Mitarbeiter. Ihr Einkommen geht zu sechzig Prozent an Sie, der Rest geht an die Einrichtung. Wir kümmern uns um den Schriftverkehr, die Versicherung, das Marketing und ausreichend Klienten, um die Verwaltungsseite. Sie behandeln die Klienten, das ist alles.«

Mit der Zeit lernte ich ihn zu schätzen und zu respektieren: seinen klaren Verstand, seine Gewissenhaftigkeit, seine bedächtige, Autorität ausstrahlende Art und sein heroisches, wenn auch vergebliches Bemühen, mich zu gutem Wein zu bekehren.

John hält sich für einen idealen Therapeuten von depressiven Klienten, da er selbst keinerlei Erfahrung mit Depressionen hat. »Das ist der jüngste Trend innerhalb der Therapeutengemeinde«, erklärte mir John, »diejenigen, die von ihren Wunden geheilt sind, als perfekte Kandidaten für die Behandlung derer zu betrachten, die immer noch an diesen Wunden leiden. Ehemalige Alkoholiker, die Alkoholiker behandeln, ehemalige Traumapatienten, die traumatisierte Patienten therapieren, ehemalige Sträflinge, die Ethikunterricht erteilen, ehemalige Bankrotteure als Vermögensverwalter.« Er machte eine Pause und schüttelte den Kopf. »Die Logik scheint glasklar und ist von daher eindeutig suspekt«, fuhr er fort, »ich würde immer einen Finanzberater vorziehen, der noch nie bankrottgegangen ist, einen Ethiklehrer, der noch nicht wegen Unterschlagung im Gefängnis gesessen hat, und einen Therapeuten, der nicht selbst therapiert wurde. Denn verheilte Wunden können jederzeit wieder aufbrechen.«

Ich bin geneigt, ihm recht zu geben. Ich finde, dass es auf der Welt definitiv einen Platz gibt für einen Therapeuten wie John Savoia, der alles ist, was seine Klienten nicht sind – selbstbewusst, gebildet und elegant. Er kann sich weder mit ihnen identifizieren, noch von ihnen zu irgendetwas überredet werden oder nach ihrer Pfeife tanzen. Er kann sie nur behandeln. Er hat keine Wunden, die aufreißen und sein makellos gebügeltes Hemd beflecken könnten.

Doch in meinem intellektuellen Wankelmut, mit dem John sich nicht abfinden wollte – und wer hätte ihm das zum Vorwurf machen wollen –, war ich auch der Meinung, dass genauso, wie seine mangelnde persönliche Erfahrung mit Depressionen ihn zu einem geeigneten Therapeuten von Depressiven machte, ihn seine mangelnde Erfahrung bezüglich des Verlassenwerdens absolut ungeeignet erscheinen ließ, mir bezüglich des Verlassenwerdens einen Rat zu erteilen. Aus ebendiesem Grund war er auch nicht qualifiziert, mir in Bezug auf meine Beziehung zu Barry Long einen Rat zu erteilen.

21

Nach Alex' Auszug brachte ich mein Auto immer öfter in die Werkstatt meines Bruders. Ich tauchte mit irgendeiner Geschichte über ein verdächtiges Motorengeräusch dort auf, was sich als prophetisch erweisen sollte, da Jeffrey, sobald er unter die Haube guckte, um meiner vordergründigen Beschwerde nachzugehen, unweigerlich etwas fand, das tatsächlich repariert werden musste.

»Du musst es nicht sofort machen lassen«, sagte er dann, »du kannst auch noch warten. Aber wenn wir vorausdenken und in Zukunft größere Probleme vermeiden wollen, dann ist es vielleicht besser, sofort etwas zu unternehmen. Deine Entscheidung, Doktor.«

Jeffrey beschäftigte sich intensiv mit strategischer Planung. Er sagte dann zum Beispiel: »Wenn du das Teil jetzt austauschst, dann kostet es dich soundso viel. Wenn du wartest, bis es kaputt ist, bezahlst du das Doppelte.«

Ich saß für gewöhnlich in dem ramponierten Sessel in seinem Büro und betrachtete das verstaubte Foto über dem Tresen, auf dem er mit einem lächelnden Mädchen im Volleyballtrikot im Arm zu sehen ist. Ich dachte dann an dieses Mädchen, Sam, daran, dass sie mich nicht mehr in den Arm nahm – sie war ständig gereizt und mit anderen Dingen beschäftigt. Daran, dass sie immer seltener anrief und kaum zu Besuch kam, obwohl ihr Campus nur zehn Meilen von meinem Haus entfernt lag. Ich verstand: Ihre eigenen Pläne drängten, wie alle Pläne der Jugend; ihr Blick war nach vorne gerichtet, auf die Welt, die sich vor ihr öffnete wie eine Sonnenblume. Sie war trunken vom Rausch einer jungen Liebe. Sie hatte keine Zeit, die Last ihrer Eltern zu tragen, die Last dieser beiden alternden Mulis, die vom Weg abgekommen waren. Ich verstand das und hatte trotzdem den Verdacht, dass sie immer noch ihre Mom umarmte und anrief. Obwohl ich es nicht mit Sicherheit sagen konnte, da ihre Mom nicht mehr da war und ich nicht mehr wusste, wer sie umarmte oder anrief.

Ich hatte das Gefühl, dass Sam mir die Schuld gab an unserem Debakel. Und nahm es ihr übel. Doch dann machte sich ein zweiter, unangenehmerer Gedanke bemerkbar: Vielleicht hatte Sam etwas geahnt, intuitiv die Wahrheit erfasst. Vielleicht hatte sie ganz richtig gespürt, dass ihre Mutter, die nicht zu Kleinlichkeit und Launenhaftigkeit neigte, nicht einfach aufgestanden und ohne Grund gegangen war, sondern dass es tatsächlich Gründe gab; dass auch ihr Vater in dieser Sache eine Rolle spielte. Er hatte seinen Anteil daran, der zerstreute Vater, durch seine chronische Abwesenheit, durch den dünnen Firnis der Melancholie, der sich im Laufe der Jahre auf ihn herabgesenkt hatte wie Staub auf die oberen Regale im Wohnzimmer, durch die schweigenden Fahrten, die er genoss, ohne zu bemerken, dass die Schweigsamkeit seiner Frau vielleicht eher Resignation ausdrückte als Wohlbefinden. Vielleicht hatte Sam erfasst, dass ihr Vater nicht strategisch gedacht, die Symptome nicht richtig interpretiert, die Teile nicht zu einem Ganzen zusammengesetzt hatte. Mit Sicherheit hatte er das nicht getan. Und würde jetzt doppelt dafür bezahlen.

Diese Gedanken beunruhigten mich, während ich Jeffrey zusah, der seine Hände ins Innere des Motors schob, ein defektes Teil aus der Tiefe zog und es durch ein schimmerndes neues ersetzte. Ich beneidete ihn. Ich beneidete ihn, weil er ein defektes Teil einfach durch ein neues ersetzen konnte, weil er in die Fußstapfen unseres Vaters getreten war und heute erfolgreich und glücklich die Werkstatt der Familie leitete, deren Name draußen auf dem Schild in leuchtend roten Lettern über der Darstellung eines Autos und eines dicken schwarzen Schraubenschlüssels prangte. Hauptsächlich aber beneidete ich ihn, weil ich glaubte, dass Sam ihn immer noch gelegentlich umarmte.

22

Ich traf meinen Vater in Tudor Towers in seinem Zimmer an; er lag mit geschlossenen Augen im Bett, während Lachen aus dem Fernseher schallte, die Stimmen von Menschen, die längst tot waren. Ich schaltete den Apparat aus. Er rührte sich nicht. Ich setzte mich auf den Stuhl neben seinem Bett. Er fing leise an zu schnarchen und gab einen unregelmäßigen Pfeifton von sich, obwohl sein Atem scheinbar ruhig und mühelos ging. Seine Hände lagen an den Seiten, runzlig und ledern wie Eidechsenhaut, und sein Mund stand ein wenig offen. Er wirkte friedlich und traurig.

»Wie geht es dir, Dad?«, fragte ich leise. Er antwortete nicht. Er schlief.

»Draußen ist es heiß«, sagte ich. »Du würdest sagen, ein guter Zeitpunkt, um den Preis für die Kühlflüssigkeit zu senken, richtig?«

»Ich wünschte, alles wäre anders gekommen«, sagte ich. »›Mach dich ran, Junge.‹ Das würdest du sagen. ›Selbstmitleid ist ein Luxus für Reiche. Wir hier sind Arbeiter. Das Leben ist kein Penis, Junge; das Leben ist immer hart. Ha ha.‹« Ich lächelte vor mich hin. Er atmete langsam; seine Augäpfel bewegten sich nach einem willkürlichen Muster unter den faltigen Lidern.

»Alex hat mich verlassen«, sagte ich. »Du würdest wahrscheinlich sagen: ›Welche Frau verlässt einfach so ihren

Mann?‹ Ja, das würdest du sagen. Und ich wollte, ich wüsste darauf eine Antwort. Ich wünschte, die Antwort würde lauten: ›Eine schreckliche Frau.‹ Aber das ist nicht die Antwort.«

In diesem Augenblick öffnete er die Augen und hustete laut. Ich stand auf und beugte mich über ihn.

»David«, murmelte er. »David?« Seine Augen starrten in den Raum, ohne etwas zu sehen.

Mein Vater wurde zusehends schwächer. In gewisser Weise war er bereits teilweise verschwunden. Ich fragte mich, welche Bedeutung mein Name in seinem Gehirn innehatte. »David. David.« Ich versuchte herauszufinden, was diese Worte für ihn bedeuten könnten, was er sich wünschte oder wonach er sich sehnte – welches Licht noch zwischen den Trümmern seines Gehirns flackerte. Ich dachte, wenn ich herausfinden könnte, was er meinte, wenn er meinen Namen sagte, dann würde ich wenigstens mehr für ihn tun, als einmal in der Woche stumm und verstört von seinem stetig tröpfelnden Geplapper neben ihm zu sitzen. Vielleicht könnte ich schließlich doch noch etwas für ihn tun. Doch wie ein Gehirn ergründen, dessen Struktur so willkürlich und gleichzeitig so erbarmungslos zerstört wird? Ich wusste keine Lösung.

»Die Demenz ist ein Desaster«, sagte John Savoia später im Blind Mule Bistro. »Das Gehirn entwickelt sich nach einem planmäßigen Muster. Der Aufstieg, der Marsch zur Meisterschaft, verläuft nach genauen Regeln. Doch der Abstieg ist ein böses Durcheinander. Wie ein Tornado, der durch ein Wohnviertel fegt. Das eine Haus wird dem Erdboden gleichgemacht, während das daneben unberührt stehen bleibt. Unmöglich vorherzusagen oder darin ein Muster, einen Sinn zu erkennen.«

»Ich habe das Gefühl, dass ich etwas tun müsste und es nicht tue«, sagte ich.

»Du tust, was zu tun ist«, sagte John.

»Mit anderen Worten, nichts.«

»Mit anderen Worten, alles«, nickte er.

23

Der zweite Versuch

Ein Telefon, das mitten in der Nacht klingelt, lässt Schlimmes befürchten. Gute Nachrichten warten still und leise, bis sie an der Reihe sind. Schlechte Nachrichten schreien, schubsen und drängeln sich vor.

»Ja«, ächzte ich ins Telefon und versuchte mich, so plötzlich geweckt, zurechtzufinden.

»Doktor, es tut mir leid. Ich habe etwas Dummes angestellt, ich …«

»Barry, wo sind Sie?«

»Zu Hause. Zu Hause«, wimmerte er. »Ich brauche Hilfe.«

»Was ist passiert?«

»Da ist Blut …«

»Haben Sie sich geschnitten?«

»Ich … ja …«

»Barry?«

»Blut … Da ist Blut. Ich habe etwas Dummes angestellt … helfen Sie mir …«

»Ist jemand bei Ihnen? Mimi?«

»Mimi hat mich verlassen … Sie ist gegangen.«

»Wie lautet Ihre Adresse?«

»32 Fern… Fernleaf.«

»Ich komme.«

Ich stand auf und verließ eilig das Haus. Unterwegs rief ich 911 an und bat um einen Krankenwagen. Die Dame am Telefon wollte weitere Einzelheiten wissen. Ich erklärte ihr hastig, dass ich Psychologe sei und ihr keine Details nennen könne, ohne zu erwähnen, dass ich die Details überhaupt nicht kannte. Daraus entstand eine gewisse Verzögerung, und so kam der Krankenwagen gleichzeitig mit mir an. Barry Longs Wohnung lag im Süden der Stadt, am Ende einer schmalen Einbahnstraße. Der Gehweg, der zu seinem Haus führte, stand nach dem Regen teilweise unter Wasser. Eine halb verwelkte Pflanze hing vom Verandadach herab. Ich rannte die Treppe hinauf zu seiner Wohnungstür und hämmerte dagegen. Die Sanitäter schoben mich zur Seite, und einer von ihnen trat die Tür ein. Wir betraten die dunkle Wohnung. Die Luft war abgestanden und roch nach Schimmel. Die Vorhänge waren zugezogen. Eine kleine Tischlampe warf in einer Zimmerecke ihren Schatten. Ich schaute mich um, sah aber niemanden.

»Barry«, brüllte ich. »Barry. Wo sind Sie?«

Wir fanden ihn in der Küche, wo er blutend und nur halb bei Bewusstsein auf dem Fußboden lag. Die Sanitäter machten sich an die Arbeit. Ich beugte mich zu ihm und redete ihm gut zu: »Ich bin da; es ist in Ordnung. Wir bringen Sie ins Krankenhaus. Sie sind bald wieder ok.«

»Tut mir leid«, murmelte er benommen. Die Sanitäter machten ihre Bahre bereit.

»Entspannen Sie sich und atmen Sie«, sagte ich zu ihm. Was hätte ich sonst sagen können? Mir selbst sagte ich dasselbe. Die Sanitäter, die sich über meine Anwesenheit zu ärgern schienen, hoben ihn auf die Bahre und trugen ihn zum Krankenwagen. »Ich fahre Ihnen nach«, sagte ich.

Nachdem sie gegangen waren, blieb ich noch in der Wohnung. Warum ich blieb? Ich weiß es nicht. Vielleicht wollte ich mehr über ihn erfahren, sein Leben außerhalb der Therapiesitzung erkunden. In all meinen Berufsjahren erfuhr ich nicht ein einziges Mal etwas über das Leben eines Klienten außerhalb der Therapie, über sein »richtiges« Leben.

Lediglich zwei Begebenheiten kommen dem nahe. Vor Jahren hatte ich mit einer Patientin gearbeitet, die sich sicher war, dass jemand sie in den Geschäften im Einkaufszentrum verfolgte. Aus diesem Grund gingen wir zusammen einkaufen. Sie lief in den Gängen auf und ab, und ich behielt sie aus der Ferne im Auge. Schließlich sagte sie: »Heute ist mir niemand gefolgt. Vielleicht weil ihnen aufgefallen ist, dass Sie mich begleiten. Vielleicht ist das der Grund.«

Vor langer Zeit hatte es bereits einen anderen Klienten gegeben, einen gläubigen Christen, der obsessiv über Sex mit Jesus nachdachte. Um sich von seinen schmutzigen Gedanken zu reinigen, hatte er begonnen, sich stündlich, pünktlich zur vollen Stunde, zu duschen und seine Haut mit einer harten Bürste zu bearbeiten. Um ihn zu behandeln, ging ich zu ihm nach Hause, ließ ihn ein Bild von Jesus ansehen und laut: »Sex mit Jesus« wiederholen. Dann verbat ich ihm zu duschen. Das wiederholten wir tage- und wochenlang, immer und immer wieder. Doch in beiden Fällen galt meine Aufmerksamkeit meiner Arbeit: Für das Leben dieser beiden Klienten außerhalb der Therapie hatte ich mich eigentlich nicht allzu sehr interessiert. Doch aus unerfindlichen Gründen interessierte ich mich für Barry Longs Leben, obwohl er selbst es überhaupt nicht für ein Leben hielt.

Ich ging durch die Wohnung und sah mich um. Die Wände waren kahl. Der Teppich im Wohnzimmer war grau und zerschlissen. Auf dem Schreibtisch in der Ecke stand eine alte

Schreibmaschine, eine zweite stand auf dem Küchentisch. Daneben lag ein leerer Zigarettenkarton. Der fleckenübersäte Kühlschrank stand ein wenig schief, und in seinem Innern ging das Licht nicht an, als ich ihn öffnete. Ein Glas Instantkaffee stand in einem Fach neben einer Getränkeflasche, und in einer Plastikdose welkten ein paar Salatblätter. Auf der durchgesessenen Couch im Wohnzimmer war zwischen etlichen Zierkissen ein weißes Laken ausgebreitet, als hätte jemand dort die Nacht verbracht. Der Gestank nach Blut und schmutzigen Socken erfüllte den Raum. Aus dem Schlafzimmer drang zuckend der grelle Lichtschein eines Fernsehers. Ich stieß die halb geöffnete Tür auf und trat hinein. Eine Cartoonfigur zappelte tonlos über den Bildschirm. Das Bett war gemacht, mit einem schweren Quilt bedeckt und sah so aus, als hätte schon lange niemand mehr darin geschlafen. Auf dem Nachttisch lag ein verstaubter hellblauer Isolator. Ich ging wieder hinaus. Die ganze Wohnung wirkte leblos wie ein Grab. Kein Wunder, dass Mimi gegangen war, dachte ich. Welche Frau würde so leben wollen?

24

An jenem Wochenende kam Sam zu einem ihrer seltenen Besuche und brachte McKenzie Kovacks mit, der inzwischen vom Freund zum Verlobten avanciert war. Er stellte sich vor, und wir schüttelten einander die Hand. Sein Händedruck war sanft wie ein Flüstern. Sie setzten sich ins Wohnzimmer, und ich ging in die Küche, um ein paar Knabbereien zu holen. Nach ein paar Minuten kam Sam mir nach.

»Sam«, sagte ich. »Es ist schön, dich zu sehen.«

»Schon gut«, sagte sie und wirkte nervös. »Aber benimm dich, Dad.«

»Mich benehmen? Was soll das heißen?«

»Frag ihn nicht aus. Es ist schon so schwer genug, weißt du. Wenn die Leute hören, dass mein Vater Psychologe ist, wollen sie nicht mehr zu mir nach Hause kommen.«

»Nun, es könnte schlimmer sein … zum Beispiel wenn ich Leichenbestatter wäre«, versuchte ich es mit Humor. Doch sie lächelte nicht, warf mir nur einen Blick zu und sah einen Moment lang aus wie ihre Mutter. Vielleicht bemerkte sie das Erkennen in meinen Augen.

»Ich bin nicht Mom«, sagte sie. »Sei nicht böse mit mir.«

»Ich bin nicht böse. Ich bin durcheinander.«

»Weswegen bist du durcheinander?«, fragte sie ungeduldig.

»Weil ich dich nicht mehr sehe. Du rufst nicht an, du kommst nicht vorbei. Ich weiß, dass du beschäftigt bist und dein eigenes Leben führst. So soll es ja auch sein. Aber ich habe das Gefühl, dass das nicht der wahre Grund ist, weshalb ich nichts mehr von dir höre. Es ist eher ein Alibi.«

»Fang nicht an zu psychologisieren, Dad«, unterbrach sie mich schroff. »Du weißt, dass ich es nicht leiden kann, wenn du mich psychologisierst.«

»Ich fange nicht an zu psychologisieren«, erwiderte ich. »Auch ein Vater kann Gefühle haben, und ich habe das Gefühl …«

»Was für ein Gefühl?«

»Dass du wütend auf mich bist; dass du mir die …«

»Ich gebe dir nicht die Schuld. Es ist kindisch, so zu denken. Ich bin kein Kind, falls du das noch nicht bemerkt hast. Und du ebenso wenig. Es ist dein Leben. Alles hat zwei Seiten und bla bla bla. Ich bin nicht dumm. Ich bin auf niemandes Seite, aber ich bin mit Mom aufgewachsen. Du warst ja nicht da. Ich bin es gewohnt, mit Mom zusammen zu sein und mit Mom zu reden. So habt ihr beide das geregelt. Jetzt komm nicht und beschwere dich bei mir.«

»Ich beschwere mich nicht«, brummte ich vor mich hin und war trotzdem beleidigt. »Aber jemand musste arbeiten gehen und Geld verdienen, um für deine Ausbildung aufzukommen, verstehst du?«, sagte ich und bereute die Worte, kaum dass sie heraus waren.

»Großartig«, sagte sie mit gepresster Stimme. »Jetzt willst du mich also kaufen? Damit ich dich anrufe und dich besuche, weil du fürs College bezahlst? Ist es das, was du willst? Ich habe dich nicht zum Bezahlen gezwungen. Du wolltest es so. Warum hörst du eigentlich nicht einfach damit auf?« Sie warf mir einen schneidenden Blick zu und ging wieder ins Wohnzimmer, einen Teller mit Keksen und eine Tasse Kaffee in der Hand. Ich holte tief Luft, zwang ein Lächeln auf mein Gesicht und ging hinter ihr her. Wir setzten uns hin und plauderten.

»Kommst du hier aus der Gegend?«, fragte ich McKenzie. Sein Name weckte irgendwo in meinem Kopf eine Erinnerung. Ich meinte, ihn schon einmal gehört zu haben, konnte ihn aber nicht einordnen. Er sagte, ursprünglich stamme er von der Ostküste, aus dem Bundesstaat New York, sei jedoch als kleines Kind in den Mittleren Westen gezogen. Er und Sam hatten sich in einem Club in der Nähe des Campus kennengelernt. Es stellte sich heraus, dass er fünf Jahre älter war als sie, und man sah es ihm an, mit seinem kurz geschnittenen Haar und dem verschlossenen Gesicht. Er sagte, er arbeite an der Universität, in der Computerabteilung, irgendetwas mit Systemanalyse. Vor kurzem, nachdem Sam bei ihm eingezogen war, hatte er sich ein neues Motorrad gekauft, und sie wollte nun unbedingt, dass er ihr beibrachte, wie man es fuhr. Doch er zögerte aus Angst um ihre Sicherheit. Er sagte, er wolle in der Gegend bleiben und sich irgendwo niederlassen, vielleicht im Privatsektor Arbeit finden, doch Sam wolle in eine der Großstädte an der Ostküste ziehen. Er kannte ihre Entschlossenheit bereits, und von daher war ihm klar, dass sie lernen würde, sein Motorrad zu fahren, und dass sie an die Ostküste ziehen würden. Er war ruhig und höflich und neigte zu langen Pausen. Wenn er etwas sagte, kamen seine Worte manchmal ins Schleudern wie Autos, die sich auf einer Schnellstraße ein Rennen liefern. Die Wörter endeten dann in einem unbeholfenen Gedrängel, und hin und wieder verlor sich sein Blick für einen Augenblick in der Ferne. Dann legte Sam ihm sanft eine Hand aufs Knie. Wie sich herausstellte, waren sie bereits bei Alex zu Besuch gewesen. Ob Alex allein gewesen war oder nicht, sagten sie nicht, und ich fragte nicht, obwohl ich es gerne erfahren hätte. Mir tat inzwischen alles weh. Es war klar, soweit solche Dinge klar sein können, dass Sam ihn liebte, und dass auch er sie liebte, das war sowohl an ihrem schwärmerischen Verhalten und den sachten Berührungen zu erkennen, als auch daran, wie sie einander in die Augen sahen, als suchten sie in einem üppigen Garten nach verborgenen Winkeln, in denen sie umherwandern und sich verstecken könnten. Als sie gingen, blieb ich ruhelos zurück.

Zunächst schrieb ich mein ungutes Gefühl der Tatsache zu, dass Sam plötzlich erwachsen geworden war und plante, zu heiraten. War sie nicht erst vor kurzem noch hier herumgerannt, hatte im Wohnzimmer Verstecken gespielt und sich hinter ebendiese Couch gekauert? Dann schrieb ich mein Unbehagen dem Glanz ihrer Liebe zu, vor dessen Helligkeit sich meine Einsamkeit abhob wie ein hässlicher Fleck auf einem weißen Teppich. Doch dann machte sich noch ein anderes Gefühl bemerkbar, kälter und beißender. Etwas stimmte nicht ganz mit ihm, ihrem Verlobten; es hatte mit seiner Ausstrahlung zu tun, mit seinem Benehmen, seiner Sprache und seinem Gang. Mit seinem Namen, seinen Augen, seinem Gesicht und seiner Stimme, seinem Rückgrat. Irgendetwas.

25

Als ich Barry Long im Larsen P. Clark besuchte, erzählte er, dass er demnächst entlassen werde und beabsichtige, sich zu Hause auszuruhen. »Ich habe beschlossen, eine Pause einzulegen«, sagte er, »und bei der Arbeit um eine Beurlaubung zu bitten; ich muss wegen meiner Hand in Rehabilitation; ich kann sie nicht mehr so gut bewegen nach dem, was ich getan habe … und ich will einen Antrag auf Invalidität stellen, denn in meinem Zustand kann ich mich bei der Arbeit nicht konzentrieren. Sie schikanieren mich alle und zerreißen sich ohnehin das Maul über mich, und mein Chef sucht nach einer Ausrede, mich hinauszuwerfen, damit er meine Krankenversicherung nicht bezahlen muss. Aufgrund der Therapie bei Ihnen«, fuhr er fort, »verstehe ich, dass meine Lage ernst ist, sie erfordert meine ganze Aufmerksamkeit. Würden Sie für mich einen Brief an die Versicherungsgesellschaft schreiben? Dass ich nicht mehr arbeitsfähig bin?«, fragte er.

»Wir müssen uns treffen, um all diese Dinge miteinander zu besprechen.«

»Ich rufe Sie an«, sagte er.

»Ich warte darauf«, erwiderte ich. Dann verließ ich sein Zimmer und fuhr mit dem Aufzug ins Untergeschoss.

Ich fand Helprin, der am selben Platz hockte wie immer, in seinem Büro im Untergeschoss. Als ich das Zimmer betrat, war er gerade damit beschäftigt, sich zwischen den Zehen seines rechten Fußes zu kratzen, den er auf den Schreibtisch gestützt hatte. Auf den ersten Blick kam er mir erschreckend klein vor, als wäre er im Laufe der Jahre geschrumpft. Sein nackter Knöchel war blass, haarlos und schmerzhaft verkrümmt. Der alte Professor versuchte hochkonzentriert, ein hölzernes Lineal zwischen seine Zehen zu schieben, doch seine Hand zitterte, und er traf immer wieder daneben und stieß damit gegen seinen großen Zeh.

»Doktor Helprin«, sagte ich.

Er hob den Kopf, blinzelte gegen das Licht und sah mit einem angestrengten, ungeduldigen Blick in meine Richtung.

»Doktor David Winter! Nun, nun. Sind Sie es wirklich? Oder halluziniere ich? Welchem Umstand haben wir nach so vielen Jahren die große Ehre Ihrer Rückkehr zu verdanken?«

»Brauchen Sie Hilfe?«, fragte ich, und ohne eine Antwort abzuwarten, nahm ich ihm das Lineal aus der Hand, schob es zwischen seine Zehen und bewegte es hin und her. Er lehnte sich auf seinem Stuhl zurück, verschränkte die Hände im Nacken und brummte genüsslich vor sich hin.

»Solche Dienste kann ich von Judy nicht verlangen«, murmelte er und wies mit der Hand auf das innere Büro.

»Dabei sollten Sie es auch besser belassen«, sagte ich. »Warum die jungen Leute noch mehr durcheinanderbringen?«

»Meine Brille«, sagte er. »Sie liegt hier irgendwo herum …« Er zog seinen Fuß zurück und beugte sich vor, um nach ihr zu suchen. »Nicht dass es überhaupt noch allzu viel zu sehen gäbe.«

Ich lächelte. »Ich brauche Ihren Rat, Help.«

»Mein Rat lautet heute noch genauso wie vor fünfzehn Jahren: Hören Sie auf, Ihre Zeit mit aufgeregten Wohlstandsbürgern zu verplempern, und kehren Sie zur echten Arbeit zurück, in die Forschung, hierher.«

»Ich brauche einen Rat zur Behandlung von Schizophrenie«, sagte ich.

»Was haben Sie denn mit der Behandlung von Schizophrenie zu tun?«, sagte er. »Wenn ich mich richtig erinnere, sind Sie von hier weggelaufen, als ginge es um Ihr Leben. Sie haben mein Stipendienangebot abgelehnt. Sie sagten, ich zitiere …«

»Ich behandle keine Schizophrenen«, sagte ich. »Das ist nicht mein Fachgebiet, und nur ein Verrückter würde es mit einem Problem aufnehmen wollen, für das es keine Lösung gibt, nicht wahr? Sagen wir einfach, ich habe einem Freund einen Gefallen versprochen. Er braucht Informationen über die Krankheit, und ich habe ihm gesagt, ich hätte Zugang zur besten Quelle …«

»Einen Gefallen …«, brummte Helprin und nickte. »Muss ein guter Freund sein, wenn Sie für ihn den ganzen Weg hierher auf sich genommen haben.«

»Fleisch meines Fleisches«, lächelte ich.

»Was wollen Sie also wissen?«

»Bringen Sie mich auf den neuesten Stand, informieren Sie mich, was auf diesem Gebiet gerade vor sich geht. Ich möchte wieder in das Thema hineinkommen.«

»Haben Sie nicht den Google? Meinen jungen Studenten zufolge ist das ganze Wissen dort gespeichert; die Zukunft hat begonnen, und sie heißt Google, sagt man mir.«

»Ich dachte, wenn ich zu Ihnen käme, könnte ich den ganzen Quatsch überspringen, die Klavier spielenden Katzen, die Hunde auf Skateboards ... ich dachte, ich könnte die Jagd abkürzen. Außerdem war mir nostalgisch zumute.«

»Ein weichherziger Junge«, murmelte er. »Wer hätte das gedacht?«

»Nicht nostalgisch Ihretwegen, Help, sondern wegen der Kekse Ihrer Frau.« Ich blickte mich etwas theatralisch um. »Sie bäckt sie doch immer noch freitags, nicht wahr?«

»Meine Frau ist vor drei Jahren gestorben«, sagte er. »Keine Kekse mehr.«

Ich sah ihn an: »Das tut mir leid, Help.«

»Nicht Ihr Fehler«, sagte er.

»Was ist passiert?«

»Was passiert ist? Ha! Das Alter, Jingele, das Alter. Möchten Sie, dass ich es Ihnen erkläre? Selbst wenn ich es Ihnen erkläre, werden Sie es nicht verstehen.«

Ich sagte nichts.

Er betrachtete mich durch seine Brillengläser und kratzte sich an seinem kahlen Kopf, der von der Sonne gerötet war und sich schälte. Ich schloss daraus, dass er immer noch mit dem Fahrrad zur Arbeit kam und sich weigerte, eine Mütze oder einen Helm zu tragen, genau wie früher. Er bleckte die Zähne zu einer schiefen Grimasse, von der seine Assistenten wussten, dass es sich dabei um seine einzigartige Interpretation eines »Lächelns« handelte, und rief: »Judy! Kommen Sie und lernen Sie einen Geist aus der Vergangenheit kennen. Allerdings real, in Fleisch und Blut!«

Eine sichtlich verängstigte junge Frau mit geröteten Augen und strähnigem Haar tauchte aus den Tiefen der Büroräume auf, wo ich vor so vielen Jahren als vielversprechender Assistent, der nicht hielt, was er versprach, meine Tage verbracht hatte.

»Das hier ist Doktor David Winter«, sagte Helprin.

Sie schüttelte mir die Hand.

»Hallo«, sagte ich. »Die Kratzer an der Wand über dem Computer, um die Tage zu zählen – die sind von mir.«

Sie lächelte. »Ich glaube, seit damals wurde neu gestrichen«, sagte sie entschuldigend.

»David war ein Junge mit Potential, aber dann bekam er es mit der Angst zu tun«, rief Helprin von seinem Schreibtisch aus. »Er hat sich für das leichte Leben entschieden; nun behandelt er sorgengebeutelte Hausfrauen mit ihren mysteriösen Beschwerden, ihrem Kummer, ob man sich in der neuen Küche für einen Bambus- oder doch lieber für einen Eichenfußboden entscheiden sollte … Ach, und der gute Doktor nickt und streicht sich seinen bedeutenden Bart, während das Placebo seine Zauberkraft entfaltet … *Sie* haben aber keine Angst, Judy, oder? *Sie* werden nicht weglaufen, nicht wahr?«

»Sie wissen, dass ich das nicht tun werde, Dr. Helprin«, sagte sie mit einem verlegenen Lächeln und zog sich in ihr Büro zurück.

»Ich komme nächsten Dienstag wieder, Help. Sie essen dienstags doch immer noch Chili in der Cafeteria, oder?«

»Natürlich. Einem Gewinner bleibt man treu. Auch wenn das Rezept für dieses Chili hoffnungslos im Dunkeln bleibt.«

»Wir essen einen Teller miteinander, um der alten Zeiten willen.«

»Meine alten Zeiten sind jetzt, Jingele, jetzt!« Er seufzte, und eine flüchtige Sekunde lang kam er mir äußerst zerbrechlich vor.

»Haben Sie schon mal daran gedacht, sich zurückzuziehen?«, fragte ich.

»Zurückzuziehen wohin? Das hier ist mein Leben. Wissen Sie, wie man es nennt, wenn man sich vom Leben zurückzieht?«

»Ich wollte Ihnen eigentlich eine Frage stellen«, sagte ich.

»Das glaube ich gern, und Sie wollen es immer noch«, seufzte er. »Schießen Sie los.«

»Was ist, wenn man einen guten Kontakt zu dem Klienten hat, wenn er einem zu vertrauen, einen zu mögen scheint … und man dennoch weiß, dass seine aktuellen Nöte, sein klinischer Befund eine umfassendere Therapie erforderlich machen, als man sie gewährleisten kann, sagen wir, eine stationäre Unterbringung – die er allerdings ablehnt, da er weiterhin zu einem kommen möchte. Ist es richtig, die Therapie abzubrechen und ihn wegzuschicken?«

Er grinste breit: »Ach, lassen Sie mich Ihnen eine Frage stellen: Was wirkt heilend? Wissen wir das? Wir wissen es nicht. Aber wenn ich raten soll, würde ich sagen – wenn jemand, dem man etwas bedeutet, einem die Hand hält, hat man keine Angst. Es ist der menschliche Kontakt. Irgendetwas hat es mit dieser Chemie auf sich; wie mutig wir sein können, wenn wir sicher sind, dass wir geliebt werden! Sie wissen, wer das gesagt hat? Der alte Sigmund. Man hat Ihnen einiges über ihn beigebracht, oder nicht? Ja, ach, vieles davon ist Unsinn, und für unser Fachgebiet, die Psychosen, ist es alles ohne Bedeutung. Seine Jünger allerdings haben versucht, uns seine Ideen aufzuzwingen – ach, Jünger sind immer fanatisch –, aber dennoch hat er etwas gewusst. Dank der neuen Bildgebungsverfahren … dank der neuen Technologie wissen wir heute, dass du keine Angst hast, wenn jemand, der dich liebt, deine Hand hält. Wenn jemand, der dich liebt, deine Hand hält, bleibt dein Gehirn ruhig. Die neue Technologie ist doch zu etwas gut. Sie zeigt uns, wie die alte funktioniert. Die Hand halten – das ist alte Technologie, Jingele, ganz einfach. Geht sogar vor meine Zeit zurück, wahrscheinlich sogar vor die der Liebe; Sie wissen, dass wir kauen mussten, um Zähne zu bekommen. Das Kauen kam zuerst. Wahrscheinlich mussten wir einander die Hand halten, um Liebe zu entwickeln. Und so sage ich Ihnen: Das Protokoll, die Richtlinien, wer verfasst die? Juristen oder Menschen, die Angst haben, ein Jurist könnte vor ihrer Tür stehen. Ach. In meinem Alter jagt einem jemand, der vor der Tür steht, keine Angst mehr ein, nicht einmal, wenn er in schwarzer Robe und mit einer scharfen Sichel daherkommt, man erwartet ihn sogar. Aber die Sache ist die, wenn Sie einen Kontakt aufgebaut, eine menschliche Verbindung hergestellt haben, wenn Sie das haben, dann kämpfen Sie darum, es zu erhalten. Denn das ist nie der falsche Ansatz. Es ist das Einzige, was zählt, wie Sie eigentlich gelernt haben müssten, aber nicht gelernt haben, wie ich daran erkenne, dass ich fünfzehn Jahre lang nichts von Ihnen gehört habe, ach Jingele«, er hob seinen müden Blick und sah mich an.

»Ich sehe Sie bald wieder«, sagte ich. »Ich lasse nicht wieder fünfzehn Jahre verstreichen. Ich glaube, ich lerne.«

»Sie sollten vielleicht einen Zahn zulegen«, brummte er.

Auf dem Heimweg machte ich mir Gedanken über Barry Long, und auf der Stelle stieg mir Nikotingeruch in die Nase. Vor vielen Jahren, 1899, wie ich mich aus einer von Helprins Vorlesungen erinnerte, hatte ein berühmter Forscher, Slosson, eine Flasche in seine Vorlesung mitgebracht und seine Studenten gebeten, den Geruch der klaren Flüssigkeit auszumachen, die darin enthalten war und bei der es sich seinen Worten nach um eine hochgiftige chemische Verbindung handelte. In den ersten Reihen nahmen die Studenten den Geruch sofort wahr, und innerhalb einer Minute rochen ihn alle. Doch die Flasche war mit einfachem Wasser gefüllt. Geruchshalluzinationen, zeigte Slosson, können problemlos durch Suggestion hervorgerufen werden. Barry Long roch immer nach Rauch, dachte ich auf der Fahrt. Doch wer Hufgetrappel hört, sollte an Pferde denken, nicht an Zebras. Deshalb hatte ich die Verbindung nicht sofort hergestellt. Doch jetzt, im Rückblick, schien sie mir schmerzhaft deutlich. Alle Schizophrenen rauchen.

Meine Gedanken wanderten zurück zu meiner Zeit am Krankenhaus – einer Zeit, die in meinem Rückspiegel langsam geschrumpft war und nun schlingernd wieder ins Blickfeld rückte. Damals war gerade eine neue Nichtraucherpolitik umgesetzt worden, da Rauchen tödlich sein kann und außerdem die Wirksamkeit von Neuroleptika herabsetzt. Doch Rauchen ist für einen Schizophrenen das letzte ihm noch verbliebene Vergnügen. Und ein Mensch, der nur noch ein Vergnügen hat auf dieser Welt, wird es nicht so ohne weiteres aufgeben. Daher entstand auf der Station rasch ein Schwarzmarkt. Die Psychopathen – die aus dem Gefängnis in die Klinik überwiesen worden waren, weil sie ihre Strafe abgesessen hatten, aber noch nicht für bereit gehalten wurden, in die Gesellschaft zurückzukehren – waren die Ersten, die diese Gelegenheit erkannten, Macht und Profit zu erlangen. Sie riefen ihre Freundinnen draußen an (und jeder Psychopath hat draußen ein, zwei Freundinnen, die der Mischung aus Geilheit, Eitelkeit und endlosen Märchen verfallen sind) und ließen sich von ihnen Zigarettenstangen besorgen. Den Verwegenen unter ihnen war klar, dass sie die weiblichen Borderline-Patienten – denen diese Chance auf Dramatik und Gefahr einen unkontrollierbaren Kick versetzte – bestechen konnten, in ihren Slips Zigarettenbündel in die geschlossene Abteilung zu schmuggeln, wo man sie hinter den Deckenfliesen verstecken konnte.

Dann verschacherten die Psychopathen die Zigaretten an die Schizophrenen, gegen Geld oder einen Blowjob im Treppenhaus – wenngleich Letzteres hochriskant war, da das überlastete Personal, nachlässig bei den meisten alltäglichen Formen illegalen Handels, bei Sex zur Strenge neigte. Denn Schwangerschaften oder AIDS-Infektionen, die in einem Krankenhaus ihren Anfang nehmen, sind schwer zu rechtfertigen; außerdem ging man im Allgemeinen davon aus, dass sexuelle Aktivität ein gewisses Maß an Gesundheit voraussetzt. Jedem, der auf der Treppe beim Sex erwischt wurde, wurden die Privilegien und der Urlaub gestrichen. Manche wurden in ein isoliertes Zimmer verlegt: Isoliert zu sein, ist auch für die Menschen eine Strafe, deren Geist gebrochen ist. Sogar bei ihnen reicht die Sehnsucht nach der Barmherzigkeit menschlichen Kontakts tiefer als die Wurzeln des Wahnsinns.

26

Nach meinem Besuch im Krankenhaus hörte ich mehrere Wochen nichts von Barry Long, bis er mich eines Tages anrief und sagte, er müsse mich sehen. Als er in mein Büro trat, war er frisch rasiert und beinahe fröhlich. Auch seine Gedanken schienen aufgeräumt. Wir saßen einander gegenüber.

»Mimi ist wieder da«, sagte er. Sein Gesicht wirkte zum ersten Mal, seit ich ihn kannte, lebendig. »Ich fahre mit ihr nach Texas«, sagte er, »damit sie meine Mutter kennenlernt.«

»Ihre Mutter? Ich dachte, Sie wollten sie nicht mehr sehen.«

»Ja. Aber sie ist immer noch Familie. Und Mom ist schwer krank. Sie hat uns für die Feiertage eingeladen. Vielleicht hat sie das Gefühl, ihre Zeit sei begrenzt, wissen Sie.«

»Ich verstehe«, sagte ich, obwohl ich es nicht verstand. »Und was ist mit der Anhörung? Mit dem Vorwurf des Diebstahls?«

»Der Richter hatte Mitleid mit mir«, sagte er. »Ich habe ihm erklärt, dass ich krank bin. Ich habe die Verantwortung für das übernommen, was ich in dem Geschäft getan habe, und dafür, dass ich versuchen will, gesund zu bleiben, wie mein Anwalt es mir geraten hat. Er hat veranlasst, dass ich einmal in der Woche an einer Gruppentherapie teilnehme. Und ich muss einmal im Monat zu ihm, damit er mich im Auge behalten kann. Doch solange ich an den Gruppensitzungen teilnehme, hier zu Ihnen komme und meine Medikamente einnehme, muss ich nicht ins Gefängnis. Das hat er gesagt.«

Bei unserem nächsten Treffen sagte Barry Long, seine Versicherungsgesellschaft habe sein Gesuch um eine Behindertenrente akzeptiert.

»Danke, Doktor«, sagte er. »Ich bin sicher, Ihr Brief hat geholfen, sie zu überzeugen. Das nimmt mir eine Last von den Schultern. Mir geht es jetzt sehr viel besser.«

»Gut«, sagte ich. »Es ist schön, gute Nachrichten zu hören. Das ist eine Lektion für Sie. Erinnern Sie sich, wie Sie voller Angst voraussagten, Ihr Boss werde Sie feuern, die Versicherungsgesellschaft werde Sie fallen lassen, Ihr Behindertenstatus werde nicht anerkannt, und Ihr Zustand werde sich weiter verschlechtern? Nun, hier ist der Beweis, dass Katastrophenvorhersagen sich gewöhnlich nicht bewahrheiten. Etwas kann auch gut ausgehen. Echte Katastrophen sind selten; man darf nicht zulassen, dass man durch das eigene Denken in einem Gefängnis aus Horrorszenarien gefangen wird.«

»Ja«, sagte er. »Mein Kopf … mein Kopf macht mir manchmal einen Strich durch die Rechnung, wissen Sie. Wie auch immer, zurzeit geht es mir besser. Ich plane eine Reise mit Mimi in die Smokey Mountains. Ich war als Kind mit meiner Familie dort. Ich erinnere mich daran, es ist dort sehr schön. Ich möchte gerne wieder hinfahren, mit Mimi. Ich möchte, dass sie mich an einem guten Ort sieht.«

»Eine gute Idee«, sagte ich. »Richtiges Handeln zieht positive Gefühle nach sich. Tun Sie es, und lassen Sie es sich gut gehen. Aber es ist wichtig, dass Sie besonders jetzt, wo es Ihnen gut geht, immer daran denken, dass wahrscheinlich auch wieder schwierige Tage kommen werden. Darauf sollten Sie vorbereitet sein.«

»Ja. In Ordnung. Danke, Doktor.«

»Sie nehmen Ihre Medikamente, ja?«, sagte ich, während ich auf seiner Krankenakte nach dem Namen seines behandelnden Psychiaters suchte und mir gedanklich einen Vermerk machte, ihn anzurufen und Barrys weitere Behandlung mit ihm abzusprechen. »Haben Sie all die Medikamente, die Sie auf Ihrer Reise brauchen? Sie verstehen, wie wichtig es ist, regelmäßig Ihre Medizin einzunehmen?«

»Ja, ich habe, was ich brauche.«

Ich begleitete ihn hinaus. Als ich die Tür hinter ihm schloss, ging mir durch den Kopf, dass ich ihn bald wiedersehen würde und dass ich darauf vorbereitet sein sollte.

27

In der Cafeteria beugte Helprin sich tief über seinen Teller, sog geräuschvoll die Spaghetti zwischen die Lippen und verteilte dabei rote Soßenspritzer auf seinem zerknitterten Hemd, in dessen offenen Kragen er sich in einem vergeblichen Versuch eine weiße Serviette gesteckt hatte. Wie alle ernsthaften Forscher kümmerte sich Helprin nicht um sein Aussehen und war völlig von sich und seiner Arbeit in Anspruch genommen. Daher wusste ich, dass er keine Fragen zu meinem Leben stellen würde. Darüber war ich erleichtert. Ich wollte nicht über mein Leben sprechen. Ich hatte keine Antworten auf solche Fragen.

»Verschaffen Sie mir einen Überblick, Help«, sagte ich. »Bringen Sie mich auf den neuesten Stand.«

»Nun, wie wir wissen, erscheint der Schizophrene bis in die späte Pubertät hinein normal«, legte er los. »Mädchen noch ein bisschen länger. Na ja, vielleicht nicht wirklich normal. Wir kriegen gerade neue Beweise herein. In Indiana gibt es einen jungen Mann, der alte Privatfilme von Kindern gesammelt hat, die später als schizophren diagnostiziert wurden, und er hat in diesen Filmen nach frühen Anzeichen Ausschau gehalten. Ich denke, er ist fündig geworden, atypische Handbewegungen … aber wie auch immer, eine relativ normale Kindheit und dann eine plötzliche Realitätsverkennung und schließlich ein vollständiger Realitätsverlust.« Er sah auf und kicherte in sich hinein. »Sie erinnern sich sicher, wie das aussieht, denn Sie konnten noch einen gründlichen Blick darauf werfen, bevor Sie sich aus dem Staub gemacht haben. Männlich, weiblich – mit der gleichen Wahrscheinlichkeit: eins zu hundert, dass ein Mensch im Laufe seines Lebens daran erkrankt, weltweit. Wir haben es hier nicht per se mit einem kulturellen Phänomen zu tun, doch das bedeutet nicht, dass die Kultur keine Rolle spielt. Kultur, Jingele – sie lebt in uns ... Schizophrenie ist eine Krankheit des armen Mannes. Wie dem auch sei, wir wissen so gut wie nichts über die Reichen, außer dem, was sie uns wissen lassen wollen. Eine arme Familie lässt einen gegen eine Forschungsgebühr von vierzig Dollar ins Haus, eine reiche Familie nicht. Eine Krankheit der Armen. Deshalb ist die bevorzugte Behandlungsmethode dafür auch Gefängnis. Gefängnisse sind die größten psychiatrischen Aufbewahrungsanstalten des Landes ...« Er wischte sich mit der nutzlosen Serviette den Mund ab. »Amerikaner haben keine Geduld mit komplexen Problemen. Sie haben Prinzipien, individuelle Rechte! Es ist das Recht eines Einzelnen, frei zu sein und nicht in einem Krankenhaus, selbst wenn er krank ist. Solange er nicht sich selbst oder andere gefährdet. Richtig? Aber wie wollen Sie das definieren? Der Schizophrene ist keine Gefahr für sich selbst? Ach, eine unsinnige Idee, von vorneherein. Ein Mensch geht die Straße entlang, ohne die Straße zu verstehen, und redet mit dem Laternenpfahl. Ist das ungefährlich?« Helprin leckte sich die Lippen und hustete laut, nahm einen Schluck Wasser aus dem riesigen Glas, das vor ihm stand. »Aber jemand, der täglich bei McDonald's isst, ist ebenfalls eine Gefahr für sich selbst, und den stecken wir auch nicht ins Gefängnis ...

ha, ach ... Deshalb haben wir sie in den 60er-Jahren losgelassen, bürgerliche Freiheiten, ja, ja. Wir haben die Patienten aus dem Krankenhaus entlassen. Und sie haben sich in dieser Freiheit verirrt – was für ein Schock! Was für eine Überraschung! – und sind auf der Straße gelandet. Dort machen sie uns Schwierigkeiten. Sie bringen die Ordnung durcheinander – Sie wissen schon, diese die Freiheit einschränkende Sache, die freie Menschen fordern. Wir warten also ab, bis sie einen Schnitzer machen, ein kleiner Diebstahl oder Erregung öffentlichen Ärgernisses, dann stecken wir sie ins Gefängnis. Das ist die Behandlung, die die meisten von ihnen bekommen. Verstehen Sie, Jingele? Meinen Sie, die Kinder der Reichen würden so behandelt? Ha! Die Reichen bezahlen für spezielle Hilfe, für luxuriöse Rückzugsorte, für was weiß ich was.«

»Vielleicht sind die Schizophrenen arm, weil sie krank sind«, sagte ich. »Ein kranker Mensch kann sich nicht seinen Lebensunterhalt verdienen.«

»Das haben wir früher gedacht«, sagte er und kratzte sich an der Wange, »aber so ist es nicht. Wenn man sie über einen längeren Zeitraum beobachtet, stellt man fest, dass sie nicht aus reichen Vierteln in arme umziehen. Es gibt keine Verschiebung. In der Regel bleiben sie dort, wo sie angefangen haben. Kein Leck, nur stehendes Wasser. Das ist der Grund, weshalb wir psychiatrische Ambulanzen je nach Häufigkeit des Vorkommens brauchen und nicht nach Bevölkerungsdichte. Das habe ich schon 1988 geschrieben. Aber wer hört schon auf einen Wissenschaftler? Wir haben nur Daten, keine Wähler.«

»Symptome«, sagte ich. »Haben Sie etwas Neues über Halluzinationen herausgefunden?«

»Hm, vielleicht. An dieser Stelle werden andere dagegenhalten. Aber sie irren sich. Grundsätzlich sieht es so aus: Halluzinationen sind eine Reaktion auf die Umwelt, aber nicht auf die direkte Umwelt, sondern auf die tieferen Schichten, auf die Kultur. Halluzinationen von Schizophrenen in Saudi-Arabien haben Religion und Aberglaube zum Inhalt. In England halluzinieren sie über gutes Benehmen, endlose Kritik und Verhaltensnormen. Die Stimmen, die sie hören – immer in der Muttersprache, selbst bei Einwanderern –, sind immer furchteinflößend, sie fluchen und drohen. Immer.« Er leckte sich zufrieden die Lippen und war bereit, sich in die Schlacht zu stürzen: »Verstehen Sie, hier irrte Freud. Die Eltern – sie haben kein Gewicht. Laing irrte. Dieser Betrüger Bettelheim, ach, er irrte sich, und zwar ganz schlimm. Sie alle irrten sich. Die Gesellschaft, das ist das Meer, in dem wir herumschwimmen. Das Meer ist der Gott der Fische. Die Gesellschaft, das ist unser Gott. An dieser Stelle haben die Soziologen klargesehen. Durkheim hat sich nicht geirrt. Collins hat sich nicht geirrt. Die Gesellschaft ist Gott …«

»Aber ich erinnere mich, dass Sie gesagt haben, Schizophrenie sei eine biologische Krankheit«, unterbrach ich ihn. »Das Gehirn ist konfus.«

»Ja, ja. Natürlich. Das ist das Paradox. Sie kennen das, ja? Vielleicht sind Sie auch zu jung … ach … Hören Sie genau zu, Jingele, denn hier liegt das Geheimnis: Unsere Biologie *ist* etwas Kulturelles. Kulturbiologie!« Er schlug sich mit der Hand auf den Schenkel. »Das ist die Crux; doch dieses Verständnis ist neu. Ich arbeite immer noch daran. Im Gegensatz zu Wilson, wenn Sie mir folgen können. Er hat die Biologie auf die Soziologie angewendet. Ich komme aus der anderen Richtung. So oder so haben Halluzinationen ihren eigenen

Kopf, ha ha, ihre eigene Logik. Somatische Halluzinationen – ›Mir fällt der Arm ab‹ und so weiter – sind gewöhnlich gar keine Halluzinationen. Sie drücken eine echte Störung aus. Eine Gehirnerkrankung. Bei einer Autopsie finden wir meistens die entsprechenden Läsionen. Doch durch die Umwelt ausgelöste Halluzinationen – ›Jemand verfolgt mich‹ – korrelieren in keiner Weise mit der Umwelt. Diese Halluzinationen haben nichts mit der Umwelt zu tun und sind deshalb wertlos bei dem Versuch, die Umgebung des Patienten zu verstehen. Heute glauben wir, dass sich in der Überzeugung, Halluzinationen zu haben, eher ein Ausdrucksproblem zeigt; ein mangelnder Ausdruck, kein mangelnder Eindruck. Die Sprache des Innern ist eine Art Handeln. Wie sich zeigt, können unsere Patienten nicht zwischen ›Handlung‹ und ›Handelndem‹ unterscheiden. Es gibt ›Sprache‹, aber kein ›Ich spreche‹. Deshalb muss der Sprecher gefunden werden, und wenn nicht ich es bin, dann muss es ein anderer sein.« Er verstummte und sah mich an. »Was für eine Art Halluzinationen hat der Patient Ihres Freundes?«

»Visuelle. Er hat in seinem Zimmer einen Indianer gesehen.«

»Hört er Stimmen?«

»Das auch.«

»Körperliche Empfindungen? Ein Kribbeln unter der Haut?«

»Wurde nicht berichtet.«

»Ah, dann können wir annehmen, dass er vernachlässigt wurde, vielleicht auch sexuell missbraucht, aber nicht geschlagen.«

»Woher wissen Sie das?«

»Wenn jemand geschlagen wurde, tendiert er eher zu taktilen Halluzinationen.«

»Und weiß der Patient, dass er Halluzinationen hat? Wie weit ist ihm das bewusst?«

»Während er halluziniert, ist seine ganze Konzentration voll darauf gerichtet, und er nimmt äußere Reize kaum wahr. Ein Wettbewerb um die Ressourcen, Jingele; wenn unser inneres Drama unsere ganze Energie verschlingt, bleibt nichts mehr übrig, um auf die Welt draußen zu reagieren. Daraus ergibt sich eine Abwärtsspirale. Haben Sie schon mal etwas vom Bonnet-Syndrom gehört? Ältere Menschen, die ihre Sehkraft verloren haben, berichten von visuellen Halluzinationen. Das kann behandelt werden, mit Antidepressiva, wie sich herausgestellt hat. Aber sie wissen, dass sie halluzinieren. Weiß es auch Ihr Patient? Das kann man nicht mit Sicherheit sagen. Vielleicht weiß er es und weiß es auch wieder nicht. Ist Ihnen dieser Zustand vertraut? Vielleicht sind Sie zu jung … ach, wie auch immer; wir wissen das seit einer Ewigkeit. Alfred Binet, der IQ-Typ, hat das bereits 1884 gezeigt – Halluzinationen funktionieren wie Realität. Nehmen wir an, der Patient halluziniert einen Gegenstand in der Zimmerecke. Wenn Sie diesen Gegenstand hinter einem Vorhang verstecken, wird der Patient diesen Gegenstand nicht mehr sehen. Und farbenblinde Patienten sehen keine bunten Halluzinationen.«

»Und wie steht es mit Lügen?«

»Lügen?«

»Manche Patienten lügen. Sie wissen schon, Help, erzählen Geschichten. Der schizophrene Patient – lügt er?«

»Eine gute Frage. Das wurde bisher kaum erforscht, fürchte ich. Ich würde sagen, im Rahmen einer Psychose gibt es keine

Lügen. Was in einer psychotischen Episode herauskommt, ist die Wahrheit dieser Episode. Aber dazwischen, in den klaren Momenten, ist der schizophrene Patient ein Mensch wie jeder andere auch. Deshalb lügt er. Aus Angst, oder um Schande zu vermeiden. Kennen Sie die alte Geschichte von dem Mann, der zu einem Vorstellungsgespräch für einen Regierungsposten der höchsten Sicherheitsstufe antritt? Er wird gefragt: ›Rauchen Sie?‹ Er antwortet: ›Nein.‹ ›Spielen Sie?‹ ›Nein.‹ ›Sind Sie ein Frauenheld?‹ ›Nein.‹ ›Sie haben also keine Schwächen?‹ ›Eine‹, sagt er. ›Ich lüge.‹ Das ist ein diagnostisches Rätsel. Ein Patient, der lügt, hat dafür seine eigenen Gründe. Vielleicht repräsentiert die Lüge den gesunden Teil. Er lügt, weil er ganz genau weiß, dass die Wahrheit ihm gesellschaftlich schadet und ihm Ärger einträgt oder eine Einweisung ins Krankenhaus ... Wie wir alle lügt er vielleicht, um nicht ein Etikett verpasst zu bekommen oder um Zurückweisung zu vermeiden.«

Er lehnte sich auf seinem Stuhl zurück und seufzte. Dann griff er nach seinem Wasserglas.

»Halluzinationen haben ihre eigene Logik. Das ist klar. Es gibt eine Logik, und es gibt Grenzen. Das ist der Schlüssel. Auf den ersten Blick wirken sie chaotisch. Zufällig. Doch wir verstehen dieses Zufällige, dieses Chaos nicht. Was wie zufällig aussieht, ist gewöhnlich nur eine uns unbekannte Ordnung. Und umgekehrt: Was geordnet aussieht, repräsentiert nicht die Ordnung der Welt, sondern die Spezifika unserer Wahrnehmungsmöglichkeiten. Haben Sie sich je darüber gewundert, warum Schizophrene immer zu denselben Motiven zurückkehren ... Jesus, Gott? Ohne dass es sich dabei um besonders religiöse Menschen handelte, weder in Bezug auf ihren Hintergrund noch auf ihre Erziehung. Warum kommen sie immer wieder auf Gott zurück und nicht, sagen wir, auf den Hausmeister? Es handelt sich um verletzliche Menschen. Im Alltag kann ein jeder sie willkürlich bedrohen und in Verwirrung stürzen, und trotzdem kommen sie immer wieder auf Gott zurück. Es existiert also eine Art Ordnung. Daneben frage ich Sie, ob Ihnen je aufgefallen ist, dass jemand, der behauptet, er sei eine Reinkarnation, in seinem früheren Leben immer ein Prinz war oder ein General? Noch nie war jemand in seinem früheren Leben Sportlehrer an einer Highschool in Cleveland. Noch taucht ein Highschool-Sportlehrer je in den Halluzinationen eines Schizophrenen auf.«

Helprin verzerrte das Gesicht zu seiner lächelartigen Fratze und klopfte sich mit der Hand auf den Schenkel. »Wie dem auch sei, Jingele, wir wissen, dass wir Zufälle nicht verstehen. Vor langer Zeit, als ich noch unterrichtet habe, habe ich den Studenten einen Streich gespielt. Ich habe sie in zwei Gruppen eingeteilt. Die einen habe ich gebeten, fünfzig Mal eine Münze zu werfen, und die anderen, fünfzig Münzwürfe nachzuahmen, eine zufällige Reihenfolge. Dann verließ ich den Raum. Sie schrieben ihre Reihenfolgen an die Tafel. Als ich wieder zurückkam, versuchte ich zu erraten, welche Reihenfolge durch die echte Münze entstanden war, und irrte mich natürlich nicht ein einziges Mal. Denn die Studenten, die versuchten, den Zufall vorzutäuschen, hatten nicht die leiseste Ahnung von den elementaren Fakten, die dem Zufall zugrunde liegen: Zufall sieht überhaupt nicht zufällig aus. Wenn man fünfzig Mal eine Münze wirft, erhält man sechs, sieben Mal hintereinander Kopf oder Zahl, und der Mensch will darin eine Ordnung, irgendein Muster erkennen … ha ha, verstehen Sie, was ich meine? Können Sie mir folgen?«

»Ich versuche es«, sagte ich. »Die Jahre haben Sie nicht langsamer werden lassen, Help …«

»Die Jahre … im Gegenteil, die Jahre müssen mich beschleunigen, denn meine Zeit läuft ab, ich falle auseinander, ist das nicht offensichtlich? Und die Antwort ist beinahe mit Händen zu greifen.«

»Wirklich? Vielleicht halluzinieren Sie«, sagte ich. »Vielleicht hören Sie Stimmen.«

Er sah mich durch seine zerkratzten Brillengläser an und hielt einen Augenblick inne. »Und Sie, Jingele?«, sagte er schließlich. »Hören Sie manchmal Stimmen? Ich wette, dass Sie in diesem Moment in Ihrem Kopf eine Stimme hören; just in diesem Moment hören Sie, wie sie sagt: ›Ich bedaure, dass ich Helprins Labor verlassen und mein Talent verschleudert habe, dass ich meine Tage damit verbracht habe, mir mit gerunzelter Stirn die albernen Launen von Buchhaltern mittleren Alters anzuhören, die plötzlich entdeckt haben, dass der Tod das Ende des Lebens bedeutet …‹ Ja, Sie hören diese Stimmen, und Sie sagen sich: ›Das ist meine Stimme. Das bin ich, der Selbstgespräche führt und mir selbst wegen meiner Dummheit die Leviten liest.‹ Aber wissen Sie was? Woher kommt diese Sicherheit? Dass diese Stimme aus *Ihrem* Innern kommt? Es handelt sich um einen Glauben. Das ist alles purer Glaube. Die schizophrenen Patienten hier in dieser Klinik, von denen Sie sich an einige vielleicht noch erinnern können, auch sie hören in ihrem Innern Stimmen, glauben allerdings, es sei die Stimme Gottes. Ihr Glaube ist genauso stark wie Ihrer. Warum sollte das auch nicht so sein? Ha? Doktor Winter? Vielleicht handelt es sich bei dieser Stimme, die Ihnen sagt, dass Sie Ihr Leben weggeworfen haben, statt mit Helprin zusammenzuarbeiten, tatsächlich um die Stimme Gottes! Haben Sie je darüber nachgedacht? Glaube ohne tatsächliche Grundlage, haben wir davon in unserer Welt nicht genug? Wenn genügend Menschen an etwas glauben, dann ist das nicht unbegründet; es wird zu einer Grundlage, einer sozialen Grundlage. Was wie irrationales Verhalten aussieht, kann gewöhnlich erklärt werden, wenn man die Anthropologie zu Rate zieht. Hochhackige Schuhe? Das ist doch eigentlich Irrsinn. Aber die Gesellschaft, Jingele, schafft Normalität. Nicht das Individuum. Nicht die Familie. Und die Gesellschaft produziert Wahnsinn. Nicht das Individuum. Nicht die Familie. Kein Gehirn ist kulturunabhängig. Die Gesellschaft ist Gott. Wir meinen, Denken komme von Materie, richtig? Das ist die Darwin'sche Masche. Aus einem Mischmasch unbewusster Materie entstand das Bewusstsein. Vielleicht, vielleicht … Aber vielleicht war es auch andersherum. Vielleicht war das Bewusstsein zuerst da; vielleicht entstand aus immateriellem Bewusstsein Materie. Warum nicht? Zwei ausgefallene Hypothesen und beide eine Möglichkeit.«

»Sind Sie unter die Mystiker gegangen, Help? Vielleicht wird es doch langsam Zeit für Sie, sich nach Florida in den Ruhestand zurückzuziehen.«

»Ach, das ist das Dumme«, grummelte er. »Die interessanten Ideen werden von Scharlatanen und Mystikern aufgegriffen, ach … und die Kunst der Medizin wird zu einem Schrotthaufen ausgefeilter Maschinen. Aber mit diesen neuen Werkzeugen werden wir vielleicht imstande sein, die Vorgeschichte des Bewusstseins zu entschlüsseln. Unsere Patienten, ihr Geist ist gebrochen, aber manchmal dringt das Licht durch einen Spalt, wie man so sagt. Bei der Erforschung des Kosmos erfährt man von winzigen, zerstreuten Partikeln, wie es zum Urknall kam. Vielleicht können wir in einem zerstörten Geist Hinweise auf den Ursprung des Geistes entdecken. Meine Patienten sind Menschen, die sich eine Phantomwelt aufbauen und darin leben. Das kommt Ihnen chaotisch vor, Jingele, aber nichts ist wirklich chaotisch, allem liegt eine Ordnung zugrunde. Vielleicht kann man von dort einen kleinen Blick auf die ursprüngliche Ordnung erhaschen.«

»Wie steht es mit Selbstmord?«, unterbrach ich ihn. Helprin war offenbar überglücklich, auf den wilden Wogen seiner Tangenten und Abstraktionen davonzusegeln. Doch ich wollte mich mit einem ganz bestimmten Problem befassen. »Nennen Sie mir die grundlegenden Parameter«, sagte ich.

Er rührte in den übrig gebliebenen Nudeln auf seinem Teller und nickte. »Ja, die größte Komplikation in der Schizophrenie ist der Tod.« Er setzte sein schiefes Lächeln auf. »Und der ist im Leben allgemein eine ernsthafte Komplikation, ha ha. Ach … Bei den Schizophrenen versucht es einer von fünf, und einer von zehn hat Erfolg. Sie bringen sich nicht in einer akuten psychotischen Episode um, sondern erst, wenn sie vorbei ist, nach ihrer Entlassung aus dem Krankenhaus. Die Phase der Rekonvaleszenz ist eine hochriskante Zeit. Gewöhnlich bringen sie sich nicht während der wahnhaften Zeit um, sondern in Momenten der Klarheit, wenn sich ihnen ihr Elend in voller Klarheit darstellt; wenn der Schmerz, die Verzweiflung, die Enttäuschung über ihr Leben sich manifestieren – das verlorene Potential, die zerstörten Erwartungen und Träume. Das alles offenbart sich in diesen friedlichen Momenten. Und deshalb sind diese Momente der Klarheit, nach denen sie sich sehnen – nach denen wir uns sehnen –, am allergefährlichsten. Sie sind Momente des Schreckens. In ihnen offenbaren sich die Tiefe des Abgrunds und die Höhe der Mauern, und wie rutschig sie sind. Sie kennen den Abgrund, hm? Nein? Noch nicht? Ach, Jingele …«

Danach begleitete ich ihn zurück in sein Büro.

»Ich würde Ihnen gerne Kekse anbieten, aber dummerweise gibt es keine«, sagte er trocken.

»Es war gut, Sie wiederzusehen, Help«, sagte ich.

Er grunzte und setzte sich auf seinen Ledersessel.

»Danke«, sagte ich. »Sie haben mir sehr geholfen …«

»Kaffee?«, fragte er unvermittelt. Ich stellte fest, dass er diesen Moment, dieses Wiedersehen, in die Länge ziehen wollte. »Judy«, rief er in Richtung der inneren Büros. Die junge Frau erschien, blass, zerknittert und mit roten Augen. »Wollen wir unserem Gast einen Kaffee anbieten? Wären Sie so nett?«

»Vielleicht sollte ich ihn holen, um der alten Zeiten willen«, sagte ich.

»Ist schon gut«, erwiderte sie und ging in Richtung Personalraum davon.

Ich setzte mich ihm gegenüber. »Ich weiß nicht, wie ich das übersehen konnte«, sagte ich quasi zu mir selbst.

»Was übersehen?«

»Dass der Klient schizophren ist. Er kam mit Symptomen einer Depression, und darauf habe ich mich fixiert. Und nicht über den Tellerrand geschaut.«

»Ich dachte, es handle sich um den Klienten Ihres Freundes?«

»Ja, natürlich«, lächelte ich. »Wie ich anhand der Beschreibungen meines Freundes übersehen konnte, dass der Klient schizophren war.«

Help hob interessiert und erfreut die Brauen. »Sie haben es nicht gesehen, weil unser Blick nicht klar ist.« Er lehnte sich zurück und legte mit einigem Aufwand seine in Sandalen steckenden Füße auf den Schreibtisch; seine geschwollenen, verkrümmten Zehen sprossen daraus hervor wie exotische Waldpilze. »Unser Blick wird gefiltert: durch unsere Stimmung, unsere Erfahrungen, Erwartungen, Ziele und Hoffnungen, durch Klischees. Vor Jahren, wissen Sie, hat man eine Studie durchgeführt, sie wurde ›Pygmalion im Klassenzimmer‹ genannt. Man ging in eine Schule und machte ein paar Tests, nannte ein paar der Kinder dann ›Frühstarter‹ und ›besonders vielversprechend‹. Nach einer gewissen Zeit kam man wieder und stellte fest, dass die Kinder, die man als ›Frühstarter‹ bezeichnet hatte, tatsächlich schneller vorangekommen waren als andere. Doch die Wissenschaftler hatten diese Kinder willkürlich ausgewählt. So ist es, Jingele; sobald ein Etikett vorhanden ist, wird alles unter diesem Etikett betrachtet. Und Etiketten sind schwer zu ändern. Alles ist schwer zu ändern.« Er kicherte und rückte seine Brille zurecht. »Es gibt einen alten Witz – ein Patient kommt zum Psychiater und sagt: ›Ich habe ein Problem.‹ ›Was für ein Problem?‹ ›Ich bin tot.‹ ›Sie sind tot?‹ ›Tot‹, antwortet der Patient. Daraufhin sagt der Psychiater: ›Ich nehme an, Tote bluten nicht, das weiß schließlich jeder.‹ ›Ja‹, nickt der Patient. Dann nimmt er eine Nadel und sticht den Patienten in den Finger. Es fängt an zu bluten. Der Patient blickt überrascht auf seinen Finger und sagt: ›Wissen Sie was, Doktor? Tote bluten doch!‹«

Judy trat mit zwei Kaffeetassen und einigen zerknitterten Zuckertütchen in der Hand ins Zimmer.

»Trinken Sie keinen?«, fragte ich sie.

»Nein, danke, Kaffee macht mich ganz zittrig«, sagte sie und war schon beinahe wieder draußen.

»Die Diagnose, Help«, sagte ich. »Gibt es eine Möglichkeit, eine Depression von einer bipolaren Störung oder einer Psychose zu unterscheiden? Hat man, abgesehen von den sich überschneidenden Symptomen, eine Möglichkeit gefunden?«

Er kratzte sich die Wange, die mit stachligen weißen Stoppeln bedeckt war, eine Erinnerung daran, dass seine Frau nicht mehr da war. »Nein«, sagte er. »Und weil wir keinen Lackmustest haben, keinen Labortest, ist das Einzige, was wir tun können, das Zutreffen der von uns geschaffenen Kategorien zu überprüfen, und nicht notwendigerweise das Vorhandensein eines Zustands, den sie einzufangen behaupten: klinische Vorgeschichte, familiäre Vorgeschichte, Beobachtungen; es sind primitive Werkzeuge. Sie kennen bereits die Grenzen der Beobachtung ... und wir sehnen uns nach Schlichtheit. Schizophrenie auf der einen Seite und Bipolarität auf der anderen, so lauten die Kategorien. Doch in Wirklichkeit ist Grau die vorherrschende Farbe. Eine exakte Trennungslinie ist nirgends zu finden. Statt eines ›Wenn nicht das, dann das‹ bekommen wir nur ein ›Dies und das‹; deshalb ist all dieses nosologische Getue nichts als leeres Geschwätz.«

Plötzlich erhob er sich auf seinen mageren, zittrigen Beinen, schob mit dem Zeigefinger die Brille zurecht und begann, in den Papieren auf seinem Schreibtisch zu wühlen. »Die Wahrheit liegt irgendwo hier, in den Daten. Die Bestie hält sich im Dschungel versteckt. Die Antwort wird irgendwann ans Licht kommen ...« Er betrachtete versonnen die Stapel aus Papieren, Zeitschriften und Büchern und ließ sich dann mit einem Seufzer wieder auf seinen Stuhl zurücksinken. »Unsere besten Denker sind in diesem Strudel untergegangen. Vielleicht werden die Jungen mit dem Google mehr Erfolg haben. Aber passen Sie auf, Jingele« – er sah mich mit müden Augen an –, »jeder ist auf der Suche nach Heilung und Behandlung, während die Krankheit selbst noch gar nicht identifiziert ist; die Bestie, die man zu zähmen versucht, wurde bisher weder eingefangen noch je wirklich gesehen. Wir jagen Schimären nach. Wer halluziniert hier also, die Patienten oder wir? Wer, hm?«

Er verstummte und lehnte sich schwer atmend zurück. »Das ist ein Witz, Jingele«, sagte er schließlich. »Sie sollten lachen.«

28

An diesem Samstag hielt ich nach dem Besuch bei meinem Vater im Pflegeheim bei der Werkstatt meines Bruders.

»Wie steht's?«, fragte er. »Wie geht's Dad?«

»Ganz gut«, sagte ich.

Jeffrey war kein Mensch, der sich einmischte, zumindest nicht, wenn es um meine Angelegenheiten ging. Als ich ihm nach Alex' Auszug davon erzählte, hielt er kurz in seiner Arbeit an einem widerspenstigen Reifen inne, richtete sich auf und sah mich an. »Wenn du etwas brauchst, David«, sagte er, »melde dich. Dafür ist die Familie da.« Das war alles. Wir sprachen nie wieder darüber.

»Dad murmelt in letzter Zeit immer wieder meinen Namen«, erzählte ich ihm. »Ich habe keine Ahnung, worum es geht.«

»Ich glaube nicht, dass es dabei inzwischen noch um etwas Bestimmtes geht«, sagte er.

»Sam heiratet.«

»Ich weiß«, sagte er. Ich spürte ein plötzliches Kneifen im Magen. Natürlich wusste er es.

»Meinst du, wir sollten Dad zur Hochzeit mitnehmen?«, fragte ich.

»Ich glaube schon. Noch ist der alte Mann nicht tot.«

»Ich glaube nicht, dass es für ihn eine Rolle spielt, so oder so«, sagte ich. »Ich glaube, es geht dabei mehr um uns als um ihn.«

»Dann solltest du Sam fragen«, sagte er. »Hauptsächlich geht es um sie.«

»Stimmt.«

Wir standen eine Weile da, ohne etwas zu sagen.

»Sieh dir das an«, sagte er. Er öffnete die Tür eines zerbeulten Toyota und deutete auf die fehlende Türverriegelung. »Der Typ hat die Verriegelung abgebrochen. Und das hier ist ein altes Auto. Es wird einige Zeit dauern, dieses Teil zu beschaffen, habe ich ihm gesagt. Er meinte, es sei ihm egal, ob die Farbe passt. ›Bauen Sie einfach einen Riegel ein. Egal, was für einen.‹ Ich sagte also: ›In Ordnung.‹ Er hat mir den Ersatzriegel gezeigt, den er mitgebracht hatte, ein graues Ding mit glänzenden Schrauben. ›Das dauert zehn Minuten.‹ Bumm. Aber die Sache ist die: Ich kann es nicht. Es ist nicht richtig. Die Farbe muss passen, sich genau richtig einfügen … Also habe ich einen Kumpel angerufen, der mit älteren Modellen handelt. Er schickt mir das richtige Teil. Und ich sage dir, ich glaube, der Besitzer wird sich freuen. Aber auch wenn er sich nicht freut, ich freue mich.« Ich nickte. Er richtete sich auf und sah mich an: »Meinen Namen sagt Dad nie«, murmelte Jeffrey. »Wenn ich ihn besuche, nennt er ihn nie.«

29

Ich muss etwas mit dir besprechen«, sagte ich ein paar Tage später zu John Savoia. Wir saßen in seinem Büro. Auf seinem Schreibtisch standen überall Fotos von seiner Frau und seinem Sohn, daneben lagen zwei, drei Weinmagazine.

»Ich höre.«

»Eine heikle Angelegenheit«, sagte ich.

»Natürlich. Welche Angelegenheit ist das nicht?«

»Ein ethisches Problem«, sagte ich.

»Ich komme fast um vor Spannung«, sagte er ungeduldig. »Aber sprich weiter. Wir leben nicht ewig, weißt du.«

»Es geht um Sam. Du weißt, dass sie bald mit dem College fertig ist …«

»Es vergeht keine Woche, in der du nicht von Sam erzählst«, sagte er lächelnd, während er mit schlanken Fingern auf der Schreibtischplatte einen komplexen Rhythmus trommelte. »Verlobt, wenn ich mich recht erinnere. Hat einen Jungen gefunden …«

»Ja«, sagte ich, »und das ist der Grund; dieser sogenannte Junge. Es gibt da ein Problem mit ihm.«

»Ein Problem?«

»Ich habe ein Problem mit ihm.«

»Du wirst ihn nicht heiraten, wo also liegt das Problem?«

»Wir sind uns ein paarmal begegnet. Ich habe das Gefühl, als sei mit ihm etwas nicht ganz in Ordnung.«

»Väter wollen ihre Töchter beschützen. Was ist daran neu?«

»Ja, schon …«

»Glaubst du, dass er sie schlecht behandelt?«

»Nein, nein.«

»Sie betrügt?«

»Nein. Nicht, soviel ich weiß.«

»Ein Parasit, ein Nichtsnutz?«

»Nein.«

»Schlechter Trinker, verträgt keinen Alkohol?«

»Nein.«

»Nun, dann geh unter die kalte Dusche, und wir sehen uns bei der Hochzeit. Ich erwarte eine exzellente Auswahl an der Bar.«

»Ich glaube, er ist geisteskrank.«

»Du hast einfach so eine Diagnose gestellt, in deinem Wohnzimmer?«

»Ich glaube, er hat einige Zeit im Larsen P. Clark verbracht.«

»Woher weißt du das? Hat Sam etwas gesagt?«

»Ich glaube nicht, dass sie es weiß.«

»Und …?«

»Sein Name kommt mir irgendwie bekannt vor. Ich bin sicher, von dort.«

»Wie heißt er?«

»McKenzie Kovacks. Das ist ein Name, den man sich leicht merken kann, nicht wahr?«

»Vielleicht; vielleicht ist es auch ein Name, von dem man schnell glaubt, man hätte ihn schon einmal gehört, selbst wenn es nicht der Fall ist.«

»Ich habe ihn dort schon einmal gehört.«

»Selbst wenn, vielleicht gehörte er zum Personal.«

»Nein, dafür ist er zu jung. Und außerdem hat er etwas gesagt …«

»Was hat er gesagt?«

»Sie kamen zu Besuch. Nach dem Essen haben wir uns in der Küche unterhalten. Ich habe ihm erzählt, dass ich früher in dieser Klinik gearbeitet habe. Er fragte, warum ich Larc verlassen hätte.«

»Und?«

»Larc. Das ist ein Spitzname für Larsen P. Clark.«

»Ja …«

»Eine inoffizielle Bezeichnung. Patientensprache.«

»Das ist der Beweis?«

Ich nickte.

»Nun, vielleicht hat er Freunde dort. Vielleicht hat er es von jemandem gehört. Vielleicht kursiert der Name im Internet.«

»Vielleicht. Vielleicht auch nicht.«

»Wie dem auch sei, worin besteht das Dilemma? Den meisten Patienten geht es nach einem Krankenhausaufenthalt besser. Eine psychische Krankheit ist nicht lebenslänglich, sie ist kein Verbrechen. Das muss ich dir nicht sagen. Und es gibt keine Korrelation zwischen dem Erfolg einer Ehe und geistiger Gesundheit, wenn ich das hinzufügen darf. Wenn eine optimale Gesundheit die Voraussetzung wäre für eine gute Ehe, nun, du weißt, dass wir dann mutterseelenallein daständen.« Plötzlich hielt er inne und sah mich an. »Wie dem auch sei, wie lautet eigentlich deine Frage? Was willst du deswegen unternehmen?«

»Ich möchte Einsicht in die dortigen Akten, um herauszufinden, ob er eine hat.«

»Natürlich möchtest du das, aber das geht nicht.«

»Tatsächlich geht es doch.«

»Tatsächlich geht es nicht.«

»Ich habe einen Freund dort, meinen damaligen Mentor, Dr. Helprin. Ich habe die Beziehung wieder aufgefrischt.«

»Und?«

»Er hat Zugang zu den Akten. Er gehört zum Personal.«

»Er kann keine vertraulichen Informationen über einen Patienten weitergeben. Das weißt du.«

»Tatsächlich kann er es doch.«

»Technisch gesehen ja, ethisch gesehen allerdings nicht.«

Ich nahm ein Bild von Johns Sohn von seinem Schreibtisch und zeigte mit dem Finger darauf. »Liebst du Nevin?«

Er funkelte mich wütend an.

»Wenn jemand ihm Böses wollte, ihn verletzen wollte, würdest du dann untätig daneben stehen? Würdest du dich an die Regeln der Ethik halten?«

»Sam ist kein Kind«, sagte er. »Sie ist eine erwachsene Frau, David. Und niemand wird ihr etwas antun, außer du, mit diesen verrückten Ideen.«

»Sam ist mein Kind«, sagte ich. »Ich werde nicht zulassen, dass er ihr wehtut. Du weißt, wer im Larsen P. Clark aufgenommen wird. Machen wir uns nichts vor, John. Wer dort landet, hat eine schwere Last zu tragen. Es ist nicht einfach, dort aufgenommen zu werden. Es ist kein Zufall, keine Lotterie.«

»Wenn man dich erwischt, bist du deine Zulassung los«, sagte er.

»Man wird mich nicht erwischen.«

»Jeder wird erwischt, David. Du weißt, wie es ist«, sagte er, und ich wusste es tatsächlich.

»Ich möchte nur schnell einen Blick in die Akten werfen,

mehr nicht. Dann mache ich Sam gegenüber eine Andeutung. Sie ist ein kluges Mädchen … eine kluge Frau. Eine Andeutung wird genügen. Zumindest hätte sie dann alle relevanten Informationen, bevor sie ihre Entscheidung fällt. Sie im Dunkeln tappen zu lassen – ist das fair?«

»Wir tappen alle im Dunkeln, das weißt du, David.«

»Aber an dieser Stelle kann ich … ich habe die Möglichkeit, Licht ins Dunkel zu bringen. Sollte ich sie ungenutzt lassen?«

»Wenn du ihre Beziehung zu ihm zerbrichst, wird sie dich hassen und nicht ihn, auch wenn es zu ihrem Besten sein sollte. Sie wird wahrscheinlich nur noch mehr an ihm hängen.«

»Sie ist ohnehin schon fast so weit«, sagte ich. »Wie die Dinge stehen, ist sie nicht gerade auf meiner Seite. Sie hängt bereits an ihm.«

»Du wirst Dr. Helprin in diesen Unsinn mit hineinziehen. Er ist dein Freund. Möchtest du ihn einer Abmahnung oder Schlimmerem aussetzen?«

»Helprin ist ein großer Junge. Außerdem, glaubst du, dass er in den fünfzig Jahren dort noch nie die Regeln missachtet hat? Nie eine Abkürzung genommen hat? Komm schon. Nicht jeder ist wie du, John. Und ich manipuliere ihn nicht. Ich werde ihm alles erklären. Dann kann er selbst entscheiden. Schlimmstenfalls sagt er nein.«

»Und was dann?«

»Dann sehen wir weiter. Das lasse ich auf mich zukommen.«

»Für eine derartige Sache fällt mir keinerlei ethische Begründung ein«, sagte John. »Als Kollege empfehle ich dir, die Idee fallenzulassen. Das ist ein Wespennest.«

»Und was empfiehlst du mir als Freund?«

»Lass dich durch deinen Schmerz und deine innere Unruhe nicht vom geraden Weg abbringen. Das sage ich dir als Freund. Du könntest aus dem Tritt geraten.«

»Und als Vater«, sagte ich. »Was sagst du als Vater?«

Er schwieg eine Weile. »Als Vater weiß ich, dass man niemandem sagen kann, was er als Vater tun soll.«

Ich nickte.

Er stand auf und nahm sein Jackett vom Haken, dann wandte er sich mir zu und sagte: »Jetzt hör mir zu, David. Diese Sache, die du da vorhast, falls du sie wirklich vorhast – und ich gehe davon aus, dass du sie *nicht* wirklich vorhast –, ist unmoralisch und illegal und außerdem keineswegs hilfreich. Weder für dich noch für Sam. Tu es nicht. Und noch etwas. Falls du tatsächlich so etwas tust, und ich finde es heraus, habe ich keine andere Wahl, als dich anzuzeigen. Und ich werde dich anzeigen. Ich bin auch der Vater dieses Therapiezentrums. Und das werde ich beschützen.«

»Ich weiß«, sagte ich.

John lächelte, und die Farbe kehrte in seine Wangen zurück. Er legte mir seine wohlmanikürte Hand auf den Arm. »Außerdem wäre es ein Jammer, dich zu verlieren«, sagte er nachdenklich, »besonders jetzt, wo wir so kurz davorstehen, dass du den Unterschied zwischen Rotem und Weißem begreifst.«

»Dein Einfühlungsvermögen zerreißt mir das Herz, John.«

»Es ist eine Gabe«, sagte er.

Was John Savoia sagte, war wie immer vernünftig. Ich wusste, dass er recht hatte. Doch als ich mein Büro an diesem Abend verließ, stand mein Entschluss fest.

30

Als ich das nächste Mal Helprins Büro betrat, stand er auf seinem Schreibtisch und versuchte vergeblich, an einige verstaubte Akten im obersten Regal heranzureichen.

»Brauchen Sie Hilfe, Help?«

Er drehte sich langsam um und warf mir einen prüfenden Blick zu. »Los, machen Sie sich zur Abwechslung einmal nützlich«, sagte er schwer atmend. Ich half ihm herunter, dann sprang ich auf einen Stuhl, holte die Akten aus dem Regal und legte sie auf seinen Schreibtisch. Als Nächstes zog ich eine Kekstüte aus der Tasche, die ich in einer Bäckerei in der Nähe gekauft hatte, und stellte sie vor ihn hin.

»Für Ihre Assistenten«, sagte ich. »Denn Sie sollten Ihren Blutzuckerspiegel niedrig halten. Überlassen Sie die Süßigkeiten den Jungen.«

»Was überlassen wir eigentlich nicht den Jungen?«, knurrte er.

Ich setzte mich und sah ihn an. »Was ist mit Ihrem Gesicht passiert?« Ich deutete auf ein großes Pflaster auf seiner Wange.

»Ach, ich habe mich beim Rasieren geschnitten«, sagte er. »Es ist nichts.«

»Wo ist Judy?«, fragte ich.

»Judy«, rief er. Sie tauchte aus dem inneren Büro auf.

»Dr. Helprin?«

»Sie erinnern sich an unseren Freund, Dr. Winter?«

»Hallo, Dr. Winter«, sagte sie lächelnd.

»David«, sagte ich.

»Hallo, David.«

»Schindet er Sie zu Tode?«, fragte ich.

»Er schindet sich selbst zu Tode«, sagte sie. Sie sah ihn an, und ich erkannte echte Besorgnis in ihren Augen. »Nett, Sie wiederzusehen, Dr. ... äh, David. Sie müssen mich entschuldigen, ich bin mitten in ...«

»Natürlich«, sagte ich. Sie nickte und entschwand ins Hinterzimmer.

»Ich glaube, Sie haben da eine tolle Person gefunden, Help«, sagte ich.

»Die hier ist robust und aus gutem Stoff«, sagte er.

Ich nickte und setzte mich auf meinem Stuhl zurecht. »Hören Sie, ich muss Sie um einen Gefallen bitten«, sagte ich.

»Und ich dachte schon, Sie hätten mir aus reinem Altruismus und aus Liebe zur Menschheit geholfen«, sagte er und putzte sich die Nase mit einem zerknüllten Taschentuch. »Braucht dieser Freund von Ihnen, der mit dem schizophrenen Patienten, noch weiteren Rat?« Er kicherte.

»Es geht um eine persönliche Angelegenheit«, sagte ich.

»Vom Regen in die Traufe«, brummte er. »Meine Antwort lautet ›Nein‹. Und was war jetzt die Frage?«

»Sie müssen für mich herausfinden, ob jemand hier Patient war, und wenn ja, mit welcher Diagnose.«

Helprin lehnte sich in seinem Ledersessel zurück und sah mich an. »Das ist vertraulich. Sie gehören nicht zum Personal. Sie haben keinen Zugang zu solchen Informationen.«

»Aber Sie haben Zugang dazu.«

»Ich kann Ihnen eine solche Information nicht geben. Das wäre ein Bruch mit allen ethischen Prinzipien.«

»Glauben Sie, ich sei zu einem Auffrischungskurs in Ethik hierhergekommen, Help? Glauben Sie, ich kenne die Regeln nicht?«

Er sah mich an, bis ich verlegen wurde.

»Was haben Sie mit diesem mutmaßlichen Patienten zu schaffen?«

»Ich habe nichts mit ihm zu schaffen.«

»Wer dann?«

»Sam, meine Tochter; sie wird bald heiraten.«

»Der zukünftige Ehemann – Sie verdächtigen ihn?«

»Ja.«

»Jingele, Jingele, was sind Sie leicht zu durchschauen … Verdächtigen Sie ihn mit oder ohne Grund?«

»Ich weiß es nicht.«

»Und er war hier Patient?«

»Vielleicht. Sein Name kommt mir bekannt vor. McKenzie Kovacks. Ich meine, ich hätte ihn hier schon einmal gehört.«

»Und was wäre, wenn er tatsächlich hier Patient gewesen wäre?«

»Dann möchte ich, dass Sam das weiß.«

»Vielleicht weiß sie es bereits. Haben Sie sie gefragt?«

»Nein. Wir stehen gerade nicht auf besonders gutem Fuß miteinander. Wenn sie herausfindet, dass ich mich einmische, wird sie mich vollends wie Luft behandeln. Ich muss einen Beweis, etwas Konkretes in der Hand haben.«

»Und Sie möchten, dass ich wegen Ihrer elterlichen Paranoia die Regeln breche und das Vertrauen eines Patienten missbrauche?«

»Regeln müssen flexibel sein, Help. Wer wüsste das besser als Sie? All ihren Rechten zum Trotz landen Ihre Patienten auf der Straße, Help. Das haben Sie selbst gesagt. Ich habe keine bösen Absichten. Wenn er Sam nicht die Wahrheit sagt, warum sollte ich dann seine Rechte schützen?«

Helprin schüttelte langsam den Kopf: »Jingele, jetzt haben Sie mich also in eine Position gebracht, in der ich die bestehende Ordnung verteidigen muss? Sie sind gerissener, als ich dachte, oder dümmer, oder beides.«

»Wenn er unschuldig ist, geschieht gar nichts. Wenn er jedoch etwas verbirgt, hat Sam ein Recht, das zu wissen. Es ist meine Pflicht, sie darüber zu informieren. Halten Sie es für richtig, dass er seiner zukünftigen Frau etwas vorenthält?«

»Sie wissen nicht, ob er das tut. Sie haben ihn angeklagt und ohne Beweis für schuldig erklärt.«

»Sie wissen, was ich sagen will.«

»Heutzutage ist alles digitalisiert. Die Akten sind im Computer. Um da hineinzukommen, müssen Sie einen Code eingeben, Sie hinterlassen eine Spur …«

»Ich spreche von jemandem, der, falls überhaupt, vor vierzehn, fünfzehn Jahren hier war, als Jugendlicher. Damals wurde alles noch auf Papier festgehalten; erzählen Sie mir jetzt nicht, dass diese Akten nicht irgendwo in einem Archiv schlummern, zu dem Sie einen Schlüssel haben. Wirklich, Help. Wie auch immer, Sie müssten mir nur diese Information beschaffen. Dann spreche ich mit Sam, falls es etwas zu besprechen gibt. Ich übernehme die Verantwortung. Ich erzähle ihr, dass ich ein paar Eigenheiten an ihm wahrgenommen habe, die mich Verdacht schöpfen ließen. Meine Rechtfertigung lautet elterliche Paranoia oder etwas

Ähnliches. Ich werde sie bitten, ihn wenigstens darauf anzusprechen.«

»Das alles können Sie tun, auch ohne Beweise zu haben«, sagte er.

»Ohne Beweise verwickle ich uns beide unnötig in diese Sache. Ich *muss* Bescheid wissen.«

Er saß eine Weile da, ohne etwas zu sagen, und drehte einen Bleistift zwischen seinen knochigen Fingern hin und her.

»Ihre Frau«, sagte er schließlich, »haben Sie ihr von dieser Sache erzählt?«

»Meine Frau hat mich verlassen.«

Helprin nickte; er wirkte nicht überrascht. Das Leben im Krankenhaus, vielleicht das Leben an sich, hatte ihm das Überraschtsein ausgetrieben.

»Nun, mein Freund, das macht vieles klarer, nicht wahr?«

»Es macht überhaupt nichts klarer. Im Gegenteil«, sagte ich.

»Ach«, er lehnte sich zurück und kratzte sich am Kinn. Dann deutete er mit zitterndem Zeigefinger auf mich.

»Ich habe fünfundfünfzig Jahre mit meiner Frau zusammengelebt. Und lassen Sie mich Ihnen eines sagen. Sie kam jeden Tag und setzte sich auf meinen Schoß. Jeden Nachmittag tranken wir zusammen Tee und aßen Kekse dazu; die hat sie auch gebacken, wissen Sie. Dann kam sie und setzte sich auf meinen Schoß. Fünfundfünfzig Jahre lang.«

»Ich denke, dieser Rekord ist Ihnen sicher«, sagte ich. »Ich bin in dieser Hinsicht keine Bedrohung für Sie.«

»Was ich sagen will, ist Folgendes«, sagte er. »Man weiß nicht, ob man eine gute Ehe führt. Man weiß es erst am Ende. Mit etwas Glück haben Sie am Ende noch alle Tassen im Schrank. Dann können Sie zurückblicken und sich fragen:

›Hatte ich eine gute Ehe?‹ Ich habe diesen Punkt erreicht, Jingele. Ich kann zurückblicken. Ich vermisse meine Frau jeden Tag. Ich warte jeden Nachmittag. Ich warte darauf, dass sie kommt … und sich auf meinen Schoß setzt. Ach«, seufzte er und schauderte. Er hob die Hand und strich sich übers Gesicht, als wollte er einen Traum loswerden. »Aber das ist nicht Ihre Sorge. Sie wollen Ihre Tochter retten. Aber sagen Sie mir, was ist mit dem Jungen?«

»Mit wem?«

»Dem Jungen. Ihrem Verlobten. Auch er hat Rechte. Selbst wenn er ein Lügner ist, und wer lügt nicht in der Liebe? Wenn es ihm gelungen ist, es vor ihr zu verheimlichen, dann ist diese Tatsache, dass er es erfolgreich vor ihr verheimlicht hat, vielleicht der Beweis für seine Genesung, dass er nämlich weiß, was mit jemandem geschieht, der solche Einzelheiten preisgibt. Und wenn dem so ist, warum sollte er es dann tun? Warum sollte man, was vergessen und begraben ist, wieder ausgraben? Wer sind Sie, dass Sie in einer solchen Weise in sein Privatleben eindringen wollen? Er hat uns sein Vertrauen geschenkt, als er hierhergekommen ist. Wir haben ihn nicht darum gebeten, einen Ehe-Aufrichtigkeits-Vertrag zu unterschreiben, ehe wir ihm das Recht auf Vertraulichkeit zugesichert haben, nicht wahr? Versetzen Sie sich einmal in seine Lage.«

»Wirklich, Help. Die Menschen, die hier eingewiesen werden, gehören nicht zu denen, die in die Normalität zurückkehren. Sie kehren zurück zu einem gewissen Maß von Funktionstüchtigkeit, ja. Die gewinnen sie für eine Weile wieder. Doch wer es bis hierher geschafft hat – und das wissen Sie so gut wie ich, Help –, der trägt eine schwere Last, wirft einen langen Schatten. Und dieser Schatten wird auf meine Tochter fallen.«

»Wir alle werfen einen langen Schatten«, sagte er müde. »Doch in dieser Sache wird Ihr professionelles Urteil durch Ihre persönliche Betroffenheit getrübt. Was würden Sie an meiner Stelle tun?«

»Wenn Sie mich für Ihr Kind, für Ihre Familie, um einen solchen Gefallen bäten, würde ich dieser Bitte nachkommen.«

»Ich hätte eine solche Bitte wegen meines Kindes, meiner Familie nicht gestellt«, bemerkte er seltsam ruhig.

Ich musste daran denken, dass er keine Kinder hatte, zumindest keine leiblichen. Die Assistenten, die er unablässig und kompromisslos gefördert und beschimpft hatte – die durchgehalten hatten und deren Name unter einflussreichen Veröffentlichungen in guten Zeitschriften aufgetaucht war, die herzliche Empfehlungsschreiben erhalten hatten und die sich in der tröstlichen Fröhlichkeit von Helps Frau gesonnt und ihre Kekse gegessen hatten –, diese Assistenten waren seine Kinder. Dem Abteilungsklatsch zufolge waren seine Eltern und andere Verwandte während des Krieges in Deutschland ermordet worden. Er war in den Staaten bei einer entfernten Tante aufgewachsen, die schon vor langer Zeit gestorben war.

Keiner sagte etwas.

»Und, was meinen Sie, Help?«, fragte ich schließlich.

»Meine Antwort lautet ›Nein‹«, sagte er. Wir sahen einander an. Ich wusste, dass es nutzlos wäre, zu versuchen, seine Meinung zu ändern. Er hatte keinen Grund, mir zu helfen; tatsächlich hatte er etliche Gründe, es nicht zu tun.

»Ja dann, auf Wiedersehen«, sagte ich.

Er nickte.

»Seien Sie nett zu Judy«, sagte ich. »Sie mag Sie wirklich.« Ich wandte mich zum Gehen.

»Einen Moment noch, Jingele«, rief er plötzlich hinter mir her. »Bevor Sie gehen, machen wir noch eine kurze Führung durch mein Büro und das Labor. Das haben wir letztes Mal nicht getan, und wer weiß, wann ich Sie wiedersehe.« Er stand auf und bedeutete mir, ihm in das innere Büro zu folgen. »Hier sitzen meine Assistenten, Sie erinnern sich«, er wies auf die überraschte Judy, die in der Ecke vor einem großen Computerbildschirm hockte. »Seit Sie weggegangen sind, haben wir neue Computer installiert, wie Sie sehen.« Er machte kehrt und ging zurück an seinen Schreibtisch. »Und hier« – er deutete auf einen Metallschrank in der Ecke –, »hier bewahre ich einige Akten auf, die ich für eine längere Studie benutze, die jetzt schon seit einigen Jahren läuft. Hin und wieder nehme ich ein paar alte Akten heraus, um diese Patienten mit unseren heutigen Patienten zu vergleichen. Diese alten Akten werden in diesen Schubladen aufbewahrt.« Er nahm wieder auf seinem Sessel Platz. »Und jeden Dienstag gehe ich gegen zwölf zum Chili-Essen, und meine Assistenten sind gewöhnlich hier hinten. Jetzt können Sie sich verabschieden. Ich muss wirklich arbeiten. Ich habe nicht alle Zeit der Welt. Und Ihre Vororthausfrauen warten darauf, Ihnen ihr Leid darüber zu klagen, dass sie es wohl nicht mehr bis zur Ballerina bringen werden.« Er drehte sich um, um seine Papiere zu sortieren und seine Brille zu suchen. Ich beugte mich vor, fischte sie unter einem Stapel Akten hervor und gab sie ihm.

Ich legte ihm meine Hand auf die knochige Schulter. »Vielen Dank, Help«, sagte ich. »Ich bin froh, dass ich zu Ihnen gekommen bin statt zum Google.«

»Ach, Jingele«, murmelte er ungeduldig. Ich wandte mich zum Gehen, doch er streckte seine zitternde Hand aus, zupfte mich am Ärmel und zog mich zu sich heran.

»Wenn sie zurückkommt, Ihre Frau, dann denken Sie daran, dass Sie sie bitten, sich jeden Tag auf Ihren Schoß zu setzen. Haben Sie gehört? Das tun Sie, falls Sie überhaupt etwas gelernt haben. Und Sie haben etwas gelernt, nicht wahr? Ach, vielleicht wollen Sie darauf gar nicht antworten.«

31

Am darauffolgenden Dienstag betrat ich gegen Mittag Helprins Büro. Die Tür stand offen, doch der alte Professor war wie erwartet bereits in seiner Chili-Pause verschwunden.

»Hallo?«, sagte ich. »Ist jemand da?«

Judy erschien aus dem anderen Zimmer.

»Oh, hallo«, sagte ich. »Ist er da?«

»Er ist beim Mittagessen.«

»Ach ja, heute ist ja Dienstag«, sagte ich. Sie lächelte schwach.

»Wie schlagen Sie sich?«, fragte ich.

»Mir geht es gut«, sagte sie. »Aber ich mache mir Sorgen um ihn.«

»Um Help?«

»Er wird allmählich alt, wissen Sie.«

»Auf mich wirkt er sehr energiegeladen.«

»Wenn er Sie sieht, kommt er wieder in Schwung«, sagte sie. »Aber in letzter Zeit geht es mit ihm immer schneller bergab. Erinnern Sie sich an das Pflaster, das Sie letztes Mal in seinem Gesicht gesehen haben? Er ist vom Fahrrad gestürzt. Alle fürchten sich davor, etwas zu ihm zu sagen. Sie wissen ja, wie er ist. Seine Exzentrik verschleiert auch manches. Er sollte wirklich nicht allein leben. Er braucht Unterstützung.«

Ich nickte abwesend. Wir standen einen Moment lang da

und schwiegen verlegen. Schließlich deutete ich auf seinen Schreibtisch: »Da ich gerade hier bin, würde ich gerne sein Telefon benutzen, wenn das in Ordnung ist. Mein Mobiltelefon ist tot.«

Sie zuckte die Schultern und kehrte an ihren Platz zurück. Ich setzte mich in Helprins Sessel und versuchte, den Aktenschrank zu öffnen. Die Tür war verschlossen. Ich zögerte, dann erinnerte ich mich und zog Helprins Schreibtischschublade auf. Die bunte Keksdose, in der er seine Zigaretten aufbewahrt hatte, bevor er mit dem Rauchen aufgehört hatte, um seinen Patienten mit gutem Beispiel voranzugehen, obwohl er wusste, dass sie wohl kaum von seinem guten Beispiel lernen würden, war wie erwartet immer noch da. Darin lag der Schlüssel. Ich öffnete den Aktenschrank mit den in alphabetischer Reihenfolge einsortierten Akten. »K… Ko…«, murmelte ich vor mich hin. Und dann hatte ich es gefunden. *Kovacks, M.* Ich nahm die Akte heraus und blätterte rasch die Seiten durch bis zur Aufnahmediagnose.

296.40: Bipolar I.

Jetzt wusste ich es. Meine Hypothese hatte sich bestätigt, die einzelnen Teile fügten sich zu einem Bild zusammen. Ich klappte die Akte zu, schob sie zurück, verschloss den Aktenschrank, legte den Schlüssel wieder in die Keksdose und wollte gehen – doch dann kehrte ich noch einmal um und ging ins andere Zimmer. Judy hob den Blick von ihren Papieren.

»Vielleicht können Sie doch etwas tun«, sagte ich. Ich beugte mich über den Schreibtisch, kritzelte etwas auf einen Klebezettel und gab ihn ihr.

»Rufen Sie diese Nummer an. Fragen Sie nach Brandy Savoia. Erwähnen Sie ruhig meinen Namen. Erklären Sie die Situation. Dort können sie ihm weiterhelfen.«

»Danke«, sagte sie.

»Sagen Sie Help, dass ich vorbeigekommen bin.«

»Das tue ich.«

Im Auto auf der Rückfahrt schwirrten meine Gedanken durcheinander. Was nun? Ich holte tief Luft und versuchte, strategisch zu denken. Ich konnte Sam direkt ansprechen, und eigentlich hatte ich das bisher auch vorgehabt – sie anzurufen und ihr das Geheimnis ihres zukünftigen Ehemanns zu erzählen, ein Geheimnis, das jetzt auf seltsame Weise auch zu meinem geworden war.

Doch mir war auch klar, dass es sich dabei um keine sehr gute Idee handelte. Außerdem bestand ja tatsächlich die Möglichkeit, dass sie es bereits wusste. Wahrscheinlich wäre es klug, das zunächst herauszufinden, bevor ich mich einmischte. Aber wie? Ich könnte versuchen, bei einem von Sams seltenen Besuchen mit professionellem Geschick die Antwort herauszufinden, ohne eine direkte Frage zu stellen. Doch der Intuition meiner Tochter war mein professionelles Geschick nicht gewachsen. Sie hatte – wie alle Psychologenkinder – einen präzisen Radar, mit dem sie aufspürte, wenn sich Klientensprache in die Elternsprache einschlich. Und selbst wenn Sam nichts über die Vergangenheit ihres Verlobten wusste, so würde sie sich nach meinen Enthüllungen höchstwahrscheinlich gegen mich wenden, nicht gegen ihn. Dann würde sie sich mit ihrer Mutter verbünden.

Alex. Vielleicht könnte ich zuerst mit Alex sprechen, überlegte ich. Bei diesem Gedanken ging mir für einen Moment das Herz auf, wie ein Fenster an einem Frühlingsmorgen. Jahrelang hatte ich mich bei wichtigen Entscheidungen mit ihr beraten. Sie war meine Frau, meine Vertraute gewesen. Aber jetzt, jetzt … Wie könnte ich ihr trauen? Ausgerechnet ihr? Ausgerechnet jetzt? Dennoch sehnte ich mich danach, sah aber keine Möglichkeit. Meine Gedanken drehten sich im Kreis und landeten geschlagen wieder am Ausgangspunkt, und ich beschloss, mich direkt an Sam zu wenden. Ich wollte den richtigen Moment abwarten.

Doch wie zu erwarten war, stellte der richtige Moment sich nicht ein, als er hörte, dass er gebraucht wurde.

32

Zunächst wollte ich die Reise ganz absagen. Tatsächlich hatte ich sie im Scherbenhaufen meiner Ehe völlig vergessen. Doch dann erhielt ich eine Mail von der Charter-Fluggesellschaft, die mich daran erinnerte. Das Datum, mit der Zeichnung einer Palme und einem roten Smiley markiert, prangte auf dem Küchenkalender, als ich umblätterte. Offenbar war die Zeit – die sich seit Alex' Weggang träge und beißend angefühlt hatte – doch irgendwie verstrichen. Der Tag der Abreise rückte näher.

Im vollbesetzten Flugzeug zu den Turks- und Caicos-Inseln wisperte ein frischer Wind in meinem matten Laub. »Aus der richtigen Tat entsteht ein gesundes Gefühl.« Die Passagiere um mich herum – Familien mit kleinen Kindern, aufgeregte frischverheiratete Paare, Abenteuertouristen auf dem Weg zu neuen Ufern – wirkten alle munter und zufrieden. Eine freundliche Stewardess brachte mir ein Glas Wein. Ich war mir ziemlich sicher, dass sie nicht wusste, aus welchem Anbaugebiet dieser Wein stammte, und empfand eine sofortige Verbundenheit mit ihr. Ich dankte ihr mit einem Lächeln und lehnte mich gegen das Fenster. Ich war erleichtert, aus dem Haus zu kommen, das seit Alex' Weggang schmuddelig und unordentlich geworden war – denn sie hatte ihre Sauberkeit und Ordnungsliebe mitgenommen und mich mit meinen schlechten Angewohnheiten, meiner Nachlässigkeit und

Schlampigkeit allein zurückgelassen. Vielleicht waren es auch gar keine Angewohnheiten, sondern einfach nur kindische Reaktionen. Denn jedes Mal, wenn ich eine ihrer früheren Aufgaben in Angriff nahm – etwas zu planen, zu kochen oder mich ganz allgemein um dieses oder jenes zu kümmern –, machte sich sofort eine eiskalte Wut in mir breit.

Ich empfand ein Gefühl der Erleichterung, so zwischen Himmel und Erde, in einem Ozean aus Luft, der diese schimmernde Metallkapsel auf geheimnisvolle Weise in der Schwebe hielt. Ich legte die Zeitung neben mir auf den Sitz, der als einziger im ganzen Flugzeug leer geblieben war, und schlief ein.

Ein staubiges Taxi brachte mich durch die Straßen von Provo zu dem kleinen Hotel, das Alex vor Wochen gebucht hatte. »Ich habe etwas ganz nah am Meer gefunden«, hatte sie danach gesagt, »aber nicht in einem dieser großen Resorthotels. Ein bescheidenes kleines Haus, wie wir es mögen. Zu einem guten Preis, in Fußnähe zum Hafen und den Restaurants am Meer. Man sagt, es gebe dort unglaubliche Sonnenuntergänge.«

»Wie wir es mögen.«

Ich schaute durch das offene Taxifenster und kniff in dem intensiven Licht die Augen zusammen. Provo kam mir wie ein lärmender Bauplatz vor, die Anzeichen eines Immobilienbooms waren überall offensichtlich. Lastwagen und sich drehende Kräne wirbelten Staub auf, und entlang der geflickten Straße, die am Ufer entlangführte, zogen sich reihenweise Rohbauten. Bei dem Hotel, das Alex ausgesucht hatte, handelte es sich um ein verblichenes zweigeschossiges Gebäude am Stadtrand, das aussah wie eine Armeebaracke.

An der winzigen Rezeption erhob sich lächelnd eine Schwarze. »Willkommen im Magic Reef Hotel. Ich sehe, dass

Sie ein Doppelzimmer gebucht haben«, sagte sie nach einem Blick auf den Bildschirm.

»Meine Pläne haben sich geändert, aber ich behalte das Zimmer«, sagte ich.

Sie warf mir einen kurzen, scharfen Blick zu. Dann nickte sie. »Kommen Sie, ich zeige Ihnen alles.« Ich folgte ihr ins Freie. »Hier ist der Pool«, deutete sie, »und dort drüben ist der Fußweg zum Hafen und zur Promenade. Dort sind alle Restaurants und Bars, fünf Gehminuten entfernt.«

Wir stiegen die breite Treppe zu meinem Zimmer im zweiten Stock hinauf. Sie schloss es mit einem großen Metallschlüssel auf und sagte, sie hoffe, ich würde meinen Aufenthalt genießen. Das Zimmer war klein, hell und bescheiden eingerichtet. Ich schob meinen Koffer in den winzigen Wandschrank und ließ mich stöhnend aufs Bett fallen. Die Bettfedern stöhnten ebenfalls. Durch das offene Fenster hörte ich die Stimmen spielender Kinder und in der Ferne dröhnende Musik. Es war heiß, doch die Sonne wurde allmählich schwächer. Ich war müde und gleichzeitig rastlos; die Eindrücke einer neuen Umgebung, die schwere Luft, die mit neuen Gerüchen gesättigt war – nach Bougainvillea, Meersalz, fermentierenden tropischen Früchten.

Ich beschloss, einen kleinen Spaziergang zu machen. Ich umrundete den Pool, in dem ein paar rotgesichtige Touristen herumplanschten, und fand den Fußweg zum Hafen. Entlang der Promenade ankerten Seite an Seite Segelboote und Motoryachten. Einige ältere Schiffe, mit großen weißen, um den Mast aufgerollten Segeln, und daneben flache Boote mit scharfen Konturen, glatt und glänzend wie neue Küchenarmaturen. Ich schlenderte am Wasser entlang. Die

Bootsbesitzer – massige Geschäftsleute mit Sonnenbrille, ihre Ehefrauen mit Wespentaille und eine Reihe lebhafter, sonnengebräunter Familien – waren damit beschäftigt, Rettungswesten auszuwaschen oder sich auf weißen Kissen auf Deck zu räkeln. Das Meer, dachte ich, tut den Menschen gut. Was ist sein Geheimnis? Eine seltsame Freude durchflutete mich, denn obwohl ich die Antwort nicht kannte, spürte ich, dass diese Frage richtig war. Es war viele Monate, vielleicht sogar Jahre her, seit ich mir zuletzt eine richtige Frage gestellt hatte.

Nach ein paar hundert Metern kam ich zum »The White Conch Restaurant«. Lichterketten baumelten träge von dem strohgedeckten Dach, das die Veranda beschattete. Jeder Tisch war mit einer tropischen Plastikblüte und einer großen, offenen Schneckenmuschel geschmückt. Von den bunten Holzstühlen blätterte die Farbe. Ich setzte mich und bestellte Fisch und ein Glas Wein. Um mich herum sah ich leicht beschwipste Touristen, Paare, die sich aneinanderlehnten. Ich schaute aufs Meer hinaus, das sich allmählich purpur, karminrot und golden verfärbte. Dann schaute ich auf den leeren Stuhl mir gegenüber.

Alex hätte noch warten können, dachte ich plötzlich. Der Kollaps, die Sintflut hätte noch warten können, zumindest bis nach dieser Reise. Wir hätten den Zusammenbruch, die Niederlage auf später verschieben können. Doch mir war nicht klar, ob es eine Last oder eine Erleichterung gewesen wäre, diese funkelnden neuen Erinnerungen zu all den anderen zu packen, die wie ein Scheiterhaufen unablässig in meinem Kopf brannten.

Seit Alex ausgezogen war, hatte ich mich rächen wollen. Ich wollte, dass es ihr schlecht ging. »Ein verletzter Mensch will seinen Schmerz immer teilen«, behauptet John Savoia stets. Aus beruflicher Erfahrung weiß ich, dass Wut nicht einfach verschwindet, wenn man ihr Luft macht. Dass sie trotzdem bleibt. Doch auch dieses professionelle Wissen half mir bei meinem privaten Schmerz nicht weiter.

Vor meinem inneren Auge sah ich Alex in den Tagen vor jenem furchtbaren Freitag, wie sie sich zum Computerbildschirm beugte, sorgfältig unsere Reise und unsere Aktivitäten plante und dabei stets meine Vorlieben und Abneigungen bedachte. Während der ganzen Zeit hatte sie sich heimlich mit ihm getroffen – mit McCormicks verschollen geglaubtem Jungen, dem Piloten, zu dem sie ausgerechnet auf meine Empfehlung hin Kontakt aufgenommen und ihn davon überzeugt hatte, sich mit seinem dahinsiechenden Vater auszusöhnen. Seine Dankbarkeit manifestierte sich in einer Einladung zum Mittagessen und vielleicht in einer zweiten, und von da an nahmen die Dinge ihren Lauf; zumindest schloss ich das aus den spärlichen Informationen, die ich bisher aus Sam herausquetschen konnte.

Als ich Dich in den Hintern gevögelt habe. Als mein dicker Schwanz völlig in Deinem Arsch verschwunden war, habe ich mich gefühlt wie ein König.

Dieser Brief. Von all den Briefen, die sie bekommen haben musste, war es dieser, den sie beschlossen hatte, in ihrer Tasche mit sich herumzutragen. Ich dachte, dass ich es niemals schaffen würde, diesen Satz aus meinem Gedächtnis zu löschen. Etwas in mir war beschmutzt, zerbrochen. Und ich wusste, wenn etwas einmal zerbrochen war, wurde es nie wieder ganz, auch nicht, wenn man es flickte.

33

Hier steht, Privatunterricht für zwei«, sagte Becca Lawrence, meine Tauchlehrerin von Island Divers, einigermaßen überrascht. »Was ist passiert? Haben Sie Ihre Frau schon jetzt auf dem Flohmarkt verloren?« Ihr Lächeln strahlte auf und erstarrte. Vielleicht erkannte sie etwas in meinen Augen, denn sie streckte sofort die Hand aus, berührte mich am Handgelenk und sagte: »Oh, es tut mir leid, ich rede manchmal einfach drauflos. Ich hoffe, es geht ihr gut.«

»Es geht ihr gut«, sagte ich.

»Ist sie unterwegs?«

»Nein. Sie ist nicht unterwegs.«

»Dann sind Sie allein?«, fragte sie und kehrte zu einem geschäftsmäßigen Ton zurück.

»Ja. Sie geben auch Einzelpersonen Privatunterricht, oder nicht?«

»Ich gebe jedem Unterricht, der dafür bezahlt. Und wer im Voraus bei der Buchung bezahlt, bekommt unter Wasser übrigens zwanzig Minuten extra. Sind Sie schon einmal mit Geräten getaucht?«

»Das ist Jahre her.«

»Erinnern Sie sich daran, wie man atmet und sich im Wasser treiben lässt?«

»Ich hoffe es.«

»Großartig. Das ist schon mal die halbe Miete.«

»Und die andere Hälfte?«, fragte ich.

»Nun, zuallererst müssen Sie unter Wasser gegen Ihre ursprüngliche Intuition handeln. Falls Wasser in Ihre Maske oder Ihre Kehle gelangt, könnten Sie in Panik geraten, und Ihr erster Impuls wäre, so schnell wie möglich aufzutauchen, um nach Luft zu schnappen. Genau das dürfen Sie nicht tun. Sie dürfen nicht in Panik geraten, und Sie dürfen nicht zu schnell zur Wasseroberfläche aufsteigen. Denken Sie daran, widerstehen Sie Ihrem Impuls und geraten Sie nicht in Panik. Wenn Sie aufsteigen, dann nie schneller als Ihre Luftblasen. Und am allerwichtigsten – haben Sie Spaß! Ich bin die ganze Zeit an Ihrer Seite. Blickkontakt, ja?«

»Ja«, sagte ich.

Der Plan war gut gewesen. Am Tag nach unserer Ankunft wollten wir bei einem Privatlehrer Tauchunterricht nehmen, nur wir beide. Danach wollten wir hinausfahren und bei dem gesunkenen Schiffswrack tauchen, von dem Alex im Internet gelesen hatte. Am Tag darauf wollten wir mit einem kleinen Flugzeug nach Middle Caicos übersetzen, ein winziges, mehr oder weniger unbewohntes Eiland. Alex hatte im Netz ein kleines Strandhaus gefunden, von einem Zahnarzt aus Florida, der sich damit einen Traum verwirklicht hatte und es zu einem vernünftigen Preis an Menschen wie uns vermietete, die etwas an einem stillen, unverdorbenen Strand suchten. Dort sollten wir drei Nächte bleiben. Auf Empfehlung des Zahnarztes hatte Alex sich entschieden, Carew anzuheuern, einen einheimischen Fischer, der uns als Reiseführer dienen sollte.

Ja, es war ein guter Plan gewesen. Doch nun stand ich hier allein und beobachtete, wie Becca Lawrence sich über ihre

Ausrüstung beugte und sie sorgfältig in ein kleines Boot lud. Ich konnte den Blick nicht von ihren langen, muskulösen Armen, schmalen Hüften und ihrem starken, gebräunten Rücken abwenden. Ihre Bewegungen waren effizient und präzise, ohne jedes Gehabe. Vielleicht lag es an ihrem Beruf – Sporttauchen ist riskant, das erfordert vom Führer ein gewisses Maß an Nüchternheit. Andererseits war mir klar, dass sie keine Einheimische war, dass sie von anderswo hierhergekommen war, denn sie besaß diese ungestüme Energie, wie Immigranten und evangelikale Christen sie haben. Ich erkannte an ihr auch eine subtile Empfindsamkeit und dachte, dass Becca Lawrence vor zwanzig Jahren, in ihrer Jugend, einmal eine schöne junge Frau gewesen sein musste

»Ich lege Ihnen schon hier alles an; wenn Sie bereit sind, fahren wir zum Riff«, sagte sie. »Das Wasser ist zurzeit klar. Sie haben Glück. Der Wind ist schwach. Hier, kommen Sie, ich helfe Ihnen, alles anzulegen.«

Ich schulterte meine Sauerstoffflaschen, und sie ging um mich herum, zog und zupfte und zurrte fest. Ihre Hände auf meinem Taucheranzug waren flink, ruhig und kräftig. Und so geschah es ausgerechnet hier – auf diesem wettergegerbten Kai, mit meinen schwarzen Flossen, der Tauchermaske auf der Stirn –, durch diese muskulöse Frau, die zart und zugleich robust war und deren Haar durch jahrelange Sonnenstrahlen blond geworden war, dass ich plötzlich wieder an so etwas wie Berührung erinnert wurde, oder an das Fehlen dieser Berührung. Ich wünschte mir, dass sie weitermachte, für immer und ewig zog und zupfte und festzurrte. Doch sie umrundete mich noch ein letztes Mal, betrachtete mich prüfend wie eine frisch verpackte Mumie und sagte befriedigt: »Gut, Sie sind bereit.« Dann sah sie mich an und fragte: »Ready, Freddy?«

Dann tauchten wir. Wir schwebten durch dieses klare Universum, tauchten hinab in eine andere Welt, wo Stille und doch geschäftiges Treiben herrschten. Um uns herum blühten Korallen in unzähligen Farben und Formen. Fische in allen möglichen Schattierungen schwammen hin und her, glänzten und blitzten in den Sonnenstrahlen auf, die von oben herab zu uns in die Tiefe fielen. Wir schwebten gemeinsam dahin in diesem wortlosen Naturtheater. Hin und wieder schwamm sie neben mich, drückte meinen Arm und deutete auf einen vorbeigleitenden Barracuda unter uns oder auf silbrige Fische.Ich folgte Becca zu den Überresten des gesunkenen Schiffs. Wir glitten zwischen gebrochenen Masten, tangbewachsenen Bullaugen und den verrosteten, zerbeulten Decks umher. Schwärme halb transparenter silberheller Fische schwammen vorbei und schwenkten in perfekter Harmonie nach rechts und links.

Der metallene Schiffskörper lag auf der Seite, und die abgebrochenen Teile lagen zwischen Schlamm und Seegras auf dem Meeresboden. In der schwungvollen Linienführung des fleckig gewordenen Bugs und den Konturen des ehemals elliptischen Rumpfs blitzte noch immer vergangene Schönheit auf. Dieses zerbrochene Wrack strömte den Geist des Ganzen aus, das es einst gewesen war, das Echo einer Größe, bezwingend und dennoch friedlich. Wir schwebten gemächlich dahin und schickten Wolken von Luftblasen an die Oberfläche. Nichts war geblieben von all den Menschen, die auf diesem Schiff gesegelt waren, nur das Schiff selbst, das stählerne Gerüst, weigerte sich zu verschwinden, als wollte es darauf bestehen, dass es sie noch immer alle tragen konnte.

Am Kai band Becca Lawrence ihr Boot fest und half mir, meine Ausrüstung abzulegen. Sie wusch unsere Anzüge aus und hängte sie zum Trocknen auf, kämmte ihr Haar zurück und setzte eine Baseballmütze auf. Dann nahm sie mich mit in ihr kleines Büro, setzte sich an den Tisch und ordnete ihre Papiere. Ich gab ihr meine Kreditkarte.

»Wenn ich das mit dem Rabatt gewusst hätte, hätte ich gleich bei der Buchung bezahlt«, sagte ich. »Ich wäre gerne noch zwanzig Minuten länger dort unten geblieben.«

»Haben Sie die Anzeige nicht gesehen? Sie steht auf unserer Webseite«, sagte sie.

»Ich habe den Unterricht nicht gebucht.«

»Wer dann?«, fragte sie geistesabwesend.

»Meine Frau.«

Sie hob den Blick, und ich erkannte die Frage darin. Der Unterricht war vor sechs Monaten gebucht worden. Keine lange Zeit, aber offenbar lange genug, um eine Frau zu verlieren. Und in diesem Moment glaubte ich, in Becca Lawrences Augen ein neues Licht zu erkennen. Vielleicht bildete ich es mir nur ein, weil ich es mir so sehr wünschte. Vielleicht war es einfach Wunschdenken. Vielleicht halluzinierte ich, wie ein Mann, der sich in der Wüste verirrt hat und in der Ferne eine Oase erstehen lässt. Doch Glaube verfügt über echte Macht, auch ohne eine feste Grundlage in der Wirklichkeit.

Und so beugte ich mich zu ihr und sagte: »Ich hoffe, es ist nicht unhöflich oder unangemessen, aber … darf nach den Regeln Ihrer Tauchschule ein Lehrer mit seinem Schüler etwas trinken gehen?«

Sie lehnte sich zurück, lächelte und betrachtete mich kurz. »Es ist gestattet. Nicht empfehlenswert, meiner Erfahrung nach, aber gestattet. Denken Sie an jemand Bestimmten, mit dem ich etwas trinken soll?«

»Morgen fliege ich nach Middle Caicos«, sagte ich. »Für drei Tage. Wenn ich zurückkomme, würde ich gerne mit Ihnen ausgehen.«

»In Ordnung«, sagte sie. »Und genießen Sie es auf Middle. Es ist ein kleines Paradies. Nicht so erschlossen wie hier. Wenn Sie dort keinen Frieden finden, dann ...« Ihre Stimme verlor sich.

34

Am nächsten Morgen nahm ich ein Taxi und fuhr zum Flughafen. Auf der Rollbahn erwartete mich eine Cessna, die wirkte wie ein Spielzeug. Der Pilot sah aus wie ein schlaksiger, verwegen dreinblickender Collegestudent, der nach einer ausgelassenen Nacht im Strandclub zu spät aufgewacht war und das Duschen und Rasieren vergessen hatte. Er bedeutete mir, auf dem Passagiersitz Platz zu nehmen, und verstaute meinen Koffer in einem Hohlraum unter dem rechten Flügel. Dann kletterte er, vor sich hinpfeifend, ins Cockpit und legte den Gurt an. Er stellte den Motor an, und wir rollten langsam die Startbahn entlang, während er mit der linken Hand die Tür aufhielt.

»Wir brauchen ein bisschen frische Luft«, rief er über den Motorenlärm hinweg, »es gibt keine Klimaanlage.«

Dann lenkte er sein Flugzeug geradeaus, knallte die Tür zu, und Sekunden später waren wir in der Luft und schwebten über der türkisfarbenen Lagune dahin. Die hingestreuten Lego-Häuser und die gewundene grüne Küstenlinie zogen sich bis zum hellen Horizont. Fünfzehn Minuten später landeten wir auf Middle Caicos. Der Flugplatz bestand aus einem kochend heißen Asphaltstreifen, einer baufälligen Asbesthütte und einem verblichenen Windsack, der lustlos vor sich hinflappte. Zwei weitere Spielzeugflugzeuge parkten neben der Rollbahn und glitzerten in der Sonne. Der Junge hatte die

Räder seines Flugzeugs wie nebenbei behutsam auf der Rollbahn aufgesetzt, wie ein Skater bei der Landung nach einem Routinesprung. Er wendete, hielt vor dem verlassen wirkenden Terminal und sprang heraus, um meinen Koffer zu holen. Ich kletterte ungeschickt aus meinem Sitz und schüttelte ihm überrascht und dankbar die Hand. Dann zerrte ich meinen Koffer zu dem kleinen Parkplatz, wo jemand, von dem ich annahm, dass es sich um Carew handelte, neben einem weißen Pickup stand und wartete. Er war dunkelhäutig, groß und massig. Er musterte mich mit warmem Blick.

»Carew«, sagte er und schüttelte mir herzlich die Hand.

»David«, sagte ich.

Er nahm meinen Koffer und lud ihn in den Pickup. »Wo ist die Missis?«, fragte er.

»Ich bin allein«, sagte ich.

Er kratzte sich sein von grauen Fäden durchzogenes Ziegenbärtchen. »Neue Pläne?«

»Nein. Dieselben Pläne.«

Er nickte. Falls er überrascht war, zeigte er es nicht. Ich schätzte, dass er es auch nicht war. Ich mochte ihn sofort. Sein federnder Gang und seine in sich ruhende Art gehörten zu einem Mann, der sich in seinen Sandalen und seinen Shorts wohlfühlte. Auf der Fahrt wich er mühelos den Schlaglöchern aus; sie waren längst auf seiner inneren Landkarte verzeichnet. Von dem Moment, als er mir den Koffer abnahm, hatte ich das Gefühl, er sei der Boss. Ich protestierte nicht, sondern ließ mich fallen.

Carew fuhr die schmale Uferstraße entlang, die von schroffen Felsen begrenzt war. Bald kamen wir zu einer würfelförmigen weißen Strandvilla. Er brachte meinen Koffer ins

Haus und zeigte mir alles. Danach gingen wir hinunter zum Strand. Carew hob eine große Miesmuschel auf und deutete auf einen rechteckigen Spalt an ihrer Seite. »Hier klopfen Sie mit dem Hammer drauf«, sagte er, »und dann führen Sie von unten her ein Messer ein und drehen es ein bisschen, und die Muschel rutscht heraus. Wir kochen sie. Schmeckt köstlich. Morgen zeige ich es Ihnen.« Er lächelte einigermaßen genüsslich. »Morgen früh fahren wir mit dem Boot auf die Lagune hinaus und holen uns ein paar dicke Hummer«, sagte er. Dann deutete er auf ein winziges, ungefähr vierhundert Meter vor unserem Strand liegendes Inselchen, wo sich an spitzen Felsen gewaltige Wellen brachen. »Wenn morgen Nachmittag die Flut ausläuft, werden Sie eine Sandbank erkennen, die diese Insel mit dem Strand verbindet. Auf dieser Sandbank können Sie hinüberwandern. Wenn Sie allerdings zu lange bleiben, steigt das Wasser wieder. Auf der anderen Seite der Lagune liegt das offene Meer mit starken Strömungen.« Er musterte mich von Kopf bis Fuß. »Ich empfehle Ihnen, nicht schwimmen zu gehen, und definitiv nicht allein«, sagte er. »Ich zeige Ihnen auch noch den Rest von Middle. Wir haben vielleicht zweihundert Einwohner. Die meisten davon leben im Dorf.« Er deutete die Straße entlang. »Der Bau einer Brücke von der großen Insel ist in Planung, um es den Touristen leichter zu machen. Heute haben wir hier nichts. Keine Touristen, kein Geld. Aber bei Sonnenuntergang ist es schön; eine Menge Stechmücken, aber schön. Falls Sie mich brauchen, können Sie mich von dem Telefon im Haus aus anrufen. Die Nummer habe ich auf den Küchentresen gelegt.«

Ich bedankte mich bei ihm, und er machte sich auf den Weg zu seinem Pickup und fuhr mit einem lässigen Winken davon.

Als die Sonne unterging, ging ich an den Strand. Das Sonnengelb hatte sich über den ganzen Horizont ergossen. Das Meer, das den ganzen Tag leuchtend blau und türkisfarben gewesen war, nahm eine dunklere, von Karmesin durchsetzte Färbung an. In der Ferne sah ich die weißlichen Wellenkämme, die sich an dem Riff brachen, das die Insel umgab. Der Strand war verlassen. Unter mir winzige Sandlöcher, zwischen denen Hunderte winziger Krebse hin und her huschten. Zu meiner Rechten neigte sich ein wackliger Steg dem Wasser zu, an dem etliche ausgeblichene Wellenbretter angebunden waren. Zu meiner Linken erkannte ich in mittlerer Entfernung die funkelnden Lichter eines anderen Hauses. Allmählich versammelten sich die Sterne am Himmel wie eine Menschenmenge vor Beginn eines Konzerts, als erwarteten sie, dass ich für sie sang und tanzte. Doch ich hatte weder Musik noch Tanz zu bieten.

Ich hatte Zeit, über alles nachzudenken. Unverplante, einladende Zeit, wie frische Bettlaken. Ich hatte Zeit, über meine Frau nachzudenken, die ich verloren hatte; über meine ferne Tochter, die demnächst heiraten und aus dem Nest flüchten würde, das zuerst sie hinausbefördert und im Stich gelassen hatte; die ernsthafte Sam, die nicht nur das hübsche Gesicht ihrer Mutter geerbt hatte, sondern auch ihr Temperament, ihr störrisches Kinn, die klaren Augen, die aussahen wie ein blauer Himmel, der zum Horizont hin immer dunkler wurde. Die liebe Sam, die jetzt mit grimmiger Beharrlichkeit über ihren Büchern und ihren Hausarbeiten hockte und wenig später in den Armen dieses Typen liegen würde, an dem sie jetzt hing, dieses Typen mit dem melodischen Namen, der geflissentlich über Geheimnisse hinwegging und sie für sich behielt. Vielleicht war es aber auch nur ich, der geflissentlich über ein Geheimnis hinwegging.

Für all das hatte ich jetzt Zeit. Doch das Einzige, was ich in dieser ruhigen, stillen Nacht am Strand zustande brachte, war, einen Haufen kostbare Zeit zu nehmen und sie wie ein zwanghafter Spieler auf eine einzige Zahl zu setzen, die unmöglich gewinnen konnte. Ich dachte plötzlich an Barry Long. Vor allem anderen war es sein Bild, das sich in meinen Gedanken festkrallte; ausgerechnet das Bild dieses traurigen, kränklichen Mannes, der sich an seine geliebte Mimi klammerte und sich mit seiner ganzen schwindenden Kraft auf sie stützte, während sein Verstand flackerte wie eine Kerze im Sturm; ausgerechnet dieses Bild sah ich, Barry Long, von einer Nikotinfahne umweht, schüchtern, mit verhangenem Blick. Inmitten all dieser Schönheit und Ruhe wanderten meine Gedanken zu meinem Klienten und verharrten dort.

35

Am nächsten Morgen fuhr Carew mich zu seinem kleinen Boot, über das ein schmales Sonnensegel gespannt war. Ich setzte mich auf die mittlere Bank, und wir tuckerten langsam auf die Lagune hinaus. Das seichte Wasser war unglaublich klar und türkisfarben. Auf der Wasseroberfläche reflektierten funkelnd die Sonnenstrahlen. Von Zeit zu Zeit stellte Carew den Motor ab und deutete auf den Schatten einer Meeresschildkröte, eines geschmeidigen Hais oder auf einen Stachelrochen, der sich unter uns in den weichen Sand gegraben hatte.

Wir fuhren in Richtung der Felsen, die die flache Lagune vom dahinterliegenden Ozean trennten. Schließlich warf er den Anker aus, zog sein Hemd aus und nahm aus einer versteckten Lade in seinem Boot einen kurzen Speer. Er hieß mich zu warten und sprang ins Wasser. Ein paar Minuten später reckte er die Hand über den Bootsrand und warf mir einen riesigen Hummer vor die Füße. Das Tier landete mit einem Klacken und schob sich mit erhobenen Scheren schwerfällig rückwärts zwischen ein paar Taurollen. Es platschte, als Carew ein zweites Mal abtauchte, dann kam er mit einem Hummer wieder zum Vorschein, und dann mit noch einem. Carew kletterte zurück ins Boot, wischte sich mit der flachen Hand das Wasser aus dem Gesicht und sagte: »Das Abendessen. Einer ist für uns. Die anderen verkaufe ich ans Restaurant.«

Dann stand er auf und zeigte auf einen rosa gefärbten Strandstreifen in der Ferne. »Flamingos«, sagte er.

»Können wir näher hinfahren?«, fragte ich.

»Wenn wir noch näher kommen, fliegen sie auf«, sagte er.

Nachdem er mich am Nachmittag vor dem Haus abgesetzt hatte, ging ich wieder an den Strand. Und tatsächlich, das Wasser hatte sich zurückgezogen und einen schmalen Sandstreifen freigelegt, der die kleine Insel vor dem Haus mit dem Ufer verband. Und da so unmittelbar vor mir eine Brücke aufgetaucht war, konnte ich gar nicht anders, als sie zu benutzen. In meinen Plastiksandalen spazierte ich über den weichen, wassersatten Sand. Als ich die Insel erreichte, kletterte ich auf die scharfkantigen Felsen, eine Barriere zum offenen Meer. Unter lautem Kreischen flog ein Schwarm weißer Vögel mit schwarzen Schnäbeln über mich hinweg. Hinter einem der höchsten Felsen fand ich eine Stelle, wo der Sand trocken war, breitete mein Handtuch aus und legte mich hin, den Rucksack unter dem Kopf.

Weit und breit war keine Menschenseele zu sehen, es gab nur das Rauschen der Wellen, die gegen die Felsen brandeten, und gelegentlich über mir einen Vogelschrei. Ich schloss die Augen und streckte die Hand aus, dorthin, wo eigentlich meine Frau hätte liegen sollen, ihr glatter, geschwungener Rücken. Jetzt fiel meine Hand auf den feuchten, körnigen Sand. Meine Finger gruben sich hinein. Langsam füllte sich auch mein Kopf mit Sand. Meine Gedanken wurden schwer. Ich schlief ein. Erst als mir Salzwassergischt ins Gesicht spritzte, wurde ich wieder wach. Ich setzte mich auf. Ich war auf allen Seiten von Wasser umgeben. Es kam mir vor wie ein Scherz, vielleicht auch wie ein Zeichen. Ich sprang auf und betrat den überspülten Damm, stapfte platschend und in den weichen Sand einsinkend durch das seichte Wasser, kämpfte mich zurück.

Am nächsten Tag erschien Carew, frisch geduscht, rasiert und bester Laune. »Heute führe ich Sie zu einem ganz besonderen Ort«, sagte er. Wir fuhren die unbefestigte Uferstraße entlang und bogen schließlich auf eine schmale Teerstraße ab, die sich durch dichtes Unterholz wand und später an Sanddünen vorbeiführte. Nach einer scharfen Rechtskurve hielt Carew am Straßenrand.

»Kommen Sie«, sagte er.

Wir folgten einem schmalen Pfad durchs Gebüsch, bis wir an einen kleinen, vollkommen runden Teich gelangten, der dunkelblau und völlig still dalag. Dichte Vegetation umgab dieses verborgene Wasserrund, beschützte und behütete es.

»Cottage Point«, sagte Carew, »unsere geheime Wasserstelle; unmittelbar am Meer gelegen, aber hier haben wir Süßwasser.«

Ich beugte mich vor und schaute ins Wasser. Es war still und klar, doch ich konnte nicht bis zum Grund sehen.

»Tief?«, fragte ich.

»Wir glauben, der Teich hat keinen Grund«, sagte er. »Sie können schwimmen gehen, wenn Sie wollen.«

Ich zog Hemd und Schuhe aus, tauchte ein und schwamm bis zur Mitte des Teichs. Ich hatte das Gefühl, mich in einem klaren blauen Auge treiben zu lassen, das niemals blinzelte. Carew saß auf einem flachen Felsen am Ufer, die Augen geschlossen.

»Glauben Sie daran?«, rief ich ihm zu.

»Woran?«

»Dass er keinen Grund hat.«

»Ich weiß es nicht. Ich weiß nur, wenn er einen Grund hat, hat ihn noch nie jemand gesehen oder berührt.«

Ich schaute hinunter in das zur Tiefe hin immer dunkler werdende Blau, und plötzlich stieg Panik in mir auf. Es fühlte sich riskant an, sich auf einem grundlosen Teich treiben zu lassen, ein kleiner Fleck über einer unendlichen Tiefe. So schnell ich konnte, schwamm ich ans Ufer, stieg aus dem Wasser, setzte mich neben Carew auf den warmen Felsen und ließ mich von der Sonne trösten und trocknen. Wortlos saßen wir nebeneinander.

Carew nahm eine große Mango aus der Tasche und schälte sie mit einem kleinen Taschenmesser. Als er fertig war, reichte er mir ein Stück. Er hatte die Knie an die Brust gezogen, und mir fiel an seiner linken Ferse eine große Narbe auf. »Da fehlt ein Stück«, sagte er mit einem zufriedenen Lächeln.

Ich nickte. »Was ist passiert?«

Er sah mich an. »Wollen Sie das wirklich wissen?«

»Ja.«

»Vor Jahren bin ich hinausgefahren, um im Tiefen zu fischen. Mein Motor fiel aus. Ich wurde vom Wind abgetrieben. Es dauerte eine Woche, bis sie mich auf dem Wasser fanden.«

»Und die Ferse?«

»Ich habe ein Stück abgeschnitten und als Köder benutzt. So habe ich überlebt.«

»Das glaube ich Ihnen nicht«, sagte ich. »Das ist eine Legende.«

»Sie können es glauben oder nicht, Mister, das ist Ihre Sache«, sagte er ruhig. »Sie haben gefragt. Ich habe geantwortet.«

36

Bei Sonnenuntergang trafen wir uns am Hafen. Becca trug enge Jeans und eine helle, ärmellose Bluse. Sie strahlte, als sie mich sah.

Wir saßen an einem Tisch mit Blick aufs Meer und bestellten Bier. Vom Wasser her wehte eine sanfte, aber stetige Brise.

»Du bist wieder da«, sagte sie.

»Ich bin wieder da.«

»Wie war es auf Middle? Ein Paradies, nicht wahr?«

»Ja«, sagte ich, »unglaublich schön, eigentlich unwirklich. Und nachts die Sterne … das hättest du sehen sollen.«

»Ich habe es gesehen«, lächelte sie.

»Wir haben nicht viel Zeit«, sagte ich.

»Dann sollten wir sie nicht vergeuden«, sagte sie.

»In Ordnung. Du fängst an.«

»Stell mir eine Frage.«

»Warum hast du eingewilligt, dich mit mir zu treffen?«, fragte ich.

Sie zögerte kurz und sah mich forschend an. »Ich weiß es nicht. Du warst anders als all die glücklichen, strahlenden Touristen … Wir haben es hier nicht oft mit Melancholie zu tun.«

»Hmm … okay«, sagte ich. »Ich stelle noch eine zweite Frage. Wie hat es dich hierher verschlagen?«

»Nun, in einem anderen Leben war ich Investmentbankerin. An der Wall Street. Businesskostüme, Aktenkoffer, Geld, Kokain. Das ganze Theater. Mein Dad ist Banker, verstehst du … Nach sechs Jahren habe ich festgestellt, dass es für mich nicht das Richtige ist. Und mich entschieden wegzugehen.«

»Was war für dich nicht das Richtige?«

Sie überlegte kurz. »Ich weiß es nicht«, antwortete sie dann. »Es hat nicht zu mir gepasst. Ich habe nicht dorthin gepasst. Das spürt man, oder nicht? Es hat sich falsch angefühlt. Im Nachhinein kann man alle möglichen Erklärungen dafür finden. Aber ich bin mir nicht sicher, ob Erklärungen es wirklich treffen. Tatsache ist einfach, dass sich plötzlich alles verändern kann, die Art und Weise, wie man die Dinge sieht …«

»Ja«, sagte ich. »Die Viktorianer hielten die Natur für eine pastorale Idylle, bis Darwin des Weges kam und ihnen zeigte, dass es sich um eine wilde Schlacht ums Überleben handelte …«

»Ich ging zur Arbeit, fuhr mit dem Aufzug in den achtundsiebzigsten Stock und saß den ganzen Tag in einem Büro«, sagte sie. »Irgendwann dachte ich, dass der Mensch nicht dafür geschaffen ist, den ganzen Tag in einem Turm zu sitzen, außer vielleicht, um etwas zu bewachen. Ich saß Tag für Tag in diesem Turm, hinter Papieren und Computerbildschirmen verschanzt. Wenn ich mal aus dem Fenster schaute, sahen die Menschen dort unten aus wie Ameisen und die Autos wie Spielzeuge. Um mich herum noch mehr Türme. Ich fand es seltsam, so zu leben. Es verändert etwas in einem, glaube ich. Auf jeden Fall hat es etwas in mir verändert. Wir sind dafür geschaffen, unsere Füße in den Sand zu setzen. Wir sind dafür geschaffen, anderen in die Augen zu sehen, oder nicht? Wenn du vergisst, dass du dein Leben auf einer Turmspitze verbringst, dann ist das ein Zeichen, dass du Schaden genommen hast. Aber auch wenn du dich daran erinnerst, ist es verstörend; um sich herum nur Türme zu sehen und Ameisen und Spielzeug. Ich wollte das Meer sehen. Deshalb bin ich weggegangen. Ich hatte ein bisschen Geld gespart. Und habe nach einem anderen Ort Ausschau gehalten und ihn gefunden.«

»Du hast einen schönen Ort gefunden«, sagte ich. »Wie lange bist du schon hier?«

»Seit sieben Jahren, beinahe acht.«

»Allein? Oder ist dein Ehemann noch unterwegs vom Flohmarkt?«

Sie lachte. »Kein Ehemann.«

»Gab es einen?«

»Es gab keinen Ehemann. Es gab einen Mann.«

»Gab?«

»Es gab eine Geschichte. Und es gab ein Kind. Es gibt ein Kind, obwohl er mittlerweile kein Kind mehr ist. Er studiert an der McGill University in Kanada.«

»Was studiert er?«

»Psychologie. Er sagt, er müsse seine Mom verstehen«, sagte sie lachend.

»Ein gutes Fach«, sagte ich, »aber um seine Eltern zu verstehen, sollte man Mystizismus studieren.«

Sie lachte und sah mich an: »Kinder?«

»Eine Tochter«, sagte ich. »Auch kein Kind mehr. Sie studiert Sozialpädagogik.«

Becca nickte. »Und du?«

»Ich?«

»Was tust du im wirklichen Leben?«

»Ich bin Psychologe.«

»Ah. Wenn die Leute das hören, bitten sie dich, ihre Konflikte mit ihren Eltern zu lösen.«

»Ja. Woher weißt du das?«

»Mich fragen sie nach guten Investitionsmöglichkeiten, wenn sie von meiner Vergangenheit erfahren.«

»Ja. Aber das ist schwierig. Sie bitten uns um Hilfe, trauen aber dieser Hilfe, die wir ihnen anzubieten haben, nicht so recht. Jeder hält sich schließlich selbst für einen Psychologen, weil er Gefühle hat und sich Gedanken macht. Sie alle haben auch Atome und Moleküle, aber das bringt sie nicht auf die Idee, sie seien Physiker oder Biologe.«

Sie lachte: »Sag deinen Klienten, sie sollen hierherkommen, in die Sonne, ans Meer. Das ist die beste Medizin.«

»Wohl wahr«, sagte ich. »Die Häufigkeit von Depressionen steht überall auf der Welt in Zusammenhang mit der Menge des Lichts. In nördlichen Ländern kommen Depressionen häufiger vor. Es gibt Studien darüber.«

»Man braucht keine Studien, um das zu wissen«, sagte sie schulterzuckend.

»Das stimmt«, sagte ich.

Sie sah mich mit leisem Lächeln an. »Was ist dein Spezialgebiet? Ich hoffe, nicht Beziehungsprobleme.«

Ich lächelte. »Nein. Ich behandle hauptsächlich Depressionen.«

»Depressionen, natürlich.« Sie wirkte nachdenklich, als versuchte sie, eine verschüttete Erinnerung ans Tageslicht zu holen: »Ich erinnere mich, dass Depressionen in New York sehr in Mode waren, als ich noch dort war. Jeder, der etwas auf sich hielt, nahm Prozac. Jeder lag irgendwo auf einer

Couch, vielleicht sogar auf derselben … Ich empfand das alles wie Selbstbefriedigung, bei allem Respekt.«

Ich nickte. »Solche Typen kenne ich auch, aber nur wenige. Depressionen in Cleveland sind etwas anderes als Depressionen in New York.«

»Wie meinst du das?«

»Ich bin mir nicht ganz sicher. Das Leben in New York bietet irgendwie einen Mehrwert, einen gewissen Glanz. Fragt man jemanden, der nach New York gezogen ist, was ihm an der Stadt gefällt, dann sagt er, die Oper, das Theater, die Museen. Fragt man ihn, wann er das letzte Mal eine Oper oder ein Museum besucht hat, wird er sagen, noch nie. Und doch hat schon die schiere Existenz dieser Einrichtungen einen Effekt, glaube ich. Das Wissen, dass du könntest, wenn du wolltest … es verändert die Qualität dieser Erfahrung, selbst wenn man die Gelegenheit niemals nutzt.«

»Wie kommt das?«

»Ich weiß es nicht. Das kam mir nur so in den Sinn«, sagte ich entschuldigend und hob mein Glas. »Ich bin solche Gespräche nicht gewohnt.«

»Was für Gespräche?«

»Tiefgründige Gespräche mit Tauchlehrerinnen«, sagte ich. Sie lächelte. »Vielleicht versuche ich auch zu sagen … dass man in einer Großstadt eventuell eine Pose einnehmen kann. Man kann so tun als ob. In der Großstadt kann eine Campbell-Suppendose zum Kunstobjekt werden. Sobald du nach Cleveland kommst, ist eine Suppendose einfach eine Suppendose. Und eine Depression ist einfach eine Depression. Keine Marke, keine Haltung, keine Geste. Kein Statement. Verstehst du?«

»Ich verstehe, dass das Bier seine Wirkung tut«, nickte sie. Wir lachten beide.

»Trotzdem, vermisst du New York nicht?«, fragte ich. Ich lehnte mich zurück und betrachtete aufmerksam ihr Gesicht, dem das Kerzenlicht einen warmen goldenen Schimmer verlieh. Ihr Blick war weich und neugierig. Ihre Haut wirkte vital und gesund. Unter ihrer Bluse waren schwach die Umrisse ihrer Brustwarzen zu erkennen.

»New York vermissen? Was daran, die Arbeit? Keinesfalls. Das ist vorbei. Als hätte ein Virus meinen Ehrgeiz gelöscht.«

»Deine Familie?«

»Ja.«

»Nun …«

»Nun was?«

»Trotzdem willst du hierbleiben?«

»Da ist eine Sehnsucht«, sagte sie. »Aber mit Sehnsucht kann man leben, nicht wahr? Vielleicht gibt es keine andere Wahl. Wer muss nicht damit leben? Vielleicht ist es sogar gut, so zu leben. Ich glaube, es ist gut. Besonders wenn man die richtige Sehnsucht gewählt hat, mit der man leben muss.« Sie lachte.

»Wo«, fragte ich, »ist dieser Flohmarkt der Sehnsucht? Und wie sind die Preise? Gibt es dort eine große Auswahl? Und wie steht es mit dem Service?«

Sie sah mich an und lächelte. Dann nahm sie einen tiefen Schluck aus ihrer Bierflasche und sagte: »Es gibt gewisse Bedürfnisse, die man nicht ausklammern muss, weißt du; sie können weiterbestehen. Sie sind dazu beschaffen, weiterzubestehen. Es gibt Bedürfnisse, die nicht aus Leere heraus entstehen.«

»Ah, hier habe ich ein Rätsel für dich«, sagte ich. »Je mehr du mir wegnimmst, desto größer werde ich. Was bin ich?«

Sie zögerte. »Schulden«, sagte sie schließlich. »Je mehr Geld du von deinem Konto abhebst, desto höher sind deine Schulden.«

»Nein«, sagte ich.

»Ich kapituliere«, sagte sie. »Komm schon, sag es mir. Was bist du?«

»Ich bin ein Loch«, sagte ich. Sie nickte. Ich beugte mich zu ihr: »Und du, was bist du?«

»Ich bin kein Loch«, sagte sie achselzuckend.

Ich sah sie an. Ich wusste nicht genau, was sie meinte, hatte aber das Gefühl, dass sie recht hatte; vielleicht weil ich bereits angefangen hatte – dank des Alkohols, dank des Anblicks ihrer gebräunten Schultern –, die Musik zu hören, nicht die Worte. Vielleicht hatten auch die Worte angefangen, wie Musik zu klingen. Ich sah sie schweigend an, und sie erwiderte meinen Blick.

»Was ist mit deiner Frau passiert?«, fragte sie schließlich.

»Sie hat einen anderen gevögelt«, sagte ich.

»Das tut weh.«

»Ja. Es tut weh, sie sich mit einem anderen vorzustellen. So richtig verstehe ich es nicht. Doch eigentlich ist es die Lüge, die noch mehr wehtut. Der Gedanke, dass ich lange Zeit ein Spiel mitgespielt habe, ohne die Regeln zu kennen. Verstehst du? Die Lügen … Das erschüttert einen in tiefster Seele. Schließlich hat sie währenddessen die ganze Zeit diese Reise geplant.«

»Und trotzdem bist du gekommen.«

»Wie meinst du das?«

»Die meisten Leute hätten abgesagt.«

»Ich bin nicht die meisten Leute.«

»In der Tat«, murmelte sie und lächelte in sich hinein.

Danach schwiegen wir. Wir blickten aufs Meer, das mit der Dunkelheit verschmolzen war und von dem nur ein gedämpftes Rauschen zu hören war.

»Warum hat sie es getan?«, fragte sie.

»Was getan?«

»Einen anderen gevögelt. Dich verlassen.«

»Warum … warum tut man etwas? Gleich nachdem sie weg war, habe ich mir diese Frage gestellt. Und was für Antworten habe ich gefunden? Die üblichen: Vielleicht habe ich ihr nicht gegeben, was sie braucht. Aber inzwischen kommen mir all diese Gedanken sehr überheblich vor. Vielleicht ging es überhaupt nicht um mich. Vielleicht ging es um *sie*, verstehst du. Diese Frage nach dem ›Warum‹ kommt mir inzwischen kindisch vor.«

»Du bist wütend«, sagte sie.

»Ja.«

»Worüber?«

»Worüber? Wie meinst du das?«

»Bist du sauer auf sie, also auf den Menschen, der sie ist, oder bist du sauer über das, was sie dir angetan hat?«

»Kann man diese beiden Fragen voneinander trennen?«

»Natürlich. Du musst sie voneinander trennen. Auch ein kluger Mensch kann mal etwas Dummes anstellen.«

»Ich weiß nicht«, sagte ich. »Die Wut … ist unspezifisch. Für mich ist diese Wut kein Schatten; sie ist dunkle Nacht. Die sich auf alles gelegt hat; auf sie, auf ihr Tun … auf mich und die Welt … auf alles.«

Sie nickte, wandte sich an eine Kellnerin, die gerade vorbeikam, und bestellte eine weitere Runde. Dann lehnte sie sich zurück und sah mich an. »Ich kenne das aus Erfahrung«, sagte sie schließlich.

»Was?«

Sie stützte die Ellbogen auf den Tisch und hielt mit ruhigen Händen ihr Glas. »Jetzt hör mir zu«, sagte sie. »Ich erzähle dir etwas, was du über Frauen nicht weißt.«

Ich beugte mich vor. Ich wollte ihr sagen, dass eine solche Unterhaltung eine ganze Nacht dauern konnte und noch viele weitere Nächte. Ich wollte ihr sagen, dass ich außerdem dringend etwas über sie im Besonderen wissen wollte, wenn möglich noch bevor es dämmerte. Aber ich sagte nur: »Ja, ich höre.«

»Die Tatsache, dass deine Frau dich verlassen hat, ist das eine. Das andere ist: Was passiert als Nächstes? Wenn sie an ihrem neuen Partner festhält und es dabei bleibt, dann ist das für dich zwar schmerzlich, weil du einen tollen Menschen verloren hast, doch sie bleibt ein toller Mensch, und du musst sie ziehen lassen. Wenn sie ihn aber auch betrügt und sich einen anderen nimmt, dann solltest du froh sein und dir eingestehen, dass du schon zu Anfang einen Fehler gemacht hast, als du dich für sie entschieden hast. Aber wenn sich die Affäre mit ihm erschöpft, wenn sie ihn aufgibt und allein bleibt, dann musst du dich aufs Pferd schwingen, hinter ihr herreiten und sie nach Hause zurückholen.«

Ich lachte. »Und du, was ist mit dir?«

Sie beugte sich vor. »Ich habe meinen Mann betrogen, den Vater meines Kindes. Ich habe ihn betrogen und verraten. Aber seit damals« – sie sah mir in die Augen –, »seit damals lüge ich nicht mehr. Ich habe etwas gelernt. Und das ist vielleicht der Grund, warum ich immer noch allein bin.«

»Du bist nicht allein«, sagte ich. »Du bist mit mir.«

Wir schwiegen eine Weile und saßen vorgebeugt an dem wackligen Tisch.

»Das Meer gibt einem ein gutes Gefühl, nicht wahr?«, sagte ich schließlich.

»Bei mir funktioniert es.«

»Wie kommt das? Was hat es mit dem Meer auf sich?«

Sie sah mich mit einem leisen, gedankenverlorenen Lächeln an. »In deinem Alter solche Fragen zu stellen! Pass auf …«

»Was hat es mit dem Meer auf sich?«, beharrte ich. »Hast du je darüber nachgedacht?«

Sie schüttelte den Kopf.

»Du bist hierhergekommen, um am Meer zu leben, und hast nie versucht herauszubekommen, wie es funktioniert?«

»Nein. Warum sollte ich etwas herauskriegen wollen, das ohnehin offensichtlich ist?«

»Nun, dann sag es mir. Was ist es?«

Sie seufzte. »Was du eigentlich wissen willst, ist, warum deine Frau dich verlassen hat.«

Spätnachts gingen wir über den Plankenweg zu meinem Hotelzimmer. Die Segelboote wiegten sich in der trägen Brise und knarrten und ächzten in der Dunkelheit, während der Hafen langsam in Schlaf versank. Über uns leuchtete ein heller Halbmond, und ein tropischer Vogel rief drängend in die Nacht und verkündete etwas in seiner geheimen Vogelsprache. Als wir in mein Zimmer kamen, zog sie Jeans und Bluse aus und kramte in ihrer Tasche nach einem Kondom.

»Komm«, sagte sie. Ihre Stimme klang genauso patent wie auf der Mole, bevor wir tauchen gegangen waren und sie mir mit kräftigen, ruhigen Fingern den Tauchgürtel umgelegt und festgezurrt hatte. Auch jetzt griff sie nach meinem Gürtel, doch dieses Mal löste sie ihn rasch. Dann knöpfte sie langsam und konzentriert mein Hemd auf. Wir umarmten uns. Ich küsste sie am ganzen Körper.

»Sag mir, was ich tun soll«, sagte ich.

»Hier«, sie führte meinen Kopf zwischen ihre Schenkel. »Knabbere hier, ganz leicht.« Ich knabberte an der Innenseite ihrer Schenkel. Sie zog meine Hand an ihren Mund, machte zwei Finger nass und führte meine Hand in sich ein. »Sachte«, sagte sie. Nach einer Weile richtete sie sich auf und drehte mich auf den Rücken. »Schließ die Augen.« Sie streifte das Kondom über meinen Penis, der plötzlich zum Leben erwacht war, noch benommen und dennoch neugierig, wie jemand, der mitten in der Nacht aufsteht, weil es an der Tür geklingelt hat. Sie setzte sich rittlings auf mich, nahm meinen Penis in die Hand, streichelte ihn sanft und führte ihn langsam in sich ein. Ich schlug die Augen auf und sah, dass sie mich ansah. Sie lächelte nicht; ihr Gesicht verzog sich nicht vor Lust oder Schmerz. In ihren Augen sah ich einen Ausdruck aufmerksamer Konzentration, selbstbewusstes Wissen und eine Spur Mutwilligkeit, als wollte sie sagen: Hier, an der Wasseroberfläche, ist es in Ordnung, deinen tiefsten Instinkten zu folgen. Ich dachte an meine Ehejahre, diese letzten Jahre mit Alex, in denen wir mit offenen Augen, ahnungslos und ohne es zu merken, blind nebeneinanderher gelebt und das für tiefes Wissen und Verständnis gehalten hatten. Ich konnte mich nicht erinnern, wann Alex und ich uns beim Sex das letzte Mal in die Augen gesehen hatten. Wann hatten wir je innegehalten, um über den Akt des Eindringens nachzudenken? Wann hatten wir je …

Mit einem Seufzer landete sie auf meinem Bauch, und ich war ganz in ihr. Sie beugte sich vor und küsste mich auf die Lippen, und der Kuss war zärtlich und zurückhaltend. Ich spürte das Mitgefühl dieser Frau, die keinerlei Grund hatte, mich in Schutz zu nehmen, und es dennoch tat. Ich spürte ihre Weichheit, obwohl sie ganz und gar nicht weich war, sondern straff und muskulös. Ich empfand eine plötzliche Nähe zu dieser Frau und durch sie auch eine Vertrautheit mit etwas Größerem, dem weiten Meer des Bewusstseins mit all seinen unergründlichen Tiefen, zerklüfteten Riffen und den seltsamen, schimmernden Kreaturen, die darin herumschwammen.

Sie saß rittlings auf mir, aufrecht und gefasst, bewegte sich nicht auf und ab, sondern saß ganz still und sagte: »Konzentriere dich.« Sie begann, ihre Beckenmuskeln um meinen Penis zu schließen, sie drückte zu und ließ wieder los, verengte und weitete sich. Ihr Gesicht nahm einen feierlichen Ausdruck an, und ihr Atem wurde tiefer. Sie begann, sich mit einer Hand zu streicheln. In dem trüben Licht sah ich, wie sich ihre Brust und ihr Hals dunkler färbten. Ihr Atem wurde drängend. Ihr Rücken versteifte sich. Ihre Hand wurde schneller. Die ganze Zeit spannte und entspannte sie ihre inneren Muskeln und saß beinahe regungslos auf mir.

Ich kam plötzlich, schweigend. Einen Moment lang war ich schwerelos. Einen barmherzigen Moment lang stand die Zeit still; ich löste mich auf und spürte meinen Körper nicht mehr. Mit einem einzigen Atemzug verwandelte sich mein Skelett in gefiederte Schwingen und dann in zerstreute Federn, die im Wind dahinsegelten und dann in den Wind selbst und schließlich in Stille. Ich umfasste mit beiden Händen ihre Hüften. Sie stieß den Atem aus, dann lief ein kleiner Schauder durch ihren Körper, und sie ließ sich auf meine Brust fallen und lag still. Ich schlang meinen Arm um ihre Schultern. Nach ein paar Minuten stand sie auf und ging ins Bad.

Als sie, ein Handtuch um ihren Körper geschlungen, zurückkam, setzte sie sich auf die Bettkante und sagte: »Und was jetzt?«

Ich seufzte. »Ich weiß nicht. Es ist deine Insel. Was meinst du?«

»Du solltest jetzt einschlafen, und ich sollte mich anziehen und nach Hause gehen.«

»Sollten wir das? Wer sagt das?«

»Es gibt in solchen Fällen Regeln und Bestimmungen. Inselregeln.« Sie lächelte schwach.

»Mir wäre lieber, wenn du bliebst.«

Sie sah mich lange an. »Du willst nicht allein sein.«

Ich nickte. »Nicht nur das. Ich möchte mit dir zusammen sein.«

»Du bist ein Tourist«, sagte sie, »auf der Durchreise. Für mich ist diese Insel mein Zuhause.«

»Was hat das damit zu tun?«

»Du bist nicht in deinem Alltag. Was hier passiert, hat zu Hause eine andere Bedeutung.«

»Ich bin mir nicht mehr sicher, was in meinem Leben zurzeit zu Hause und was nicht zu Hause ist«, sagte ich.

»Du bist allein«, sagte sie, »aber ich weiß nicht, ob du zu haben bist.« Dann sammelte sie ihre Kleider und ihre Tasche auf und küsste mich auf die Stirn. »Ein andermal an einem anderen Ort …«

»Was sage ich jetzt?«, fragte ich.

»Danke und auf Wiedersehen«, sagte sie.

»Danke«, sagte ich. »Auf Wiedersehen.«

Sie schloss leise die Tür hinter sich.

Ich lag rücklings im Bett, betrachtete die Schatten an den Wänden und weinte um Alex.

37

Am nächsten Tag auf dem Weg zum Flughafen bat ich den Taxifahrer, kurz am Strand bei Island Divers anzuhalten.

Als ich die Tür zur Hütte aufmachte, sah ich Becca im Gespräch mit einer lebhaften Familie in Hawaiihemden. Ich stand im Türrahmen. Sie hob den Kopf.

Stumm mimte ich die Worte: einen Augenblick …

Sie entschuldigte sich, und wir gingen nach draußen.

»In zwei Stunden fliege ich nach Hause«, sagte ich. »Ich möchte mich noch einmal bei Tageslicht bei dir bedanken. Ich wollte, dass du weißt … du bist so schnell verschwunden, und ich hatte keine Möglichkeit … ich wollte, dass du weißt, dass letzte Nacht, du und ich … es war gut.«

Sie lächelte. »Auch für mich«, sagte sie.

Ich streckte die Hand aus. »Danke nochmals«, sagte ich, »für diesen Unterricht und auch für den anderen.«

Da umarmte sie mich, leicht zunächst und dann fester. Wir standen einen Augenblick so da und hielten einander umschlungen wie Verliebte, die lange getrennt gewesen waren.

Ich nahm eine Visitenkarte aus meiner Brieftasche und gab sie ihr. »Falls du je in New York bist und es sich richtig anfühlt, mich anzurufen, dann ruf mich an. Ich bin nur einen Flug von der Stadt entfernt. Ruf mich auch an, wenn du nicht deprimiert bist.«

Sie nahm die Karte, lächelte, machte kehrt und ging zurück in ihr Büro.

Ich folgte ihr mit meinem Blick, bis sie verschwunden war.

38

In jener Nacht, in meinem leeren Haus und meinem leeren Bett, hatte ich einen seltsamen Traum. Ich war Tauchen im Meer, doch das Meer, wie das in Träumen sein kann, war gleichzeitig eine Stadt. Ich tauchte ohne Sauerstoff, schwebte aber dennoch über Korallenriffe hinweg. Plötzlich sah ich Mimi in ihrem Rollstuhl sitzen. Ich hatte Mimi noch nie gesehen, doch ich wusste, dass sie es war. Ihre Arme waren gebräunt und muskulös wie die von Becca, und sie glitt mit hoher Geschwindigkeit lächelnd auf mich zu. Ihre Lippen formten unhörbar die Worte »David, David«. Ich dachte, dass sie zu schnell war und wir demnächst zusammenstoßen würden, doch ich war hilflos, wie das in Träumen so ist, und konnte meinen Kurs nicht ändern. Auf dem Meeresgrund erkannte ich die Überreste meines Hauses, das auseinandergebrochen, mit Algen überwachsen und halb im Schlick versunken war.

Ich erwachte jäh, setzte mich im Bett auf und rieb mir die Augen. Ein erster Lichtschimmer drang durch die Vorhänge. Ich schaute auf den Wecker: sechs Uhr morgens. Dann sah ich in der Ecke, an der Wand neben dem Bett, einen riesigen Tausendfüßer. Bis auf ein schwaches Schwenken seiner Fühler hockte er unbeweglich da, wie von unsichtbarer Hand an die Wand geklebt. Mein Blick saugte sich an ihm fest. Es handelte sich um dieselbe grässliche Kreatur, die schon seit geraumer Zeit immer wieder hier an meiner Wand auftauchte. Das Tier war sehr groß und ekelerregend, mit einem länglichen, halb durchscheinenden Körper und unzähligen wimpernzarten Beinen.

Als der Tausendfüßer das erste Mal auftauchte, lief mir bei seinem Anblick ein Schauder über den Rücken. Ich wollte ihn mit meinem Hausschuh erschlagen, doch mein Schatten, der auf ihn fiel, veranlasste das Tier zur Flucht; es krabbelte eilig die Wand entlang und verschwand in einer Ritze.

Der Anblick eines Insekts ist immer enervierend, denn er verheißt schlechte Nachrichten: Das Haus ist vernachlässigt und schmutzig, der Mülleimer quillt über, in einer Mauer oder im Fundament hat sich ein Riss gebildet und diese Invasion ermöglicht. Vielleicht nisten dieses Ungeziefer und seinesgleichen bereits irgendwo im Haus, geborgen im Schutz der Dunkelheit. Ein Insekt ist erschreckend, doch ein flinkes Insekt ganz besonders, denn man stellt sich vor, wie es in einer Ritze verschwindet und einen in dem Wissen zurücklässt, dass es sehr wohl noch da ist und irgendwo lauert, vielleicht unter dem Bett, vielleicht sogar neben dem Kopfende, nur ein paar Zentimeter vom Mund des Schläfers entfernt, der beim Atmen unbewusst offen steht.

Doch jetzt saß ich auf dem Bett, und noch immer flackerten mir die Bilder aus meinem Traum durch den Kopf. Plötzlich wurde mir bewusst, dass ich dieses Geschöpf nie irgendwo anders gesehen hatte als an dieser Stelle an meiner Wand, wo es dem Zufall oder einer versteckten Logik folgend alle paar Monate auftauchte und sich materialisierte wie ein Schatten. Ich hatte es nie kommen sehen, es war plötzlich da und saß starr an der Wand. Wenn ich nach ihm schlug, flüchtete es. Ich stellte mit Entsetzen fest, dass seine Bewegungen anmutig waren, leicht und mühelos; all diese Beine in koordinierter Bewegung, wie eine fedrig heranrollende Welle. Neben Abscheu und Angst empfand ich auch eine seltsame Bewunderung, denn die Bewegungen eines hässlichen Krabbeltiers sollten eigentlich nicht schön sein, nicht so mühelos synchron und schnell. Der Gedanke verwirrte mich.

Die Fühler der Kreatur bewegten sich sachte. Ich stand auf und ging in die Küche, um eine Spraydose Lysol und ein Papiertuch zu holen. Ich beeilte mich nicht, denn ich wusste, der Tausendfüßer würde dort an der Wand verharren, bewegungslos und durchscheinend, und in gnädigem Nichtwissen gelassen sein Ende abwarten, da er nicht wusste, dass es ein Ende gab, genauso wenig wie er wusste, dass es Leben gab. Er tauchte lediglich alle paar Monate auf, heftete sich still an diese Wand und verfiel in dieses seltsam gleitende Tempo, wenn ich mich in seine Richtung beugte, um ihn zu töten.

Auf dem Weg in die Küche lief mir eine Gänsehaut über den Rücken, und meine Knie gaben ein wenig nach. Eine so ekelerregende Kreatur, die aus dem Nichts auftaucht, musste ein Omen sein, ein Zeichen; unsere Ahnen wussten das nur allzu gut. Unser Gehirn, betonte Helprin stets, ist sehr alt. Sein wichtigster Daseinszweck besteht darin, Ordnung ins Chaos zu bringen, das versteckte Muster zu finden, den Leoparden im Gebüsch zu entdecken. Und so formte sich in meinem uralten Gehirn allmählich eine Ahnung, die sich schließlich in mein Bewusstsein drängte und sich von einer schwachen Hypothese zu tiefer Überzeugung erhärtete: dass diesem Geschöpf in meinem Leben eine Bedeutung zukam.

Vielleicht war es ein notwendiger Gedanke, doch willkommen war er nicht. Ich lief zurück ins Schlafzimmer und attackierte den Tausendfüßer, überschwemmte ihn mit Lysol und zerquetschte ihn mit dem Tuch. Sein dünner Körper löste sich in dem Papier praktisch in Nichts auf, nachdem er die Haftung an der Wand verloren hatte – ein Anhaften, das ich überhaupt nicht verstand. Als ich das zerknüllte Papiertuch in den Mülleimer warf, stieg in mir ein Gefühl der Verwunderung auf über dieses Geschöpf und über mein sehr altes Hirn und begann, wie ein Leuchtturm geduldig Signale in die dunklen Weiten meines Bewusstseins auszusenden.

39

Als Sam eine Woche später anrief, um sich nach meiner Reise und meinem Befinden zu erkundigen und außerdem um Geld für die Nachrüstung ihres Computers zu bitten, vermied ich es, das Gespräch auf ihren Verlobten zu lenken. Obwohl ich natürlich auf den geeigneten Moment lauerte, handelte es sich eindeutig nicht um ein Thema, das man am Telefon diskutieren konnte. Als sie das nächste Mal kam, brachte sie McKenzie mit. Wir gingen zu Ake zum Essen, und ich ertappte mich dabei, dass ich ihren Verlobten heimlich beobachtete, seine Sprachmuster, seine Gestik und Mimik. Sam erwähnte, dass sie demnächst ein paar Sachen holen würde, die in Kisten verpackt im Keller standen. Ein paar Tage später rief sie an, um ihr Kommen anzukündigen, sagte aber gleich, sie sei in Eile und habe nicht viel Zeit. Als sie dann auftauchte, sah ich sofort, dass sie schlechter Stimmung war und nicht bereit für tiefschürfende Diskussionen, schon gar nicht mit mir.

»Du bist schon früh zu Hause«, sagte sie, als ich die Tür aufmachte. »Was ist passiert? Nicht genügend Verrückte?«

Ich erwiderte nichts. »Möchtest du etwas essen?«, fragte ich stattdessen.

»Ich habe schon gegessen.«

»Brauchst du Hilfe mit den Kisten?«

»Es geht schon. Mom hat alles beschriftet. Du weißt ja, wie sie in solchen Dingen ist.«

»Ja, ja … etwas zu trinken?«

»Nein, Dad. Ich bin nur auf einen Sprung vorbeigekommen. Ich treffe mich mit Freunden. Erinnerst du dich an Ruth von der Highschool? Wir waren früher zusammen in der Volleyballmannschaft. Sie ist mit ihrem Freund in der Stadt. Wir gehen Kaffee trinken. Ich bin ohnehin schon spät dran.«

Ich folgte ihr in den Keller. Sie begann, in den Kisten mit altem Spielzeug zu wühlen.

»Was suchst du eigentlich?«, fragte ich.

»Erinnerst du dich an Cream?«

»Cream?«

»Mein erster Teddy. Den habe ich überallhin mitgeschleppt und mit ins Bett genommen.«

»Ich erinnere mich, natürlich.«

»Den suche ich.«

»So plötzlich? Eine nostalgische Anwandlung?«

»Nicht meine, sondern die von McKenzie. Als wir das letzte Mal bei Mom waren, habe ich ihm ein paar alte Fotos gezeigt. Er wollte, dass ich Cream suche.«

»Warum?«

»Er findet es cool, du weißt schon, Kindheitserinnerungen. Er hat überhaupt nicht verstanden, warum ich Cream hiergelassen habe. Er meint, Gutes aus der Vergangenheit müssten wir mitnehmen, nicht zurücklassen.«

»Sentimentaler Kerl«, murmelte ich. »Ein Kerl, der zuhört und sich Gedanken macht«, sagte sie.

»Ich habe Teewasser aufgesetzt«, sagte ich.

»Ich habe keine Zeit, Dad. Das hab ich dir doch schon gesagt.«

»Als du noch klein warst, haben wir Teepartys veranstaltet, erinnerst du dich? Du wolltest immer mit einem Löffel umrühren, wie ein großes Mädchen.«

»Ja …«

»Ist das etwa keine Kindheitserinnerung?«

Sie hielt kurz in ihrer Suche inne, seufzte schwer und sah mich an. Ein schwaches Lächeln erschien auf ihrem Gesicht.

»Okay, Dad, okay. Aber nur kurz. Ich bin beschäftigt.« (*Wir haben eigentlich Dringenderes zu erledigen, als mit Freunden Kaffee zu trinken.*) »Nur eine Tasse Tee, dann kannst du verschwinden«, sagte ich und stieg die Treppe hinauf.

Ein paar Minuten später kam sie fröhlich triumphierend aus dem Keller und schwenkte den zerzausten Teddybären mit den abgeschabten Ohren wie eine Trophäe. »Ta daa!«, sagte sie. »Cream!« Sie platzierte den Teddy vor sich auf dem Küchentisch.

»Der Tee ist gleich fertig«, sagte ich. »Kekse?«

»Ich mache gerade eine Diät.«

»Wer tut das nicht? Kekse?«

»Okay, Dad. In Ordnung.«

Ich stellte eine Tasse Tee vor sie hin, und sie umfasste sie behutsam mit beiden Händen. An einer Hand sah ich einen Diamantring funkeln. Ich setzte mich ihr gegenüber und stellte einen Teller Kekse zwischen uns auf den Tisch.

»Mmh, Schokoladenkekse. Selbst gebacken. Hast du mit Backen angefangen?«, erkundigte sie sich skeptisch und nahm sich einen.

»Nein, nein. Theresa, unsere Büroleiterin. Sie bäckt manchmal Kekse und bringt sie dann mit in die Klinik zum Verschenken.«

»Sie sind gut«, sagte sie, rührte mit dem Löffel in ihrem Tee, den Blick auf ihre Hand geheftet, und schwieg.

»Also, wir haben nicht viel Zeit, dann erzähl mir doch mal, was es Neues gibt«, sagte ich.

»Nichts«, sagte sie, »du weißt schon, mein letztes Semester, Senioritis. Ich stecke bis über beide Ohren in Dingen, die unbedingt noch erledigt werden müssen. Ich freue mich so sehr darauf, all diese Bücher hinter mir zu lassen und ein neues Kapitel aufzuschlagen …« Sie hob den Blick und sah mich an. »Und wie geht es dir, Dad?«, fragte sie.

»Ich bin mir noch nicht sicher, wie das nächste Kapitel aussehen wird«, sagte ich.

Sie erwiderte nichts. Eine Weile saßen wir da, ohne etwas zu sagen.

(*Ich muss dir etwas Wichtiges sagen oder zumindest herausfinden, ob du es weißt.*) »Ich bin froh, dass du Cream gefunden hast«, sagte ich. »Die Zeit ist nicht gut mit ihm umgegangen.«

Sie lachte. »Wenn du vier Jahre in einer Kiste im Keller verbracht hättest, wie würdest du wohl aussehen?«

»Wie geht's McKenzie?«, fragte ich. »Großartig. Es geht ihm gut. Er ist gerade befördert worden. Wir sparen. Wir planen die Hochzeitsreise. Letzte Woche hat er eine Weltkarte an die Wand gepinnt, mir einen Pfeil in die Hand gedrückt, mir die Augen verbunden und gesagt, ich solle den Pfeil werfen, und dort, wo er trifft, sei das Ziel unserer Hochzeitsreise.« Sie lachte.

»Und wo hat der Pfeil getroffen?« (*Ach Sam, das Leben mit einem Bipolaren ist keine Hochzeitsreise.*)

»Ah, Bushan.«

»Bushan?«

»Das ist eine Stadt in China.«

»Ihr fahrt nach China?«

»Nein, natürlich nicht. Er ist sofort aufgesprungen, hat den Pfeil herausgezogen und ihn in Rom gesteckt.« Sie lachte wieder.

»Kluger Junge, auch wenn er sich nicht unbedingt an die Regeln hält.«

»Er weiß, dass ich an Rom gute Erinnerungen habe, von damals, als ich noch klein war. Er hat ebenfalls Erinnerungen daran. Seine Großeltern waren Italiener. Er hat sie früher immer besucht ...«

(*Wie gut kennst du ihn eigentlich? Hat er dir von seiner Vergangenheit erzählt, der kluge Junge, und von anderen Orten, an denen er gewesen ist?*) »Rom klingt gut«, sagte ich.

»Ja«, sagte sie. Ihre Wangen waren vom Tee und von ihrem jugendlichen Überschwang gerötet. »Ich bin so aufgeregt wegen allem. Ich fühle mich großartig.« Sie warf einen Blick auf ihre Uhr. »Oh, ich bin spät dran; ich muss mich sputen.« Sie stand auf, beugte sich vor und küsste mich auf die Wange.

»Ruf mich an«, rief ich ihr hinterher. (*Pass auf dich auf, Kind, mein Kind.*)

40

Der dritte Versuch

In einer kurzen Pause zwischen zwei Klienten fing mich Theresa, unsere Büroleiterin, auf dem Flur ab. Es war Donnerstag. Ich stand in der kleinen Küche, wo es einen Kühlschrank gab, einen Wasserkocher und eine Mikrowelle, in der ich an geschäftigen Tagen mein Mittagessen aufwärmte.

»Eine Susan Clarke hat gerade angerufen«, sagte Theresa, »von der Versicherung. Sie meinte, sie müsse mit dir sprechen.«

Ich dankte ihr, und als ich wieder an meinem Schreibtisch saß, rief ich Susan Clarke an.

»Susan«, sprach ich fröhlich ins Telefon, »wie schön, von Ihnen zu hören. Wollen Sie Neuigkeiten über Barrys Fortschritte hören?«

Einen Moment war es still in der Leitung, dann hörte ich ihre Stimme, gepresst und trocken. »Ich habe schlechte Nachrichten, Doktor Winter.«

»Will die Versicherung nicht mehr für seine Kosten aufkommen? Sie haben kein Herz.«

»Barry Long ist nicht mehr.«

»Ist nicht mehr was?«

»Er ist tot.«

»Tot?«

»Er hat sich umgebracht.«

Schweigen breitete sich aus, leeres, dumpfes, aschgraues Schweigen. Ich hielt lange den Atem an.

»Wie ist es passiert?«

»Er hat sich erschossen. Ich kenne die Einzelheiten nicht.«

»Wie haben Sie es herausgefunden?«

»Die Polizei hat angerufen.«

»Wer, wer hat angerufen?«

»Maloney war der Name, glaube ich. Ein Beamter von der Polizeiwache an der Main Street.«

»Unglaublich«, sagte ich, obwohl ich es glaubte.

»Es tut mir leid, Doktor Winter. Aber ich dachte, Sie würden es wissen wollen. Und sollten es nicht aus der Zeitung erfahren oder so.«

»Danke … für alles, Susan.«

»Alles sehr traurig«, sagte sie.

»Ja.«

Schweigen.

»Nun, ich muss wieder an die Arbeit, Doktor Winter«, sagte sie.

»Natürlich, Susan. Machen Sie's gut. Vielleicht arbeiten wir in Zukunft wieder einmal zusammen.«

»Vielleicht.«

Ich legte den Hörer auf und ließ mich in meinen Stuhl zurückfallen. Ich schwitzte. Ich schaute aus dem Fenster, und mein Blick blieb an dem Telefonmast an der Ecke des Parkplatzes hängen. Dann schloss ich die Augen. Barry, sagte ich vor mich hin. Barry. Barry. Barry. Meine Worte lösten sich in Nichts auf. Barry. Barry. Vor meinem inneren Auge erschien sein Bild, die schmächtige Gestalt, das entschuldigende Gemurmel, der zu Boden gerichtete Blick, die zugeknöpften

Manschetten, seine bleistiftdünnen Arme und die Nikotinfahne. Barry. Dann begannen meine Gedanken durcheinanderzurasen wie Ameisen, nachdem jemand ihren Ameisenhügel zertreten hat. Ich hätte ihn aufhalten können, ich hätte mich mehr um ihn kümmern müssen, um zu verhindern … Wenn ich nur besser aufgepasst hätte, die einzelnen Teile zu einem Bild zusammengefügt hätte, dann vielleicht … Wenn ich nur die richtigen Fragen gestellt, eine bestimmte Geste gemacht, ihn vielleicht angerufen hätte, oder, als ich bei ihm zu Hause war, mich sorgfältiger umgesehen hätte, dann hätte ich möglicherweise seine Waffe gefunden … Wenn ich nur konzentrierter gewesen wäre, schneller gehandelt, ihn angerufen hätte … Wenn ich nur auf John Savoia gehört und ihn an den richtigen Spezialisten überwiesen hätte … Vielleicht war mir etwas entgangen, weil sein Fall jenseits meines Fachgebiets lag, oder weil ich mir nicht die Mühe gemacht hatte, zu seinem behandelnden Psychiater Kontakt aufzunehmen oder zu dem davor oder dem davor … Eigentlich sollten wir innerhalb des behandelnden Teams in Kontakt stehen, doch meist rufen wir einander nicht an wegen des Zeitdrucks, des endlosen Papierkrams und der eigenen Trägheit. Ich hatte nicht angerufen.

Barry. Barry. In meinem Kopf drehte sich alles. Ich fühlte mich schwach und leer und hatte einen Geschmack nach Galle im Mund. Dann klingelte das Telefon, und Theresa ließ mich höflich, aber entschieden wissen, dass mein nächster Klient da war und dass ich mich verspätete.

Am Abend ging ich in John Savoias Büro.

»Erinnerst du dich an diesen Klienten von mir, den Depressiven, der sich als schizophren herausgestellt hat?«, fragte ich ihn.

»Ich glaube schon. Ich erinnere mich, dass du irgendeine Nähe zu dem Kerl entwickelt hast. Wenn ich mich richtig erinnere, hast du darauf bestanden, ihn weiter zu sehen.«

»Er ist tot.«

»Tot?«

»Selbstmord.«

John Savoia nickte und sah mich ruhig an.

»Mach dir keine Sorgen, John«, sagte ich sarkastisch. »Er hatte keine Familie. Niemand wird uns verklagen.«

»Hast du ihn den Vertrag unterschreiben lassen?«

»Ja.«

Wir saßen schweigend da.

»Mach dich bereit«, sagte er schließlich. »Wappne dich. Du hast eine harte Zeit vor dir.«

»Hast du schon einmal jemanden durch Selbstmord verloren?«, fragte ich.

»Ich? Nein, nein. Aber ich kenne die Literatur. Da kommen eine Menge Schuldgefühle hoch. Und bleiben. Falls nötig, nimm ein paar Tage frei. Arbeite die Sache für dich auf. Falls du mich brauchst, ich bin da. Falls du etwas trinken gehen möchtest, sag Bescheid. Trink nicht allein; dann trifft man falsche Entscheidungen.«

»Ich möchte, dass du mir einen Gefallen tust«, sagte ich.

»Und welchen?«

»Du hast doch in der Stadt Beziehungen. Ich würde mich gerne mit dem Polizisten treffen, der für die Untersuchung zuständig ist. Er sitzt in der Polizeiwache an der Main Street. Officer Maloney.«

»Ich mache einen Anruf.«

»Danke, John.«

»Gern geschehen«, sagte er.

Schweigen.

»Du wirst verzeihen müssen«, sagte er.

»Verzeihen? Wem?«

»Euch beiden.«

41

Officer Maloney war ein großer, muskulöser Mann mit kurz geschnittenem Haar, einer langen Hakennase und sanften, sorgenvollen Blick. Sein Händedruck zerquetschte mir beinahe die Hand.

»Dr. Winter? Ich bin Mike Maloney.« Er führte mich in sein Büroabteil, wo wir uns einander gegenüber setzten. »Wie kann ich Ihnen helfen, Doktor?«

»Es geht um Barry Long«, sagte ich. »Er hat sich vor zwei Tagen umgebracht.«

»Ja.«

»Ich bin sein Psychologe. War sein Psychologe.«

»Ja.« Er sah mich an, als wollte er sagen: ein nicht besonders erfolgreicher.

»Ich möchte herausfinden, was genau passiert ist. Können Sie mir etwas darüber sagen?«

»Er hat sich erschossen. Es tut mir leid.«

»Wie hat er sich erschossen?«, fragte ich.

»Wie?« Er hob die Brauen, als hätte er mich nicht richtig verstanden. »Mit einer Pistole. In den Kopf.«

»Eine Pistole? Woher hatte er eine Pistole?«

»Es war nicht seine.« Maloney widmete sich einem Dokumentenstapel, der auf seinem Schreibtisch lag, und suchte kurz. Dann wandte er sich wieder mir zu und ließ ein Bündel Papiere vor mir auf den Tisch fallen. »Eine Glock«, sagte er,

»registriert auf eine LeAnn Long in Texas. Seine Mutter, wie sich herausstellte.«

»Er hatte eine feste Freundin … nun, sie kam und ging; Mimi irgendwas. War sie vor Ort?«

»Er war allein, als er starb. Es gibt kein Testament, soweit wir wissen. Wir haben mit seiner Mutter gesprochen, aber sie will nichts mit der Sache zu tun haben. Sie ist krank und bettlägerig. Sie glauben gar nicht, wie viele Familien da draußen so sind. Kaputt. In alle Winde zerstreut.«

»Sagen Sie mir«, sagte ich, »wie genau ist es passiert?«

»Nun, anhand der Aussagen, die wir inzwischen zusammengetragen haben, haben zwei Nachbarn ein Geräusch gehört, einen Schuss, dessen waren sich beide ziemlich sicher. Die Frau von gegenüber – sie hat zu der fraglichen Zeit ihren Hund ausgeführt – und der Nachbar nebenan, er war in der Küche, wo das Fenster einen Spalt offen stand. Sie haben beide 911 angerufen.«

»War die Polizei als Erste vor Ort?«

»Ja.«

»Und was hat sie vorgefunden?«

»Eine Menge Blut. Einen Mann auf der Couch im Wohnzimmer.«

»Tot?«

»Tot.«

Ich saß da und wusste nicht, was ich sagen sollte.

Maloney sah mich an: »Wussten Sie, dass Barry Long eine Vergangenheit hatte?«

»Wir haben alle eine Vergangenheit«, sagte ich.

»Eine kriminelle Vergangenheit.«

»Oh, Sie meinen den Zwischenfall bei Walmart?«, sagte ich.

»Aber das war nichts – er wurde nicht einmal offiziell angeklagt, soweit ich weiß.«

»Nein, nicht das; eine Verurteilung vor ein paar Jahren.«

»Das wusste ich nicht. In seiner Akte stand nichts dergleichen.«

»Es steht in unseren Akten«, sagte Maloney.

»War er im Gefängnis?«

Er nickte.

»Weswegen genau?«

Maloney beugte sich über seinen Aktenberg: »Eine Anklage wegen eines Verbrechens ohne Gewaltanwendung, wegen Betrugs.« Er blätterte in den Papieren. »Wegen des unrechtmäßigen Versuchs, Behindertenrente zu beziehen.«

»Unrechtmäßig? Er hatte eine rechtsgültige Behinderung, eine psychische Behinderung. Ich habe deswegen sogar einen Brief an die betreffenden Ämter geschrieben.«

Maloney sah mich mit seinen traurigen Augen an, lehnte sich auf seinem Stuhl zurück und kratzte sich am Nacken. »Das hier ist Jahre her«, sagte er. Er fischte einen braunen Umschlag aus dem Aktenstapel, zog einen Stapel Fotos heraus und ließ sie vor mir auf den Tisch fallen. »Eine psychische Behinderung, hmm … nun, das ist Ihr Fachgebiet. Ich mische mich da nicht ein, doch darüber kann man sich streiten, nicht wahr? Wie beweisen Sie, ob jemand tatsächlich an so etwas leidet und nicht simuliert? Mir ist nicht ganz klar, wie Sie das beweisen wollen. Unter uns gesagt, ich habe manchmal Mordfälle, kann sie aber nicht beweisen, und hier haben wir jemanden, der noch geatmet hat und es jetzt nicht mehr tut, verstehen Sie? Aber das spielt in diesem Fall keine Rolle mehr«, seufzte er. Dann wies er auf die Bilder, die vor mir lagen: »Barry Long hat gesessen, weil er eine Behinderung vorgetäuscht hat, allerdings keine psychische Behinderung.«

Ich blätterte durch die Fotos. Das erste zeigte eine körnige Schwarzweißaufnahme, aufgenommen mit einer Sicherheitskamera, wie sie überall in der Stadt installiert sind – auf Parkplätzen, an vielbefahrenen Kreuzungen und in Geschäften. Das Foto war unscharf und verschwommen. Es zeigte einen Mann im Rollstuhl vor einem Schalter, vielleicht in einer Bank oder einem städtischen Amt. Das zweite Foto war aus einem anderen Winkel aufgenommen und zeigte eine Nahaufnahme des Mannes, und darauf erkannte ich Barry Longs Gesicht, die mageren Züge mit den vorstehenden Backenknochen und das wirre Haar. Ich hob den Kopf und sah Maloney fragend an.

»Das war vor sechs Jahren«, sagte er, »gleich nach seiner Ankunft aus Texas, schätze ich. Der Angestellte dort schöpfte Verdacht, und dann schickten sie jemanden vom Betrugsdezernat, um der Sache nachzugehen. Wenn Sie weiterblättern, sehen Sie Bilder von ihm zu Hause; hier ...« Er zog ein Bild aus dem Stapel. »Hier sehen Sie ihn, wie er den Müll rausträgt. Hier sitzt er im Auto. Alles ohne Rollstuhl. So haben sie ihn erwischt. Er hat kurz gesessen, doch weil es seine erste Straftat war und keine Gewalt angewendet wurde, fiel das Urteil milde aus. Er hat gemeinnützige Arbeit geleistet, Müll an Autobahnen aufgesammelt und so weiter, dann haben sie ihn laufen lassen.«

Es entstand eine Pause. Ich bemühte mich, diese neue Information zu verarbeiten. Dann blickte ich auf. »Und was passiert jetzt?«, fragte ich.

»Wie meinen Sie das?«

»Mit seiner Leiche. Wenn er keine Angehörigen hat …«

»Es gibt ein bestimmtes Verfahren«, sagte Maloney. »Wenn wir innerhalb von 72 Stunden keine Familienangehörigen ausfindig machen können, die seine Leiche übernehmen, und wenn niemand sonst ihn will, tritt dieses Verfahren in Kraft.«

»Was für ein Verfahren ist das?«

»Wenn der Körper in gutem Zustand ist, schicken wir ihn an die Universität als Beitrag zur Wissenschaft, verstehen Sie. Manchmal schicken wir ihn an die Body Farm der Polizei in Cleveland. Dort verrotten die Körper, und Polizisten und Forensiker lernen daraus eine Menge. Falls dort kein Platz ist, wird der Tote eingeäschert. Asche benötigt weniger Platz, wissen Sie. Sehr selten meldet sich ein Beerdigungsinstitut aus der Stadt und spendet einen Grabstein. Doch ohne Geld, nun, Sie wissen ja …«

»Ich möchte für sein Begräbnis und den Grabstein aufkommen«, sagte ich unvermittelt.

Maloney starrte mich forschend an, sagte aber nichts. Schließlich beugte er sich vor, riss eine Seite aus seinem Notizbuch, das auf dem Schreibtisch lag, und kritzelte eine Nummer darauf. »Das Büro des städtischen Leichenbeschauers«, sagte er. »Rufen Sie dort an. Die helfen Ihnen weiter.«

Auf dem Heimweg im Auto fühlte ich mich benommen, und mir war kalt. Draußen pfiff ein stürmischer Wind und ließ in chaotischen Wellen spätwinterliches Schneegestöber gegen die Windschutzscheibe branden. Ich beugte mich vor, um besser sehen zu können. Die Umrisse der umliegenden Gebäude verschwammen in einem diffusen weißen Nebel.

Von den Autos vor mir waren nur noch schwach blinkende rote Punkte zu sehen. Der Verkehr, von den heftigen Schneeschauern geblendet, kam fast zum Erliegen. Meine Gedanken wanderten zu Barry Longs Wohnung, zu der verschlissenen Couch und dem leeren Kühlschrank. Ich stellte mir vor, wie er dort saß, kurz bevor er …

Er war allein, als er starb.

Er war allein, als er starb.

Plötzlich durchzuckte es wie ein Blitz durch meinen Schädel – die Treppe. Die Treppe! Barry Longs Wohnung war nur über eine Treppe zu erreichen. Als ich dort gewesen war, war mir das in dem allgemeinen Chaos gar nicht aufgefallen. Doch jetzt wurde mein Bewusstsein von Einzelheiten überschwemmt, und die flirrenden Schatten kristallisierten sich zu einem präzisen, konkreten Gedanken und verdichteten sich zur Gewissheit: Es gab keine Mimi. Es hatte nie eine Mimi gegeben, außer in Barry Longs fiebrigen Gedanken. Mimi war ein Symptom. Natürlich war sie das, natürlich. Wie blind ich gewesen war! MIMI. WAR. EIN SYMPTOM!

Plötzlich wurde ich wegen Mimi und ihres grausamen Schicksals von surrealer Trauer ergriffen. Ich trauerte um sie, weil sie nie eine Chance gehabt hatte, Gestalt anzunehmen. Zu der Trauer gesellte sich Zorn. Ich verfluchte den in seinen Bart hineinmurmelnden Schizophrenen, in dessen Netz aus Täuschungen ich mich verfangen hatte. Ich war im gleichen Atemzug wütend und schalt mich wegen meiner Blindheit, meiner Schwäche und meiner beschissenen Vorgehensweise. Denn es hätte mir längst auffallen müssen; ich hätte die einzelnen Teile zu einem Bild zusammensetzen müssen. Ich hätte ihn gehen lassen sollen. Ich hätte ihn energischer festhalten sollen.

Ich wütete gegen Barry Long. Ich wütete aus vielen Gründen gegen ihn, doch in diesem Moment, aufgrund eines absurden Tricks meines Bewusstseins, wütete ich hauptsächlich Mimis wegen. Ich forderte die Reue, die er ihr schuldete. Ich beschimpfte ihn im Namen seiner eigenen Halluzination. Doch da war niemand mehr, den man hätte beschimpfen können.

42

Morgen habe ich ein bisschen Zeit«, sagte Sam am Telefon. »Ich muss dich sehen.«

»Natürlich«, sagte ich, und mir wurde warm ums Herz. »Mittagessen bei Ake?«

»Nein, nein. Zu Hause.« Ihre Stimme klang anders als sonst. Ich hatte mich an den ungeduldigen, gereizten Unterton gewöhnt, der häufig darin mitschwang, doch heute hörte ich Trauer und Furcht heraus, ein Timbre, das ich sehr gut kannte.

»Alles in Ordnung?«, fragte ich.

»Ja. Nein. Es gibt da etwas, aber nicht am Telefon. Und jetzt muss ich los.«

Als sie am nächsten Tag kam, gingen wir in die Küche. Sie setzte sich an den Küchentisch, und ich kochte Pasta, während sie auf ihrem Mobiltelefon herumtippte.

»Was ist los, Sam?«

Sie hob den Blick und sah mich an. »Ich brauche einen Rat, Dad«, sagte sie zögernd.

»Ich höre«, erwiderte ich einigermaßen überrascht.

»Das bleibt aber zwischen uns beiden«, sagte sie, und ich meinte zu hören, dass ihre Stimme ein wenig zitterte. »Ich möchte nicht, dass sich das herumspricht, ja?« Sie warf mir einen scharfen Blick zu.

»Geheimnisse zu wahren, ist mein Beruf«, sagte ich. »Hast du das vergessen?«

»Es hat mit McKenzie zu tun«, sagte sie.

»Aha?«

»Vor ein paar Wochen … Wir haben geredet, du weißt schon, über die Zukunft, über das Leben. Plötzlich sagte er, er habe mir etwas … etwas zu sagen, das er mir bisher nicht erzählt habe.«

»Ja.«

»Er sagte, vor vierzehn Jahren sei er krank geworden; er habe einen psychotischen Zusammenbruch erlitten, angefangen, Stimmen zu hören. Er wurde in eine Klinik eingewiesen. Für drei Monate. Wurde als bipolar diagnostiziert. Für mich war das ein Schock. Zuerst habe ich ihn in den Arm genommen, du weißt schon, gesagt, alles sei in Ordnung. Ich fand es großartig, dass er es mir erzählt hat. Es sagt etwas darüber aus, was für eine Art Mensch er ist, etwas Gutes. Doch dann, ein bisschen später … nun, seit kurzem, weißt du, obwohl wir noch nicht viel geplant haben, wir haben noch kein Datum festgelegt, aber plötzlich … ich meine, seitdem habe ich angefangen, die Dinge anders zu sehen. Ich meine, wenn er etwas tut, überlege ich unwillkürlich, ob er es ist oder seine Krankheit, der Schatten seiner Krankheit. Du verstehst, was ich meine. Er hat Stimmungsschwankungen, weißt du. Wer hat die nicht? Doch jetzt sieht alles anders aus. Du verstehst, was ich meine, nicht wahr? Es ist furchtbar, wirklich, was für ein Zufall, hm? Einen Psychologen zum Vater und einen psychisch kranken Ehemann.« Sie lächelte schwach, und ihre Augen füllten sich mit Tränen.

»Hast du mit Mom darüber gesprochen?«

»Nein. Noch nicht. Sie ist gerade auch … Sie ist mit sich selbst beschäftigt, weißt du.«

»Und du bittest mich um meinen Rat als was? Als Psychologe oder als dein Vater?«

»Als mein Vater.«

»Als dein Vater?«

»Ja. Du bist schließlich auch mein Vater, nicht wahr?«

»Stimmt.«

»Was meinst du also als Dad, Dad?«

»Als dein Vater wünsche ich mir, dass du dich in jemanden verliebst und ihn heiratest, der nicht bipolar ist«, sagte ich und merkte auf der Stelle, dass ich das nicht hätte sagen sollen. Ich war überrascht, dass mir diese Worte überhaupt über die Lippen kamen, sie schlüpften jäh und ungefiltert aus meinem Mund wie bei einem Kind. Sam blinzelte kurz, und ihr Körper erstarrte. Sie lehnte sich auf ihrem Stuhl zurück, als hätten meine Worte sie zurückgestoßen, und schürzte die Lippen in einer subtilen Geste, die sie von ihrer Mutter gelernt hatte.

»Danke, Dad«, sagte sie kalt. »Wahrhaftig, eins zu null für dich. Du weißt wirklich, wie man schnell zur Sache kommt.«

»Du hast nach meinen Gefühlen als Vater gefragt«, sagte ich.

»Großartig«, sagte sie. Sie beugte sich vor und stieß ihren Zeigefinger in meine Richtung. »Das ist gut zu wissen, wirklich. Du bist ein echter Held.«

»Ich bin ehrlich.«

Sie schäumte vor Wut. »Großartig. Aber wenn du vielleicht ein bisschen zuhören würdest, würdest du erkennen, dass es nicht um dich geht.« Ihre Augen füllten sich mit Tränen. »Deiner Theorie zufolge ist man schlecht beraten, wenn man sich in einen bipolaren Menschen verliebt. Einfach großartig! Theoretisch hast du ja so recht. Aber in meinem echten

Leben ist es passiert – ich habe mich in jemanden verliebt, der bipolar ist, ich werde ihn heiraten und mit ihm leben. Das ist keine Theorie. Ich liebe McKenzie.«

»Warum schreist du so«, brüllte ich plötzlich, und die Wut brach aus mir heraus. »Monat für Monat sitze ich hier allein herum, und wo bist du? Dir ist es wohl zu viel, mal anzurufen oder vorbeizukommen? Hast dich zu deiner Mom geschlichen, ja, das ist gut. Dafür hattest du Zeit. Gibt es denn hier für dich keine Pflicht, hier, in diesem Haus? Gilt deine einzige Pflicht diesem Jungen, den du kaum kennst, wenn wir den Tatsachen einmal ins Auge sehen wollen. Aber deine Wut, die lädst du die ganze Zeit über bei mir ab. Was habe ich dir eigentlich getan? Und jetzt, wo du etwas brauchst, tauchst du plötzlich hier auf. Großartig!«

»Ich muss nicht deinen Mist in Ordnung bringen«, brüllte sie zurück. »Das ist nicht meine Aufgabe, verstehst du? Wie man sich bettet, so liegt man, und hör auf, dich derart um dich selbst zu drehen. Und als Dad … was für eine Antwort hast du als Dad gegeben? Eine Antwort auf eine Frage, die ich nicht einmal gestellt habe! Ich bin keine Idiotin! Ich habe dich nicht gefragt, ob es eine tolle Idee war, sich in jemanden zu verlieben, der bipolar ist. Ich habe dich gefragt, was ich tun kann, nachdem ich mich bereits in einen solchen Menschen verliebt habe. Und wenn du besser aufpassen würdest, hättest du vielleicht auch einen Blick für Moms Kummer. Dann müsste sie sich nicht so aufführen, wie sie es tut … Hast du überhaupt jemals darüber nachgedacht? Oder denkst du nur an dich und dein eigenes Leid? Ist das das Einzige?«

Sie stand auf und wandte sich zum Gehen. »Kein Wunder, dass dir die Leute davonlaufen.« Sie warf sich ihre Tasche über die Schulter und marschierte zur Tür. »Ich fahre jetzt zu Mom.« Wie versteinert blieb ich am Tisch sitzen. Ich hörte die Tür zuknallen. Dann sprang ich auf und lief hinter ihr her. Sie saß im Auto und hantierte ungeschickt mit den Schlüsseln.

»Sam«, rief ich. »Warte.« Ich rannte zu ihr, riss die Beifahrertür auf und setzte mich neben sie.

Sam seufzte vernehmlich und legte ihre Hände in den Schoß, die Schultern hochgezogen und die Augen geschlossen. »Was ist? Was ist?«

»Du hast mich nicht nach meinem Rat als Psychologe gefragt«, sagte ich.

»Was soll das?«

»Du hast mich nach meinem Rat als Vater gefragt, aber du hast mich nicht gefragt, was ich als Psychologe dazu meine.«

»Komm schon, Dad. Bitte.«

»Ich möchte, dass du mich als Psychologen um Rat fragst«, sagte ich. »Bitte.«

Sie richtete sich in ihrem Sitz auf und wischte sich mit dem Handrücken über die Augen. »Und wie lautet dein Rat als Psychologe?«, fragte sie lakonisch.

Ich holte tief Luft. »Als Psychologe sage ich, dass es sich bei Bipolarität um eine ernsthafte Erkrankung handelt, die sich mit der Zeit verschlimmern kann. Als Psychologe kann ich dir sagen, dass er wahrscheinlich irgendwann wieder einmal einen Schub haben wird. Unsere goldene Regel lautet: Die Vergangenheit sagt die Zukunft voraus. Als Psychologe halte ich es für wichtig, dass du dir bewusst bist, worauf du dich hier einlässt. Ein Mensch in einer manischen Episode kann völlig unvorhersehbare Dinge tun und sehr zerstörerisch sein, gegenüber sich selbst und gegenüber denen, die er liebt …«

»Und ein normaler Mensch kann das nicht?« Sie warf mir einen dunklen, durchdringenden Blick zu.

Wir saßen da, ohne etwas zu sagen.

»Du baust dein Haus am Fuß eines Vulkans«, sagte ich schließlich. »Und ja, Menschen tun das. Doch eine derartige Entscheidung sollte mit offenen Augen getroffen werden, obwohl selbst offene Augen nicht besonders weit in die Zukunft blicken können. Doch als Psychologe sage ich dir, dass es sich bei einer psychischen Erkrankung nicht um ein Todesurteil handelt, nicht um eine Sünde und nicht um ein Verbrechen. Wir alle sind verletzt. Dein Mann ist nicht seine Krankheit. Dein Mann ist dein Mann. Als Psychologe bin ich dagegen, psychisch Kranke auszuschließen. Ich bin dagegen, sie zu dämonisieren. Als Psychologe versuche ich, ihnen zu helfen. Ich versuche es … ich versuche es …« Plötzlich brach meine Stimme.

Stille.

»Danke, Dad.«

Dann saßen wir lange da und schwiegen.

»Ich wünsche mir eine schlichte Feier«, sagte sie plötzlich. »Nur die Familie und Freunde. Im botanischen Garten, wo wir immer hingegangen sind, als ich noch klein war. Wir sind dort durch das Heckenlabyrinth neben dem Skulpturengarten gewandert, erinnerst du dich? Erinnerst du dich auch an die Schmetterlingsausstellung, als sie in dem Gewächshaus Hunderte von Schmetterlingen fliegen ließen? Und an die Fische im Teich, die alle auf einen zuschwammen? Erinnerst du dich noch, wie du mir Skinner und seine Gesetze erklärt hast? Und dann gab es noch diese riesigen Glaskugeln im Wasser – sie waren genauso bunt wie die Fische. Dort möchte ich heiraten, in diesem Glashaus. Mom findet es eine großartige Idee.«

»Eine großartige Idee«, sagte ich. »Sag Mom, dass ich einverstanden bin.«

Sie nickte. »Mom hat gesagt, ich soll dir sagen, dass du auch Grandpa mitbringen sollst«, sagte sie.

»Sie hat gesagt, du sollst mir das sagen?«

»Sie sagte, du würdest es so wollen. Wie auch immer, ich möchte, dass er kommt.«

43

Am nächsten Morgen schlief ich lange. Gegen Mittag ging ich meinen Vater besuchen. Draußen goss es ohne Unterlass, und wir mussten im Haus bleiben, in seinem kleinen Zimmer. Er saß auf dem Bett, starrte ausdruckslos auf den leeren Bildschirm und murmelte etwas vor sich hin. Ich saß still auf dem Stuhl neben seinem Bett. Zum Abschied drückte ich seine runzlige Hand.

»David«, sagte er.

»Dad«, sagte ich.

Dann saßen wir noch lange schweigend da.

Am Nachmittag entschloss ich mich zu einem späten Mittagessen bei Ake. Unterwegs hielt ich an der Tankstelle an der Ecke. Ich stand neben meinem Auto, die Zapfpistole in der Hand, als ich auf der gegenüberliegenden Straßenseite zwei Frauen bemerkte, die auf dem Weg zur Bushaltestelle dort entlanggingen. Die eine war untersetzt und sah aus wie Anfang vierzig, die andere war wesentlich jünger. Die Ältere trug ein kleines Mädchen auf dem Arm, und als sie vorbeigingen, sah ich den Kopf des Kindes, der über die Schulter der Frau hinweg ragte. Sie waren zu diesem Zeitpunkt ziemlich weit von mir entfernt, doch das kleine Mädchen schaute in meine Richtung, und als die Frauen sich der Ecke näherten, hob es zögernd sein winziges Ärmchen und winkte mir zu –

das Winken eines Kleinkindes, bei dem sich die Finger langsam über der Handfläche öffnen und wieder schließen: Hallo. Auf Wiedersehen. Ich hob die Hand und erwiderte das Winken. Dann verschwanden sie um die Ecke.

Im Restaurant setzte ich mich an denselben Tisch, an dem ich immer mit Alex gesessen hatte. Ake war gut gelaunt. Er schüttelte mir die Hand und erkundigte sich nach Sam, nach ihrer Zeit am College. Dann beugte er sich zu mir und flüsterte: »Meine Töchter werden ebenfalls aufs College gehen. Falls nicht die Steuern und die Lügen dieser Betrüger in Washington mich vorher in den Bankrott treiben. Sie geben alles den Banken, die unser Geld stehlen und damit spielen; denen geben sie Geld; und Ake, dem kleinen Mann, gibt keiner etwas. Ich muss mir jeden Penny hart erarbeiten, und dann muss ich mein Geld vor diesen Dieben in Washington in Sicherheit bringen. Irgendjemand muss einmal im Namen aller dorthin gehen und für Ordnung sorgen. Wir brauchen einen Rambo, wissen Sie, *ratatatatatat*, hm?« Er hob die Hände, als hielte er ein Maschinengewehr und feuerte in alle Richtungen. Das war Akes Lösung. Sein Gesicht lief rot an, und seine Stimmung wirkte nicht mehr ganz so gut wie zuvor.

»Es ist eine schwierige Welt, Ake«, sagte ich, »aber können wir wirklich hoffen, mit leerem Magen die Probleme dieser Welt zu lösen?«

Er lachte, marschierte in die Küche und bellte seiner Frau Befehle zu, die dort zwischen den Töpfen herumwerkelte.

Ich klappte meinen Laptop auf, um meine Mails zu lesen. Nach der Hälfte der eingegangenen Nachrichten erkannte ich eine Nachricht von Becca Lawrence und zuckte zusammen.

Ich klickte die Nachricht an und wartete ungeduldig, bis der Text geladen war.

Wie geht es Dir, Ready-Freddy? Ich fahre für zwei Wochen nach NYC. Mein Dad muss einen medizinischen Eingriff vornehmen lassen, und ich helfe, mich um ihn zu kümmern. Du hast mich aufgefordert, mich zu melden. Hier bin ich also und melde mich. Ich hoffe, es ist Dir nicht unangenehm, und wenn nichts daraus wird, ist es auch in Ordnung. Aber wenn du da bist oder vorbeikommen kannst, ruf mich an. Dann finden wir einen Ort, wo sie Cocktails mit kleinen Schirmchen servieren. Bye, B.

Ich las ihre Nachricht wieder und wieder. Eine diffuse Freude überkam mich, und ich schwebte wie auf Wolken. *So schön, von Dir zu hören,* tippte ich zurück. *Im Hintergrund kann ich das Meer hören. Was für eine tolle Überraschung; das heißt, eine von der seltenen Art. Wie ein Wunder. Würde Dich gerne treffen. Wir werden sehen, was sich machen lässt.* In diesem Moment tauchte Ake wieder auf und balancierte eines der wunderbaren Gerichte seiner Frau auf seinem Buddha-Arm. Ich klappte den Laptop zu und machte mich über das Essen her.

Als die Sonne unterging, ging ich auf den Friedhof. Das Gras, das die Grabsteine umgab, wurde langsam wieder grün, und die Erde war vom Regen aufgeweicht. Hier und da standen kleine Pfützen zwischen den Grabsteinen und auf dem schlammigen Pfad, der sich zwischen ihnen hindurchschlängelte. Der Himmel war klar, und eine sanfte Brise strich durch die hohen Bäume und zupfte an den Blättern. Bunte Blumenbuketts leuchteten zwischen den Grabsteinen hervor wie lautloses Feuerwerk. Auf der geteerten Straße, die um den Friedhof herumführte, sah ich eine junge Frau mit einem

Kinderwagen, die auf dem friedlichen, gepflegten Gelände einen vorabendlichen Spaziergang in der Natur unternahm. Ein großer schwarzer Vogel löste sich von einem hohen Ast und entfernte sich mit trägem Flügelschlag in den dunkler werdenden Himmel. Ich stand bei einem Flecken frisch umgebrochener Erde vor einem flachen Grabstein inmitten einer endlosen Reihe weiterer Grabsteine. Ich stand regungslos da und schaute auf das, was von Barry Long geblieben war. Warum ich dort stand, weiß ich nicht. Ich hatte dort nichts verloren, das wiedergefunden werden konnte. Ich nahm einen Stift aus meiner Hemdtasche, und in meiner Brieftasche fand ich ein Blatt Papier. »Das Licht ist aus«, schrieb ich, »und niemand ist zu Hause.« Dann strich ich die Zeile durch und ersetzte sie durch eine andere:

»Ich hoffe, Sie finden Ihr antikes Tamburin.«

Auf dem Fußweg hinter mir hob ich einen Stein auf und wischte ihn mit dem Ärmel sauber. Ich faltete das Blatt, legte es auf den Grabstein und beschwerte es mit dem Stein – Stein auf Stein und dazwischen Papier; und auf dem Papier Worte. Dann drehte ich mich um, ging davon und kehrte nie wieder zurück.

44

Die Terrasse, von der aus man den Skulpturengarten des botanischen Gartens überblickte, hatte sich geleert, als wir uns an ein Tischchen in der Nähe des Geländers setzten. Wir saßen lange schweigend da, ein großes Schweigen, tief wie das Meer.

»Du siehst gut aus«, sagte ich zu Alex.

»Danke.«

Wir verfielen erneut in Schweigen und umklammerten unsere Gläser. Drinnen hämmerte Musik. Sam, ihre Freunde und unsere Verwandten tanzten unter den funkelnden Kronleuchtern.

»Ein schönes Paar«, sagte sie.

»Ein schönes Paar«, nickte ich.

»Danke, dass du geholfen hast, das alles zu organisieren, David. Ich weiß, dass es nicht einfach für dich war.«

»Danke, dass du einverstanden warst, Dr. Helprin zu helfen«, sagte ich. »Das war nett von dir.«

»Ein wunderbarer alter Mann«, sagte sie, »und ziemlich einfach umzuziehen. Eigentlich hatte er nur Bücher.«

Wir saßen da und schwiegen.

»Es ist schön, Sam glücklich zu sehen«, sagte ich schließlich.

»Ja.«

»Sie werden zurechtkommen.«

»Ja.«

Schweigen.

»Dr. McCormick ist gestorben«, sagte Alex unvermittelt.

»Dr. McCormick?«

»Ja. Der alte Mann, für den wir vor ein paar Monaten den Umzug erledigt haben. Erinnerst du dich, dass ich dir von ihm erzählt habe? Er war derjenige, der immerzu geweint hat.«

»Ja. McCormick … der mit dem Piloten-Sohn.«

»Ja.«

»Ich weiß von ihm«, sagte ich.

»Wie meinst du das?«

»Der Sohn, er ist derjenige, mit dem du zusammen warst.«

»Woher weißt du das?«

»Sam hat im Vorbeigehen eine Bemerkung fallenlassen, ich wollte nicht …«

»Ist schon in Ordnung.«

»Außerdem habe ich dir nachspioniert.«

»Mir nachspioniert?«

»Ja. Nachdem du ausgezogen warst. Ein paarmal … ich war außer mir.«

Sie sah mich an.

»Ich habe Dr. McCormick erst vor drei Tagen zu einem Konzert mitgenommen«, sagte sie nach einer Weile. »Er konnte kaum gehen, kaum etwas sehen. Kaum etwas hören. Aber du hättest ihn sehen sollen, in seinem schwarzen Anzug und mit der Fliege aus alten Tagen, die wir in seinem Schrank gefunden haben. Er sagte, er habe den Anzug zuletzt an dem Tag getragen, als er sein Medizinstudium abgeschlossen hat. Er war viele Jahre Kinderarzt. Du hättest ihn bei diesem Konzert sehen sollen; er ging ganz aufrecht und strahlte über das ganze Gesicht. ›Rachmaninow‹, flüsterte er mir zu; ›Rachmaninow …‹, wie den Namen eines Freundes. Vor ein paar Stunden hat mich Brandy angerufen und mir gesagt, dass er gestorben ist. Herzinfarkt. Ganz plötzlich, einfach so.«

»Nicht gerade plötzlich mit Mitte achtzig«, sagte ich.

Sie sah mich an. »Du weißt, was ich meine.«

Ich nickte.

Schweigen.

»Ich habe die Reise gemacht«, sagte ich.

»Die Reise?«

»Unsere Reise.«

»Unsere R… Oh, zu den Turks- und Caicos-Inseln? Mit wem?«

»Allein.«

»Allein?«

»Allein. Ich bin allein gefahren.«

Sie sagte nichts mehr und betrachtete ihr sich langsam leerendes Glas. Dann hob sie den Kopf und sah mich an, und ihr Blick war warm, wie ich ihn aus alten Tagen kannte. »Wie war es?«

»Komisch. Aber gut. Nicht auf eine Weise gut, die ich erwartet hätte, sondern anders.«

»Hast du in dem Hotel am Hafen gewohnt?«

»Ja.«

»Bist du nach Middle Caicos geflogen?«

»Ja.«

»Wie war die Villa? Wie die Bilder im Netz?«

»Besser. Direkt am Strand. Gegenüber lag eine kleine Insel. Bei Ebbe entstand eine Sandbank und hat sie mit dem Festland verbunden. Ich bin hinübergewandert.«

»Hast du Carew kennengelernt?«

»Ja. Er hat mich nach Iguana Island mitgenommen. Das hättest du sehen sollen. Die Tiere sehen aus wie prähistorische Ungeheuer, nur en miniature. Er hat einen Hummer für mich gekocht. Ist getaucht und hat ihn aus der Tiefe geholt.«

Sie nickte.

»Er hat mich zu diesem Teich ohne Grund geführt«, sagte ich.

»Cottage Point?«, fragte sie lächelnd.

»Ja, genau. Wusstest du, dass er sich selbst die Ferse abgeschnitten hat?«

»Seine Ferse?«

»Er ist fischen gegangen, und dann hat sein Boot versagt; er trieb wochenlang auf dem Meer. Da hat er seine Ferse abgeschnitten und sie als Köder benutzt. So hat er überlebt.«

Sie lachte. »Glaubst du das wirklich?«

»Ja. Was ist eine solche Geschichte wert, wenn du sie nicht glaubst?«

Sie verfiel in ein nachdenkliches Schweigen.

»Bist du tauchen gegangen?« Sie sah mich an.

»Ja.«

»Zu dem gesunkenen Schiff?«

»Ja.«

»Wie war es?« Sie beugte sich vor.

»Was hast du dir dabei gedacht, als du diese Reise geplant und währenddessen die ganze Zeit diesen Kerl gevögelt hast?«, fragte ich unvermittelt. »Sag mir, was ist dir durch den Kopf gegangen? Ich verstehe das nicht.«

»David …«

»Schon gut, schon gut.«

Schweigen.

»Ich war verrückt«, sagte sie schließlich, »wie in Trance. Ich dachte, wenn ich mich in dieses Projekt stürze, würde das die andere Sache in gewisser Weise wiedergutmachen. Verkehrte Logik natürlich.«

Schweigen.

»Das gesunkene Schiff war unglaublich«, sagte ich. »Du wärst begeistert gewesen. Direkt unter mir schwammen zwei Stachelrochen, wie Vögel im Flug, rabenschwarz. Und Schwärme von Fischen, die mein ganzes Blickfeld ausfüllten, sie schwammen über mir und haben wie Regenwolken die Sonne verdunkelt. Du wärst begeistert gewesen.«

»Ich bin froh, dass du gefahren bist«, sagte sie leise.

»Meine Tauchlehrerin«, sagte ich, »war eine interessante Frau; eine ehemalige Bankerin aus New York City, die alles hinter sich gelassen hat und auf die Insel gezogen ist. Du hättest sie im Wasser sehen sollen. Wie ein Fisch unter Fischen …«

Alex betrachtete mich aufmerksam. »Du hast mit ihr geschlafen.«

»Ja«, sagte ich. Alex durchschaute mich immer. Ich durchschaute sie nie, hatte sie nie durchschaut und werde sie wohl nie durchschauen. Doch ich sah sie aufmerksam an. Ich versuchte, etwas zu erkennen. Was versuchte ich zu finden? Ich weiß es nicht; Artefakte aus der Vergangenheit und Prophezeiungen für die Zukunft.

Sie nickte: »Warum hast du die Scheidung noch nicht eingereicht?«, fragte sie. »Ich habe von deinem Anwalt noch nichts gehört.«

»Ich war beschäftigt«, sagte ich. »Du weißt, wie ich bin,

wenn es um Papierkram und Rechtsanwälte geht. Warum, gibt es einen Grund zur Eile?«

Sie schwieg.

»Wie geht es dir?«, fragte ich.

In diesem Moment kam Sam aus dem Festsaal auf uns zugerannt; sie leuchtete und strahlte, schwebte dahin in ihrem weißen Kleid. Wir beide wandten uns ihr zu und lächelten. Sie beugte sich zu ihrer Mutter und küsste sie auf die Wange. »Ich liebe dich, Mom«, sagte sie. Dann ging sie um das Tischchen herum, kam zu mir und küsste mich auf die Wange. »Und sogar dich, Dad.« Dann machte sie kehrt und rannte barfuß zurück auf die Tanzfläche.

Wir folgten ihr mit unseren Blicken.

Schweigen.

»Bist du noch mit ihm zusammen?«, fragte ich.

Nach kurzem Zögern schüttelte sie den Kopf. »Ich bin allein.«

»Was ist passiert?«

»Was passiert ist?« Sie sah mich finster an. »Das geht nur mich etwas an, David.«

Schweigen.

»Ich möchte die Verantwortung für meinen Part übernehmen«, sagte ich plötzlich. »In all den Jahren … für alles, was zwischen uns vorgefallen ist. Ich möchte, dass du weißt, dass ich dabei eine Rolle gespielt habe … eine Rolle spiele. Ich weiß nicht genau, welche … Ich kann die Dinge inzwischen nicht mehr klar voneinander unterscheiden. Doch wenn am Ende die Rechnung präsentiert wird, möchte ich meinen Anteil übernehmen. Verstehst du das?«

»Woher willst du deinen Anteil kennen?«

»Was immer du sagst, werde ich dir glauben.«

»*Mir* glauben?«

»Ja.«

»Warum?«

»Ich möchte dir glauben, Alexandra.«

Sie schwieg. Aus dem Saal perlte eine Jam-Melodie ins Freie. Durch die Fensterscheiben sahen wir Paare zu der in gedämpftes rotes Licht getauchten Tanzfläche streben. In der Mitte Sam und McKenzie, die sich in den Armen hielten und langsam um die eigene Achse drehten, ihr Kopf an seiner Schulter. Ein Windstoß fegte über die Terrasse. Alex umschlang ihren Oberkörper. Ihre Schultern zitterten.

»Sollen wir reingehen?«, fragte ich.

Sie nickte.

Wir standen auf und gingen hinein.

Dank

Ich danke meiner israelischen Lektorin Rana Werbin und meiner Agentin Jennifer Joel für ihren Glauben an meine kreative Arbeit. Besonderer Dank gilt meiner deutschen Lektorin Melanie Schwarz für die Betreuung und für ihren Sachverstand im Umgang mit diesem Buch. Am meisten danke ich Mia Lewis, meiner Partnerin im Leben und im Schreiben, die meine Texte als Erste liest, lektoriert und mit mir gemeinsam über Handlungsstränge nachdenkt.

Die Übersetzerin dankt Frau Dr. Michaela Diebold-Dörsam für ihre freundliche fachliche Unterstützung.

Noam Shpancer

Der gute Psychologe

Roman

288 Seiten, btb 74507
Aus dem Amerikanischen von Brigitte Heinrich

Er ist Psychologe, sein Spezialgebiet die Angst. Am Tag praktiziert er, am Abend erklärt er Studenten, was eine gute Therapie ausmacht. Als er wenig begeistert eine Nachtclubtänzerin mit Auftrittsphobie als Klientin annimmt, ahnt er nicht, wie sehr deren Probleme und Geheimnisse auf sein eigenes Leben abstrahlen werden …

»Interessieren Sie sich für Psychologie? Wenn ja, lesen Sie diesen Roman.«

Brigitte

»Ein ebenso lehrreicher wie kluger Roman über die Geheimnisse der Psychotherapie.«

Emotion